H.P. LOVECRAFT

NAS MONTANHAS DA LOUCURA
E OUTRAS HISTÓRIAS DE TERROR

Tradução de Marcio Hack

www.lpm.com.br

L&PM POCKET

Coleção **L&PM** POCKET, vol. 1161

Texto de acordo com a nova ortografia.
Título original: *At the Mountains of Madness*

Primeira edição na Coleção **L&PM** POCKET: setembro de 2014
Esta reimpressão: agosto de 2017

Tradução: Marcio de Paula Stockler Hack
Capa: Ivan Pinheiro Machado
Preparação: Marianne Scholze
Revisão: Patrícia Yurgel

CIP-Brasil. Catalogação na publicação
Sindicato Nacional dos Editores de Livros, RJ

L947n

Lovecraft, H. P. (Howard Phillips), 1890-1937
    Nas montanhas da loucura e outras histórias de terror / H.P. Lovecraft; tradução Marcio de Paula Stockler Hack. – Porto Alegre, RS: L&PM, 2017.
    272 p. ; 18 cm.   (Coleção L&PM POCKET, v. 1161)

    Tradução de: *At the Mountains of Madness*
    ISBN 978-85-254-3124-0

    1. Ficção americana. I. Hack, Márcio de Paula Stockler. II. Título. III. Série.

14-10553   CDD: 813
                              CDU: 821.111(73)-3

© da tradução L&PM Editores, 2014

Todos os direitos desta edição reservados a L&PM Editores
Rua Comendador Coruja 314, loja 9 – Floresta – 90220-180
Porto Alegre – RS – Brasil / Fone: 51.3225.5777 – Fax: 51.3221.5380

Pedidos & Depto. Comercial: vendas@lpm.com.br
Fale conosco: info@lpm.com.br
www.lpm.com.br

Impresso no Brasil
Inverno de 2017

SUMÁRIO

Nas montanhas da loucura / 7

A casa maldita / 165

Os sonhos na casa da bruxa / 204

O depoimento de Randolph Carter / 258

NAS MONTANHAS DA LOUCURA

I

Sou obrigado a me pronunciar porque homens de ciência se recusaram a seguir meus conselhos sem antes conhecer minhas razões. É inteiramente contra minha vontade que revelo meus motivos para fazer oposição a esta incursão à Antártica que vem sendo planejada – com sua imensa busca por fósseis e a perfuração e derretimento em grande escala das ancestrais calotas de gelo –, e que minha advertência acabe sendo em vão me faz relutar ainda mais. Que se duvide dos fatos, tal como sou obrigado a revelá-los, é inevitável; contudo, se eu suprimisse aquilo que parecerá estapafúrdio e inacreditável, nada restaria a ser contado. As fotografias até este momento ocultadas do conhecimento público, tanto as comuns quanto as aéreas, contarão em meu favor, pois são terrivelmente vívidas e explícitas. Ainda assim, serão postas em dúvida, pois é sabido até que ponto podem nos iludir as fraudes mais competentes. Os desenhos a tinta, é claro, serão ridicularizados e considerados meros embustes, não obstante a excentricidade da técnica artística, que há de suscitar a atenção e a perplexidade dos especialistas.

Terei, em última instância, de fiar-me no discernimento e na autoridade dos poucos cientistas eminentes que desfrutam, por um lado, de suficiente independência intelectual para avaliar os dados por seus próprios méritos – horrendamente convincentes – ou à luz de certos ciclos de mitos ancestrais, altamente insólitos; e, por outro lado, de suficiente influência para impedir que a comunidade dos exploradores embarque em algum projeto estouvado e por demais ambicioso na região daquelas montanhas da loucura. É um fato lastimável que homens relativamente desconhecidos, como eu e meus colaboradores, ligados apenas a uma universidade de pequeno porte, tenham pouca chance de causar impacto quando se trata de assuntos de natureza demasiado bizarra ou altamente controversa.

Pesa também contra nós o fato de não sermos, no sentido mais estrito, especialistas nas áreas primordialmente implicadas. Como geólogo, meu objetivo ao liderar a expedição da Miskatonic University era apenas o de obter amostras profundas de rochas e solos de diversas regiões do continente antártico, auxiliado pela extraordinária broca desenvolvida pelo professor Frank H. Pabodie, do nosso departamento de engenharia. Não era minha intenção ser pioneiro em qualquer outra área que não essa; contudo, eu de fato esperava que o uso desse novo mecanismo, em diferentes pontos ao longo de caminhos já explorados, pudesse trazer à luz evidências de um tipo até então inacessível pelos métodos comuns de coleta. O instrumento perfuratório de Pabodie, como o público já sabe de nossos boletins, era incomparável e revolucionário em sua leveza, facilidade de transporte e capacidade de combinar o princípio da broca artesiana comum com o princípio da pequena broca circular de rocha, de maneira a lidar sem demora com camadas geológicas de diferentes níveis de solidez. Cabeça de aço, hastes articuladas, motor a gasolina, torre retrátil de madeira, acessórios para dinamitação, amarras, trado para retirada de entulho e tubulações modulares para perfurações de treze centímetros de diâmetro e até trezentos metros de profundidade perfaziam, com o acréscimo dos acessórios necessários, uma carga que meros três trenós de sete cães podiam transportar; isso foi possibilitado pela engenhosa liga de alumínio de que era composta a maior parte dos objetos metálicos. Quatro grandes aeroplanos Dornier, fabricados especialmente para os voos de elevadíssimas altitudes que teríamos de realizar sobre o platô antártico, contando com equipamentos para aquecer o combustível e auxiliares de partida rápida, desenvolvidos por Pabodie, podiam transportar toda a nossa expedição, de uma base nas margens da grande barreira de gelo até diversos pontos adequados terra adentro, e a partir destes éramos conduzidos por uma quantidade apropriada de cães.

Planejávamos abranger a maior área possível no decorrer de uma estação antártica – ou um período maior, caso fosse de estrita necessidade –, trabalhando principalmente nas cordilheiras e no platô ao sul do mar de Ross; regiões exploradas em diferentes graus por Shackleton, Amundsen, Scott e Byrd. Com frequentes mudanças de acampamento, realizadas por aeroplano e abrangendo distâncias grandes o suficiente para serem de relevância geológica, esperávamos desencavar uma quantidade sem precedentes de material – especialmente nas camadas pré-cambrianas, das quais se havia obtido um conjunto bastante limitado de espécimes antárticos. Tencionávamos igualmente obter a maior variedade possível de amostras das rochas fossilíferas superiores, visto que a história da vida primeva naquele desolado império de gelo e morte é da mais alta importância para o nosso conhecimento do passado do planeta. Que o continente antártico tenha sido outrora de clima temperado e até mesmo tropical, com uma vida vegetal e animal fervilhante, da qual os líquens, a fauna marinha, os aracnídeos e os pinguins da extremidade norte são os únicos remanescentes, é sabido por todos; e esperávamos expandir esse acervo de informações – em variedade, precisão e detalhamento. Quando uma simples perfuração revelava sinais fossilíferos, expandíamos a abertura por meio de explosões, de modo a obter amostras de tamanho e condições apropriados.

Nossas perfurações, variando em profundidade de acordo com o potencial oferecido pelo solo ou pelas rochas da superfície, seriam limitadas a porções de terra exposta, ou quase exposta – sendo estas inevitavelmente escarpas e cristas, devido à camada de gelo sólido, variando entre um e três quilômetros de espessura, que encobria os níveis mais baixos. Não podíamos arcar com o desperdício de perfurar a espessura de qualquer quantidade considerável de pura glaciação, embora Pabodie houvesse formulado um plano para inserir eletrodos de cobre em aglomerados densos de orifícios e derreter pequenas áreas de gelo utilizando correntes elétricas advindas de um dínamo movido a gasolina. É esse plano – que, em uma expedição como a nossa, não podíamos pôr em prática senão de maneira experimental – que a futura expedição Starkweather-Moore pretende seguir, a despeito das advertências por mim publicadas desde nosso retorno da Antártica.

O público foi informado da expedição Miskatonic através de nossos frequentes boletins enviados por rádio para o *Arkham Advertiser* e a agência Associated Press, e pelos artigos posteriormente publicados por mim e Pabodie. Nossa equipe era composta por quatro membros da universidade – Pabodie, Lake, do departamento de biologia, Atwood, do departamento de física (e também meteorologista), e eu, representando o departamento de geologia e formalmente encarregado da liderança –, além de dezesseis assistentes; sete estudantes de pós-graduação da Miskatonic e nove mecânicos profissionais. Dos dezesseis, doze eram pilotos habilitados de aeroplano, e somente dois deles sabiam operar bem o rádio. Oito deles sabiam navegar por compasso e sextante, assim como Pabodie, Atwood e eu. Além disso, é claro, nossos dois navios – ex-baleeiros de madeira, reforçados para navegação no gelo e dotados de potência suplementar – contavam com tripulações completas. A Fundação Nathaniel Derby Pickman, com ajuda de algumas poucas contribuições especiais, financiou a expedição; desta forma, nossos preparativos foram extremamente meticulosos, apesar da pouca publicidade. Os cães, trenós, máquinas, materiais de acampamento e partes não montadas de nossos cinco aviões foram entregues em Boston, e lá nossos navios foram carregados. Estávamos maravilhosamente bem aparelhados para nossos objetivos específicos, e em todas as questões relativas às provisões, ao regime alimentar, ao transporte e à construção do acampamento fomos beneficiados pelo excelente exemplo dos nossos muitos predecessores recentes, de brilho excepcional. Foram a quantidade e a fama incomuns de tais predecessores que fizeram com que nossa expedição – ainda que de grandes proporções – fosse tão pouco notada pelo restante do mundo.

Como relataram os jornais, saímos da Enseada de Boston no dia 2 de setembro de 1930, descendo sem pressa pelo litoral, atravessando o Canal do Panamá e parando na Samoa e em Hobart, na Tasmânia, onde nos munimos das últimas provisões. Ninguém em nosso grupo de exploradores jamais estivera nas regiões polares, portanto dependíamos muito dos capitães de nossos navios – J.B. Douglas, à frente do brigue *Arkham* e servindo como comandante do grupo marítimo, e Georg

Thorfinnssen, à frente do lugre *Miskatonic* – ambos baleeiros veteranos das águas antárticas. Ao deixarmos para trás o mundo habitado, a cada dia o sol descia mais ao norte e permanecia por cada vez mais tempo acima do horizonte. A cerca de 62º de latitude sul, avistamos os primeiros icebergs – objetos em forma de mesa com lados verticais – e logo antes de alcançarmos o Círculo Polar Antártico, que cruzamos em 20 de outubro, realizando as devidas comemorações pitorescas, sofremos aborrecimentos consideráveis com a banquisa. A temperatura em queda constante me causou grande incômodo após nossa longa jornada pelos trópicos, mas tentei preparar-me para os rigores ainda piores que nos aguardavam. Em muitas ocasiões, os peculiares efeitos atmosféricos me causaram imenso fascínio; entre os quais, uma miragem excepcionalmente vívida – a primeira que eu jamais vira – em que os icebergs distantes se transformavam nas ameias de inimagináveis castelos cósmicos.

Avançando gelo adentro, gelo que felizmente não era amplo ou de grande espessura, ganhamos novamente águas abertas a 67º de latitude sul, 175º de longitude leste. Na manhã de 26 de outubro, avistamos ao sul um forte resplendor de gelo, e antes do meio-dia todos sentimos um grande arrepio de arrebatamento ao contemplar uma enorme cordilheira de montanhas, imponente e recoberta pela neve, que se espraiava e cobria todo o horizonte a nossa frente. Enfim havíamos nos deparado com uma divisa do grande continente desconhecido e seu críptico mundo de morte gélida. Tais picos eram, é claro, a cordilheira do Almirantado descoberta por Ross, e agora nos caberia circunavegar o cabo Adare e velejar descendo a costa leste da terra de Vitória até nossa base prevista, na orla do estreito de McMurdo, ao sopé do vulcão Erebus, a 77º9' de latitude sul.

A última etapa da jornada foi muito vívida e pitoresca; descomunais e inóspitos cumes de mistério avultavam constantemente contra o oeste, enquanto o baixo sol do meio-dia, ao norte, ou o ainda mais baixo sol da meia-noite, ao sul, que roçagava o horizonte, derramava seus nebulosos raios avermelhados sobre a neve branca, o gelo azulado, os cursos d'água e porções negras de escarpas de granito exposto. Pelos pináculos desolados sopravam violentas e intermitentes rajadas do terrível vento antártico, cujas cadências às vezes continham tênues sugestões de um silvo musical frenético e semiconsciente, com notas que se estendiam por uma vasta gama e que por alguma razão mnemônica subconsciente me pareciam inquietantes e até, de alguma maneira obscura, terríveis. Algo naquela paisagem me fazia lembrar das estranhas e perturbadoras pinturas asiáticas de Nicholas Roerich e das ainda mais estranhas e perturbadoras descrições do platô de Leng, de nefanda reputação, encontradas no temido *Necronomicon*, do árabe louco Abdul Alhazred. Lamentei muito, mais tarde, ter consultado aquele livro monstruoso na biblioteca da universidade.

No dia 7 de novembro, havendo temporariamente perdido de vista a cordilheira ocidental, passamos pela ilha de Franklin; e no dia seguinte avistamos os cones dos montes Erebus e Terror, na ilha de Ross adiante, com a longa linha das montanhas Parry mais além. Víamos agora, estendendo-se para leste, a linha baixa e branca da grande barreira de gelo, erguendo-se perpendicularmente a uma altura de 60 metros como os penhascos rochosos de Quebec e assinalando o fim da navegação em direção sul. À tarde, entramos no estreito de McMurdo e mantivemos distância da costa, a sotavento do fumegante monte Erebus. O pico escoriáceo erguia-se cerca de 3.800 metros contra o céu oriental, como uma gravura japonesa do sagrado Fujiyama; enquanto além dele se erguia a branca e fantasmagórica altura do monte Terror, 3.300 metros de altitude, e hoje um vulcão extinto. Baforadas de fumaça do Erebus surgiam nos ares a intervalos, e um dos assistentes da pós-graduação – um rapaz brilhante chamado Danforth – chamou-nos a atenção para o que parecia ser lava na encosta coberta de neve, observando que aquela montanha, descoberta em 1840, certamente se tratava da fonte da imagem de Poe, ao escrever, sete anos depois:

– qual torrente de lava que no solo
salta, vinda dos cumes do Yaanek,
nas mais longínquas regiões do polo –
que ululando se atira do Yaanek
nos panoramas árticos do polo.*

Danforth era um grande conhecedor da literatura bizarra e falava bastante de Poe. Meu próprio interesse fora despertado por causa da cena antártica do único romance de Poe – o perturbador e enigmático *Arthur Gordon Pym*. Sobre o desolado litoral e sobre a imponente barreira de gelo em segundo plano, miríades de pinguins grotescos grasnavam e batiam suas nadadeiras, e muitas focas gordas se faziam ver sobre a água, nadando ou esparramadas sobre grandes massas de gelo, que deslizavam com vagar.

Usando barcos pequenos, desembarcamos com dificuldade na ilha de Ross, pouco depois da meia-noite da madrugada do dia 9, levando um segmento de corda de cada um dos navios e nos preparando para descarregar os suprimentos através de um sistema de boia

---

* Tradução de Milton Amado. (N.T.)

suspensa por cabos. Nossas sensações, ao pisar pela primeira vez o solo antártico, foram pungentes e complexas, ainda que, naquele ponto específico, já tivéssemos sido precedidos pelas expedições de Scott e Shackleton. Nosso acampamento no litoral congelado abaixo da escarpa do vulcão era provisório, nossa base continuando a bordo do *Arkham*. Desembarcamos todos os equipamentos de perfuração, cães, trenós, barracas, provisões, tanques de gasolina, equipamento experimental para derreter gelo, câmeras – tanto as comuns quanto as aéreas –, peças de aeroplano e outros acessórios, incluindo três pequenos aparelhos portáteis de rádio (além dos que havia nos aviões) capazes de se comunicar com o aparelho de grande porte do *Arkham* de qualquer ponto da Antártica que tivéssemos alguma probabilidade de explorar. O aparelho do navio, comunicando-se com o mundo exterior, deveria transmitir boletins de imprensa à poderosa estação de rádio do *Arkham Advertiser*, em Kingsport Head, Massachusetts. Esperávamos completar nosso trabalho num único verão antártico; mas, caso isso se mostrasse impossível, invernaríamos no *Arkham*, enviando o *Miskatonic* para o norte antes que o gelo se formasse, de maneira a trazer suprimentos para mais um verão.

Não preciso repetir o que os jornais já publicaram sobre a fase inicial de nosso trabalho: a subida do monte Erebus; as bem-sucedidas perfurações minerais em diversos pontos da ilha de Ross e a extraordinária velocidade com que os aparelhos de Pabodie conseguiam realizá-las, vencendo até mesmo camadas de rocha sólida; o teste preliminar do pequeno equipamento para derreter gelo; a arriscada subida pela grande barreira, com trenós e suprimentos; e a montagem final de cinco imensos aeroplanos, no acampamento em cima da barreira. O estado de saúde da nossa equipe de terra – vinte homens e 55 cães de trenó do Alasca – era excelente, embora, é claro, até o momento não tivéssemos nos deparado com temperaturas ou tempestades de vento realmente calamitosas. O termômetro costumava variar entre -17ºC e -6ºC; ou ia de -4ºC para cima, e a experiência com os invernos da Nova Inglaterra nos havia acostumado a rigores desse tipo. O acampamento da barreira era semipermanente e destinado a ser um depósito para armazenar gasolina, provisões, dinamite e outros suprimentos. Somente quatro dos aviões eram necessários para o transporte do material de exploração propriamente dito; deixamos no depósito o quinto avião, com um piloto e dois homens dos navios, para que houvesse um meio de nos alcançar desde o *Arkham* caso todos os nossos aviões de exploração se perdessem. Mais tarde, nas ocasiões em que nem todos os outros aviões estavam sendo usados para o transporte de equipamentos, empregávamos um ou dois deles para viajar entre este depósito e uma outra base permanente no grande platô, situado entre 950 e 1.100 quilômetros de distância ao sul, para além da geleira Beardmore. Apesar dos relatos quase unânimes de ventos e tempestades aterradores advindos do platô, decidimos abrir mão de bases intermediárias, aceitando os riscos em nome da economia e da eficiência.

Os boletins de rádio informaram sobre o magnífico voo direto, de quatro horas, realizado por nosso esquadrão no dia 21 de novembro, sobrevoando a imponente plataforma de gelo, com vastos picos se erguendo a oeste e os insondáveis silêncios ecoando ao som de nossos motores. O vento não causou problemas graves, e as radiobússolas nos ajudaram a vencer a única massa opaca de névoa com que nos deparamos. Quando a vasta elevação avultou a nossa frente, entre as latitudes 83º e 84º, soubemos que havíamos alcançado a geleira Beardmore, a maior geleira de vale do mundo, e que o mar congelado agora dava lugar a uma encrespada e montanhosa linha costeira. Finalmente adentrávamos o mundo branco e morto há eras do sul derradeiro e, enquanto nos dávamos conta disso, vimos o pico do monte Nansen na distância oriental, erguendo-se a sua altura de mais de 4 mil metros.

O sucesso do levantamento da base sul acima da geleira, a 86º 7' de latitude e 174º 23' de longitude leste, e as perfurações e explosões de velocidade e eficiência extraordinárias realizadas em diversos pontos alcançados por nossas viagens de trenó e voos curtos de aeroplano estão nos anais da história; assim como a escalada árdua e triunfante do monte Nansen por Pabodie e dois dos estudantes de pós-graduação – Gedney e Carroll – entre os dias 13 e 15 de dezembro. Estávamos cerca de 2.500 metros acima do nível do mar e, quando perfurações experimentais revelaram terra sólida apenas três metros e meio abaixo da neve e do gelo em certos pontos, fizemos uso considerável do pequeno aparelho de derretimento, inserimos brocas e explodimos dinamites em muitos lugares dos quais nenhum explorador precedente sonhara obter amostras minerais. Os granitos pré-cambrianos e arenitos de Beacon obtidos confirmaram nossa crença de que aquele platô era homogêneo com a grande massa continental a oeste, mas um pouco diferente das partes encontradas a leste, abaixo da América do Sul – que à época acreditávamos formar um continente distinto e menor, dividido do maior por um entroncamento congelado dos mares de Ross e Weddell, embora Byrd tenha, desde estão, refutado a hipótese.

Em alguns dos arenitos, dinamitados e cinzelados depois de os havermos identificado pelas perfurações, encontramos algumas marcas e fragmentos fósseis de grande interesse; em especial, cicadofilicales, algas marinhas, trilobitos, crinoides e moluscos como língulas e gastrópodes – todos os quais pareciam ter grande importância em relação à história primordial da região. Havia também uma bizarra marca triangular e estriada, com cerca de 30 centímetros de diâmetro máximo, que Lake reconstituiu a partir de três fragmentos de ardósia retirados de uma abertura feita por explosão profunda. Esses fragmentos vieram de um ponto a oeste, próximo da cordilheira Rainha Alexandra; e Lake, como biólogo, pareceu achar a peculiar marca que havia neles anormalmente intrigante e estimulante, embora, para meus olhos de geólogo, não fosse muito diferente dos efeitos de onda bastante comuns nas rochas sedimentares. Já que a ardósia nada mais é do que uma formação metamórfica, na qual um estrato sedimentar é pressionado, e já que a pressão mesma causa estranhos efeitos deformadores sobre quaisquer marcas que possam existir, não vi motivo para uma grande surpresa diante da depressão estriada.

No dia 6 de janeiro de 1931, Lake, Pabodie, Danforth, todos os seis estudantes, quatro mecânicos e eu sobrevoamos diretamente o polo sul em dois dos grandes aviões, sendo forçados a diminuir a altitude por um repentino vento forte, o qual, por sorte, não se transformou em uma tempestade típica. Este foi, como o disseram os jornais, um de muitos voos para fins de observação – durante os quais tentamos discernir novas características topográficas em áreas não alcançadas pelos exploradores precedentes. Nesse aspecto, nossos primeiros voos foram decepcionantes, embora tenham fornecido alguns exemplos magníficos das miragens altamente fantásticas e enganadoras das regiões polares, das quais a viagem marítima nos havia dado algumas breves mostras. Montanhas distantes flutuavam no céu como cidades encantadas, e muitas vezes todo o mundo branco se dissolvia em uma terra dourada, prateada e escarlate, à maneira dos sonhos de Dunsany, e promessas de aventura sob a magia do sol baixo da meia-noite. Em dias nublados, enfrentávamos dificuldades consideráveis para voar, devido à tendência de a terra coberta de neve e o céu se mesclarem num só vazio místico opalescente, sem uma linha de horizonte visível que demarcasse a junção dos dois.

Por fim, decidimos pôr em prática nosso plano original de voar 800 quilômetros para leste, com todos os quatro aviões de exploração, e levantar uma nova base secundária num ponto provavelmente situado na menor das divisões continentais, como erroneamente a havíamos classificado. As amostras geológicas lá obtidas seriam úteis para fins de comparação. Nosso estado de saúde permanecera excelente até então; o suco de limão compensava bem a dieta regular de alimentos salgados e enlatados, e as temperaturas em geral acima de -17ºC permitiam que passássemos sem os casacos de pele mais grossos. Estávamos agora em pleno verão e, sendo rápidos e cuidadosos, talvez pudéssemos encerrar os trabalhos em março e evitar passar um tedioso inverno na longa noite antártica. Muitas tempestades selvagens de vento vindas do oeste haviam nos atingido, mas havíamos evitado maiores danos graças à habilidade de Atwood na criação de abrigos rudimentares para os aeroplanos e quebra-ventos feitos de pesados blocos de neve, e em reforçar com neve as construções do acampamento principal. Nossa boa sorte e eficiência haviam sido, realmente, quase sobrenaturais.

O mundo lá fora sabia, é claro, de nosso cronograma, e foi informado também da estranha e tenaz insistência de Lake numa viagem de prospecção para oeste – ou, melhor dizendo, para noroeste – antes que fizéssemos a mudança definitiva para a nova base. Ao que parece, ele refletira muito, e com ousadia de um radicalismo alarmante, sobre aquela marca triangular estriada na ardósia, enxergando nela certas contradições de Natureza e período geológico que instigaram ao máximo sua curiosidade e o deixaram ávido por empreender novas perfurações e explosões na formação que se estendia para oeste, à qual os fragmentos exumados sem dúvida pertenciam. Ele estava estranhamente convencido de que a marca era a impressão de um organismo corpulento, desconhecido e radicalmente inclassificável, de estágio evolutivo consideravelmente avançado, a despeito da imensa antiguidade da rocha que a continha – cambriana, se não de fato pré-cambriana –, de modo que impossibilitava a existência provável não só de todos os tipos de vida altamente desenvolvidos, como também a de qualquer tipo de vida acima do estágio unicelular, ou no máximo trilobita. Esses fragmentos, e a estranha marca que continham, teriam entre 500 milhões e um bilhão de anos de idade.

II

A imaginação popular, suponho, reagiu ativamente aos boletins que enviamos por rádio, informando a partida de Lake para noroeste, em direção a regiões sobre as quais humano algum jamais caminhara ou que sequer haviam sido desbravadas pela imaginação do homem; contudo, não mencionamos as loucas esperanças de Lake: revolucionar por inteiro as ciências da biologia e da geologia. Sua jornada preliminar, usando o trenó e tendo por objetivo realizar algumas perfurações, acontecida entre os dias 11 e 18 de janeiro, na companhia de

Pabodie e cinco outros – jornada prejudicada pela perda de dois cães em um acidente no cruzamento de uma das grandes cristas de pressão no gelo –, havia desencavado quantidades cada vez maiores da ardósia arqueana; e mesmo eu me interessei pela singular profusão de evidentes marcas fósseis naquele estrato inacreditavelmente ancestral. Tais marcas, contudo, eram de formas de vida muito primitivas, não implicando nenhum grande paradoxo, exceto o de encontrarmos qualquer tipo de forma de vida em uma rocha tão definitivamente pré-cambriana como aquela parecia ser; portanto, eu ainda não conseguia perceber como era sensata a exigência de Lake por um intervalo em nosso plano de economia de tempo – intervalo que exigiria o uso de todos os quatro aviões, muitos homens e todos os equipamentos mecânicos da expedição. Ao final, não vetei o plano, embora tenha decidido não acompanhar o grupo que partiu na direção noroeste, apesar dos pedidos de Lake pelos meus conselhos geológicos. Enquanto viajavam, eu permaneceria na base com Pabodie e mais cinco homens e trabalharia nos últimos detalhes dos planos da mudança para o leste. De modo a preparar essa transferência, um dos aviões começara a transportar um bom suprimento de gasolina desde o estreito de McMurdo; mas tal atividade poderia ser, por enquanto, suspensa. Mantive comigo um trenó e nove cães, já que é insensato não dispor, em tempo integral, de um meio de transporte num mundo morto há uma eternidade, absolutamente desprovido de habitantes.

A subexpedição de Lake em direção ao desconhecido, como todos lembrarão, enviou seus próprios boletins pelos transmissores de onda curta dos aviões; estes eram imediatamente recebidos por nossos aparelhos na base ao sul e pelo *Arkham*, no estreito de McMurdo, de onde eram transmitidos para o mundo em extensões de onda de até cinquenta metros. O grupo partiu às quatro da manhã do dia 22 de janeiro, e a primeira mensagem radiofônica que recebemos chegou apenas duas horas depois, quando Lake falou sobre seu plano de pousar e dar início a uma pequena operação de derretimento e perfuração do gelo, em um ponto que distava cerca de 500 quilômetros de nós. Seis horas depois, uma segunda mensagem, extremamente entusiasmada, relatou o frenético trabalho como que de castores no qual uma haste baixa fora afundada e explodida, culminando na descoberta de fragmentos de ardósia com diversas marcas aproximadamente semelhantes àquela que havia causado a primeira perplexidade.

Três horas depois, um boletim conciso anunciou o reinício do voo em meio a uma ventania brutal e cortante; e quando despachei uma mensagem de protesto, dizendo que não deviam correr novos riscos, Lake respondeu secamente que suas novas amostras compensavam todo e qualquer risco. Percebi que sua empolgação chegara às raias da insurreição, e que eu nada podia fazer para reprimir sua impetuosa ameaça ao sucesso de toda a expedição; mas foi aterrorizante imaginá-lo mergulhando cada vez mais fundo naquela traiçoeira e sinistra imensidão branca, de tempestades e mistérios insondáveis, que se estendia por cerca de 2.500 quilômetros até a linha costeira meio conhecida e meio imaginada das Terras de Queen Mary e Knox.

Então, depois de mais ou menos uma hora e meia, veio aquela mensagem duplamente empolgada do avião em movimento de Lake, que quase virou do avesso meus sentimentos e me fez desejar ter acompanhado o grupo:

"22h05 Em voo. Depois de tempestade de neve, avistamos cadeia de montanhas adiante mais alta que todas vistas até agora. Talvez igual aos Himalaias, contando a altura do platô. Provável latitude: 76°15'; longitude: 113°10' leste. Vai até onde vista alcança, para direita e esquerda. Suspeita de dois cones fumegantes. Todos os picos negros e desprovidos de neve. Ventania advinda deles impede navegação."

Depois disso, Pabodie, os homens e eu ficamos colados com sofreguidão ao receptor. Pensar naquele titânico baluarte montanhoso a 1.100 quilômetros de distância inflamou em nós o mais profundo sentimento de aventura; e nos regozijamos com o fato de que nossa expedição, ainda que não nós pessoalmente, o havia descoberto. Meia hora mais tarde, Lake entrou em contato outra vez:

"Avião de Moulton forçado a pousar no platô, nos contrafortes, mas ninguém se feriu e conserto é possível. Os essenciais serão transferidos para os outros três para a volta, ou novas viagens se necessário, mas no momento não é necessário fazer mais viagens longas de avião. As montanhas superam tudo que se pode imaginar. Vou subir para explorar no avião de Carroll, todo peso desnecessário retirado. Não dá pra imaginar nada como isso. Maiores picos devem passar de 10.500 metros. Everest fora da briga. Atwood calculará altura com teodolito enquanto Carroll e eu subimos. Provavelmente errado sobre os cones, pois as formações parecem estratificadas. Possível ardósia pré-cambriana mesclada com outros estratos. Bizarros efeitos visuais no horizonte – seções regulares de cubos pendendo dos picos mais altos. A coisa toda maravilhosa em luz dourada e vermelha do sol baixo. Como terra de mistério em um sonho ou portal para mundo proibido de maravilhas desconhecidas. Queria você aqui para estudar."

Embora fosse, tecnicamente, hora de ir dormir, ninguém de nós que ouvíamos pensou por um instante sequer em se recolher. A situação deve ter sido bem parecida no estreito de McMurdo, onde o depósito de suprimentos e o *Arkham* também recebiam as mensagens, pois o capitão Douglas emitiu uma mensagem parabenizando a todos pela importante descoberta e Sherman, o operador do depósito, fez eco aos seus sentimentos. Lamentávamos, é claro, o aeroplano danificado, mas esperávamos que pudesse ser consertado com facilidade. Então, às onze da noite, um novo chamado de Lake:

"Voando com Carroll sobre os contrafortes mais altos. Não ousamos tentar os picos realmente altos estando o tempo assim, mas o faremos depois. Escalar é terrivelmente difícil e complicado nessa altitude, mas vale a pena. A grande cordilheira é bastante inteiriça, portanto não é possível entrever nada do que está além. Os picos principais superam os Himalaias e são muito bizarros. Cordilheira parece ardósia pré-cambriana, com sinais evidentes de muitos outros estratos soerguidos. Estava errado sobre vulcanismo. Vai além do que podemos ver, em ambas as direções. Totalmente sem neve acima de mais ou menos 6.400 metros. Formações estranhas nas encostas das montanhas mais altas. Imensos blocos baixos e quadrados com lados perfeitamente verticais, e linhas retangulares de baluartes verticais e baixos, como os antigos castelos asiáticos pegados a montanhas íngremes das pinturas de Roerich. Muito impressionante à distância. Voamos perto de algumas, e Carroll disse achar serem compostas de peças separadas menores, mas provável que seja intemperismo. Maioria das arestas deterioradas e arredondadas, como se expostas a tempestades e mudanças climáticas por milhões de anos. As partes, especialmente as partes superiores, parecem ser de rocha de uma coloração mais clara do que quaisquer estratos visíveis nas encostas propriamente ditas, portanto de origem obviamente cristalina. Voos próximos mostram muitas entradas de cavernas, algumas delas de contornos anormalmente regulares, quadrados ou semicirculares. Você precisa vir investigar. Acho que vi baluarte diretamente em cima de um dos picos. Altura parece entre 9.000 e 10.500 metros. Estou a 6.400 metros, num frio demoníaco e torturante. O vento apita e assovia ao passar entre desfiladeiros e ao entrar e sair das cavernas, mas por enquanto voar é seguro."

Desse ponto em diante, por mais uma meia hora, Lake continuou falando sem parar, e expressou sua intenção de escalar a pé alguns dos picos. Respondi que me juntaria a ele assim que ele pudesse me mandar um avião, e que Pabodie e eu chegaríamos no melhor plano para o uso da gasolina – exatamente onde e como concentrar o suprimento, considerando o novo caráter da expedição. Obviamente, as operações perfuratórias de Lake, assim como as atividades de seus aeroplanos, necessitariam que uma grande quantidade fosse entregue para a nova base que ele planejava levantar no sopé das montanhas, e era possível que o voo para leste não fosse feito, afinal, naquele verão. Entrei em contato com o capitão Douglas para tratar desses assuntos e pedi que ele trouxesse o máximo possível do que havia nos navios, subindo a barreira com o único grupo de cães que havíamos deixado lá. Uma rota direta através da região desconhecida entre Lake e o estreito de McMurdo era o que realmente precisávamos definir.

Lake me chamou mais tarde para dizer que decidira deixar o acampamento onde o avião de Moulton fora forçado a pousar e onde os consertos já haviam progredido um pouco. A camada de gelo era muito fina, com chão negro à vista aqui e ali, e ele afundaria algumas brocas e dinamites exatamente naquele ponto, antes de fazer qualquer viagem de trenó ou expedição de escalada. Falou da inefável majestade da paisagem e sobre o estado anormal de suas sensações ao estar abrigado do vento por imensos e silenciosos cumes cujas fileiras disparavam para o alto como um muro que alcançasse os céus na borda do mundo. As observações que Atwood fizera com o teodolito haviam estipulado a altura dos cinco maiores picos entre 9.100 e 10.300 metros. A ausência de neve no alto claramente inquietara Lake, pois indicava a existência de ocasionais ventanias prodigiosas, mais violentas do que qualquer coisa que encontráramos até então. Seu acampamento se situava a pouco menos de dez quilômetros de onde os contrafortes se erguiam abruptamente. Quase pude captar um traço de temor subconsciente em suas palavras – enviadas através de um vazio glacial de mil quilômetros de extensão – quando implorou que nos apressássemos e tratássemos de ir para a nova e estranha região o mais cedo possível. Ele agora estava prestes a ir descansar, após um dia de trabalho ininterrupto, de velocidade, vigor e resultados praticamente inéditos.

Pela manhã, tive uma conversa via rádio de três partes, com Lake e o capitão Douglas, em suas bases separadas por imensidões; concordamos que um dos aviões de Lake viria a minha base para pegar Pabodie, os cinco homens e eu, assim como todo o combustível que fosse capaz de carregar. Os últimos ajustes no plano de uso do combustível, dependendo do que decidiríamos sobre uma viagem para o leste, poderiam esperar alguns dias, já que Lake dispunha de quantidade suficiente para as perfurações e o aquecimento do acampamento. Por fim, a velha base ao sul teria de ser reabastecida; mas, se adiássemos a viagem para leste, não a usaríamos antes do verão seguinte e, nesse ínterim, Lake teria de mandar um avião para explorar uma rota direta entre suas novas montanhas e o estreito de McMurdo.

Pabodie e eu nos preparamos para fechar a base por um período curto ou longo, segundo fosse necessário. Se invernássemos na Antártica, provavelmente voaríamos diretamente da base de Lake para o *Arkham*, sem retornar a esse ponto. Algumas de nossas tendas cônicas já haviam sido reforçadas por blocos de neve dura, e então decidimos completar o trabalho de construir um vilarejo esquimó permanente. Graças a um suprimento bastante generoso de materiais para levantar barracas, Lake tinha consigo tudo o que seria necessário para sua base, mesmo depois de nossa chegada. Pelo rádio, informei que Pabodie e eu estaríamos prontos para viajar para o noroeste depois de mais um dia de trabalho e uma noite de descanso.

Nossos trabalhos, contudo, não tiveram muita constância depois das quatro da tarde, pois nesse momento Lake começou a enviar as mensagens mais extraordinárias e agitadas. Seu dia de trabalho havia começado de maneira desfavorável, já que uma pesquisa por aeroplano das superfícies de rocha semiexpostas mostrou uma completa ausência daqueles estratos arqueanos e primordiais que vinha buscando e que formavam uma parte tão grande dos picos colossais que se erguiam a uma distância sedutora do acampamento. A maioria das rochas que conseguiram observar era, ao que parecia, arenitos jurássicos e comanchianos, e xistos triássicos e permianos, aqui e ali um afloramento negro brilhoso indicando a presença de um carvão duro parcialmente composto de ardósia. Isso desanimou bastante Lake, cujos planos todos dependiam da descoberta de amostras mais que 500 milhões de anos mais antigas. Ficou claro que, para recuperar o veio de ardósia arqueana no qual encontrara as estranhas marcas, teria de fazer uma longa viagem de trenó, partindo daqueles contrafortes em direção às íngremes escarpas das próprias montanhas gigantes.

Ele decidira, contudo, realizar algumas perfurações no local, como parte do programa geral da expedição; portanto, preparou a broca e pôs cinco homens trabalhando nela enquanto os outros terminavam de levantar o acampamento e de consertar o aeroplano danificado. A mais macia das rochas visíveis – um arenito a cerca de quatrocentos metros do acampamento – fora escolhida para a primeira amostragem; e a broca obteve um progresso excelente, não exigindo muitas explosões suplementares. Foi cerca de três horas depois, após a primeira explosão realmente pesada da operação, que os gritos da equipe de perfuração foram ouvidos; e que o jovem Gedney – encarregado de supervisionar a operação – entrou correndo no acampamento, trazendo as notícias estarrecedoras.

Eles haviam encontrado uma caverna. Logo no início da perfuração, o arenito dera lugar a um veio de calcário comanchiano, repleto de minúsculos fósseis de cefalópodes, corais, ouriços-do-mar e espiríferos, e com vestígios ocasionais de esponjas silicosas e ossos de animais marinhos vertebrados – esses, provavelmente de teleósteos, tubarões e ganoideos. Isso, por si só, já era muito importante, pois forneceu os primeiros fósseis vertebrados obtidos pela expedição; mas, quando pouco depois a cabeça da broca despencou pelo estrato, aparentemente no vazio, uma onda de empolgação, inteiramente nova e de intensidade redobrada, se espalhou por entre os escavadores. Uma explosão de médio porte havia dado acesso ao segredo subterrâneo; e agora, através de uma abertura dentada de talvez um metro e meio de diâmetro e um metro de espessura, abria-se diante dos ávidos pesquisadores uma seção côncava e rasa de calcário superficial, desgastada há mais de 50 milhões de anos pelo gotejar de águas subterrâneas de um extinto mundo tropical.

A camada oca não tinha mais que dois metros ou dois metros e meio de profundidade, mas se estendia indefinidamente em todas as direções; o ar dentro dela era fresco e dava pequenos sinais de movimento, o que indicava que pertencia a um extenso sistema subterrâneo. Seu teto e chão eram abundantemente guarnecidos por grandes estalagmites e estalactites, algumas das quais se encontravam no meio do caminho, formando colunas; mas o mais importante de tudo era o imenso depósito de conchas e ossos, que em alguns pontos chegava a quase obstruir a passagem. Empurrada pela chuva desde desconhecidas florestas de fungos e fetos arbóreos do mesozoico, e bosques de cicadáceas, palmeiras e angiospermas primitivos do período terciário, essa miscelânea ossificada continha representantes de mais animais do cretáceo, do eoceno e de outros períodos do que o maior dos paleontólogos poderia ter contado ou classificado em um ano inteiro de trabalho. Moluscos, carapaças de crustáceos, peixes, anfíbios, répteis, pássaros e mamíferos primitivos – de grande e pequeno porte, conhecidos e desconhecidos. Não espanta que Gedney tenha corrido de volta para o acampamento aos berros, e que todos os outros tenham largado o trabalho e corrido impetuosamente em meio ao frio cortante para onde a alta torre marcava um portal recém-encontrado para os segredos da terra subterrânea e de eras desaparecidas.

Depois que Lake satisfez o primeiro surto de ávida curiosidade, escrevinhou uma mensagem em seu caderno e mandou que o jovem Moulton corresse de volta ao acampamento para enviá-la via rádio. Essa foi a primeira notícia que recebi da descoberta, e ela contava da identificação das primeiras conchas, ossos de ganoides e placodermos, restos de labirintodontes e tecodontes, fragmentos de crânio de grandes mosassauros, vértebras e carapaças de dinossauros, dentes de pterodáctilos e ossos de asas, restos de arqueópterix, dentes de tubarões do mioceno, crânios de pássaros primitivos e outros ossos de mamíferos arcaicos, como paleoterídeos, xifodontes, dinoceratos, hiracotérios, oreodontídeos e titanotérios. Não havia nada que fosse recente, como um mastodonte, elefante, camelo verdadeiro, cervídeo ou bovino; Lake portanto concluiu que os últimos depósitos haviam ocorrido durante a época oligocena e que o estrato oco havia permanecido em seu estado seco, morto e inacessível por, no mínimo, 30 milhões de anos.

Por outro lado, a prevalência de formas muito primitivas de vida era altissimamente singular. Embora a formação de calcário fosse, de acordo com as evidências, de fósseis incrustados típicos, como as ventriculites, positiva e inconfundivelmente comanchianas e em nenhuma partícula de uma era anterior, os fragmentos livres no espaço oco incluíam uma proporção surpreendente de organismos até então considerados específicos de períodos muito mais antigos – até mesmo peixes, moluscos e corais rudimentares, datando talvez dos períodos siluriano e ordoviciano. A inferência inevitável era de que, nesta parte do mundo, havia ocorrido um grau extraordinário e singular de continuidade entre a vida de mais de 300 milhões de anos atrás e a de apenas 30 milhões de anos atrás. Até que ponto essa continuidade havia se estendido para além da era oligocênica, quando a caverna se fechou, estava, obviamente, para além de qualquer especulação. De qualquer maneira, a chegada do terrível gelo, no pleistoceno, há cerca de 500 mil anos – praticamente ontem, em comparação com a idade desta cavidade –, deve ter posto fim a todas as formas primitivas que haviam, no local, conseguido sobreviver aos seus períodos de vida comuns.

Lake não se deu por satisfeito com a primeira mensagem e escreveu e despachou mais um boletim através da neve para o acampamento, antes que Moulton tivesse tempo de voltar. Depois disso, Moulton ficou no rádio em um dos aviões transmitindo para mim – e para o *Arkham*, que retransmitiria para o mundo – os frequentes adendos que Lake lhe enviava por uma série de mensageiros. Aqueles que acompanharam os jornais se lembrarão da empolgação criada entre os cientistas pelas notícias daquela tarde – notícias que por fim levaram, depois de todos esses anos, à organização da própria expedição Starkweather-Moore cujos propósitos estou tão ansioso para dissuadir. É melhor que eu transcreva literalmente as mensagens enviadas por Lake como o nosso operador da base, McTighe, traduziu a própria taquigrafia a lápis:

"Fowler faz descoberta da mais alta importância em fragmentos de arenito e calcário oriundos das explosões. Várias marcas nítidas, em forma triangular e estriadas, como as da ardósia arqueana, provando que a fonte sobreviveu de mais de 600 milhões de anos atrás até a era comanchiana sem sofrer modificações morfológicas radicais ou decréscimo de tamanho médio. Marcas comanchianas ao que parece mais primitivas ou decadentes, na pior das hipóteses, do que as mais antigas. Enfatizar importância da descoberta na imprensa. Será para a biologia o que Einstein foi para a física e a matemática. Se encaixa com meu trabalho anterior e expande as conclusões. Parece indicar, como suspeitei, que a terra passou por um ciclo ou ciclos inteiros de vida orgânica antes do ciclo conhecido, que começa com as células arqueozoicas. Encontrava-se evoluída e especializada há no mínimo um bilhão de anos, quando o planeta era jovem, e até pouco tempo antes inabitável para quaisquer formas de vida ou uma estrutura protoplásmica normal. Surge a pergunta de quando, onde e como se deu o desenvolvimento."

—

"Mais tarde. Examinando certos fragmentos esqueletais de grandes sáurios e mamíferos primitivos, terrestres e marítimos, encontrei peculiares ferimentos ou lesões na estrutura óssea não atribuíveis a qualquer animal predatório ou carnívoro de qualquer período que conheçamos. De dois tipos – perfurações diretas e profundas e, ao que tudo indica, incisões de cortes. Um ou dois casos de ossos cortados com precisão cirúrgica. Poucos espécimes afetados. Pedi que trouxessem lanternas do acampamento. Vou cortar estalactites para expandir a área de pesquisa subterrânea."

—

"Mais tarde ainda. Encontrei curioso fragmento de pedra-sabão, cerca de 15 centímetros de diâmetro e 4 centímetros de espessura, completamente distinto de qualquer formação local à vista. Esverdeado, mas não há evidências para determinar de que período. De regularidade e simetria curiosas. Com forma de estrela de cinco pontas com as extremidades quebradas e sinais de outra clivagem em ângulos côncavos e no centro da superfície. Depressão pequena e uniforme no centro da superfície intacta. Causa muita curiosidade quanto a fonte e intemperismo. Provavelmente alguma ação bizarra da água. Carroll, com lupa, acha que consegue identificar marcas adicionais de relevância geológica. Grupos de pontinhos em arranjos regulares. Cães ficando inquietos à medida que nosso trabalho avança, e parecem odiar a pedra-sabão. Preciso ver se emite algum odor peculiar. Mando novas notícias quando Mills voltar com a luz e começarmos a trabalhar na área subterrânea."

—

"22h15. Descoberta importante. Orrendorf e Watkins, trabalhando na cavidade às 21h45, com luz, encontraram fóssil monstruoso com forma de barril, de natureza inteiramente desconhecida; provavelmente vegetal, a menos que espécime de radiado marinho hipertrofiado. Tecido claramente preservado por sais minerais. Duro como couro, mas conserva flexibilidade assombrosa em alguns pontos. Marcas de partes quebradas nas extremidades e nas laterais. Um metro e oitenta de uma extremidade à outra, um metro de diâmetro central, se estreitando até chegar a trinta centímetros em cada extremidade. Como um barril com cinco cristas protuberantes no lugar das tábuas. Irrupções laterais, como se de talos finos, encontram-se no equador, no meio das cristas. Em depressões entre cristas há formações curiosas. Pentes ou asas que se fecham e abrem como leques. Todas muito danificadas com exceção de uma, que chega a dois metros e dez de envergadura de asa. O arranjo faz lembrar de certos monstros dos mitos primevos, em especial os lendários Anciões do *Necronomicon*. As asas parecem ser membranosas, estendidas sobre uma estrutura de tubulações glandulares. Pequenos orifícios visíveis na estrutura tubular, nas pontas das asas. Extremidades do corpo contraídas, não dando qualquer pista do que há dentro ou do que havia antes e foi quebrado. Preciso dissecar quando voltarmos ao acampamento. Difícil definir se vegetal ou animal. Muitas características obviamente de uma primitividade quase inacreditável. Pus todos para cortar estalactites e procurar mais espécimes. Encontrei mais ossos danificados, mas eles vão ter que esperar. Cães dando problema. Não suportam o novo espécime, e provavelmente o destruiriam se não os separássemos."

—

"23h30. Atenção, Dyer, Pabodie, Douglas. Questão da mais alta – poderia dizer transcendente – importância. *Arkham* deve transmitir à estação Kingsport Head imediatamente. Estranha vegetação em forma de barril é a coisa arqueana que deixou marcas nas rochas. Mills, Boudreau e Fowler descobriram grupo de treze delas em um ponto subterrâneo a 12 metros da abertura. Misturadas com fragmentos de pedra-sabão, de curiosa configuração e harmonia de forma, menores do que o encontrado anteriormente – em forma de estrela, mas sem sinais de quebra, exceto em alguns pontos. Dos espécimes orgânicos, 8 parecem perfeitos, com todos os membros. Trouxemos todos à superfície, levando os cachorros para longe. Eles não suportam as coisas. Dar atenção minuciosa à descrição e repeti-la para mim, para que não haja erros. Os jornais não podem errar a descrição.

"Objetos têm 2,4 metros de comprimento total. Torso em forma de barril com 5 cristas de um metro e 80, diâmetro central de um metro, extremidades com 30 centímetros de diâmetro. Cinza-escuros, flexíveis e infinitamente resistentes. Asas membranosas de 2 metros da mesma cor, encontradas tanto dobradas quanto abertas, partindo das depressões entre as cristas. A estrutura das asas é tubular ou glandular, de um cinza mais claro, com orifícios nas pontas das asas. Asas abertas têm bordas dentadas. No equador, um no ápice central de cada uma das 5 cristas verticais e como tábuas de barril, estão 5 sistemas de braços flexíveis ou tentáculos cinza-claros, encontrados dobrados de maneira apertada ao torso, mas expansíveis até um comprimento máximo de mais de 90 centímetros. Como braços de crinoide primitivo. Pedúnculos individuais de 7 centímetros de diâmetro se dividem, depois de 14 centímetros, em 5 subpedúnculos, cada um deles se ramificando, depois de 20 centímetros, em pequenos tentáculos afunilados ou gavinhas, dando a cada pedúnculo um total de 25 tentáculos.

"No topo do dorso, pescoço rombudo e bulboso de um cinza mais claro, com indícios de guelras, sustenta provável cabeça, amarelada em forma de estrela-do-mar de 5 pontas, coberta por cílios cerdosos de 8 centímetros, de diversas cores prismáticas. Cabeça grossa e estufada, cerca de 60 centímetros de ponta a ponta, com tubos amarelados flexíveis de 5 centímetros se projetando de cada ponta. Fenda exatamente no centro do topo da cabeça, provavelmente orifício de respiração. Ao final de cada tubo uma expansão esférica onde membrana amarelada se enrola com o manuseio, para revelar um globo vítreo de íris vermelha, obviamente um olho. Cinco tubos avermelhados um pouco mais longos saem de ângulos interiores da cabeça em forma de estrela-do-mar e terminam em inchaços com forma de saco da mesma cor que, quando pressionados, se abrem revelando orifícios em forma de sino, com diâmetro máximo de 5 centímetros e fileiras de projeções brancas e afiadas com forma de dentes. Provavelmente bocas. Todos esses tubos, cílios e pontas da cabeça de estrela-do-mar encontrados dobrados apertadamente para baixo; tubos e pontas pendurados ao pescoço bulboso e ao torso. Flexibilidade surpreendente apesar da enorme resistência.

"Na base do torso existem equivalentes aproximados, mas de funções diferentes, do que há nas cabeças. Pseudopescoço bulboso cinza-claro, sem indício de guelra, mantém o arranjo de estrela-do-mar esverdeada, de cinco pontas. Braços fortes e musculosos de um metro e vinte de comprimento e afunilando de 18 centímetros de diâmetro na base para cerca de 6 centímetros nas pontas. A cada ponta encontra-se afixado o lado menor de um triângulo membranoso esverdeado de 5 veios, de 20 centímetros de comprimento e 15 de largura na extremidade mais distante. Esta é a nadadeira, barbatana ou pseudópode que deixou marcas em rochas cuja idade varia entre um bilhão e 50 ou 60 milhões de anos. Dos ângulos internos da estrutura em forma de estrela-do-mar se projetam tubos avermelhados de 60 centímetros, afunilando do diâmetro de 8 centímetros na base para 3 centímetros na ponta. Orifícios nas pontas. Todas essas partes infinitamente resistentes e duras, mas de flexibilidade extrema. Braços de um metro e vinte com nadadeiras sem dúvida utilizadas para locomoção, marinha ou de outro tipo. Quando se mexe neles, mostram sugestões de muscularidade exagerada. No estado em que foram encontradas, todas essas projeções estavam dobradas firmemente sobre o pseudopescoço e a extremidade do torso, correspondendo às projeções da outra extremidade.

"Impossível definir com certeza se do reino animal ou vegetal, mas a probabilidade agora tende para o primeiro. Provavelmente representa evolução incrivelmente avançada de radiados sem a perda de certas características primitivas. As semelhanças com os equinodermos são inconfundíveis, apesar das evidências específicas contraditórias. A estrutura das asas é intrigante, tendo em vista que o habitat era provavelmente marinho, mas pode ter utilidade na navegação aquática. A simetria é curiosamente parecida com a vegetal, sugerindo a estrutura essencial dos vegetais, de topo e base, e não a estrutura animal de frente e traseira. A data da evolução é fabulosamente primitiva, precedendo até mesmo os protozoários arqueanos mais simples que conhecemos até agora; confunde toda as conjecturas no que diz respeito à origem.

"Espécimes intactos têm uma semelhança tão sinistra com certas criaturas dos mitos primevos que a suspeita de uma existência ancestral fora da Antártica torna-se inevitável. Dyer e Pabodie leram o *Necronomicon* e viram as pinturas de pesadelo de Clark Ashton Smith, baseadas no texto, e entenderão quando falo de Anciões que teriam criado toda a vida da Terra como um erro ou pilhéria. Estudantes sempre acreditaram que essa ideia se formou a partir do tratamento imaginativo mórbido de radiados tropicais antiquíssimos. Também são semelhantes a coisas do folclore pré-histórico mencionadas por Wilmarth – adendos sobre o culto de Cthulhu etc.

"Um vasto campo de estudos se abriu. Depósitos provavelmente do cretáceo superior ou do início do eoceno, a julgar pelos espécimes associados. Estalagmites imensas depositadas sobre eles. São difíceis de cortar, mas sua rigidez preveniu danos. Estado de preservação é miraculoso, claramente devido à ação do calcário. Até agora não encontramos nenhum outro, mas vamos retomar a busca mais tarde. O trabalho agora é levar os catorze espécimes enormes para o acampamento, sem os cães, que latem furiosamente e não podem ser deixados perto deles. Com nove homens – três encarregados de vigiar os cachorros – devemos conseguir viajar nos três trenós bastante bem, embora o vento esteja forte. Preciso estabelecer comunicação aérea com o estreito de McMurdo e começar a enviar os materiais. Mas tenho que dissecar uma dessas coisas antes de qualquer descanso. Queria ter um laboratório de verdade aqui. É melhor que Dyer esteja dando tapas na própria testa por tentar impedir minha viagem para oeste. Primeiro as montanhas mais altas do mundo, e agora isso. Se esse não é o ponto alto da expedição, não sei qual poderia ser. Inscrevemos nossos nomes na história da ciência. Parabéns, Pabodie, pela broca que abriu a caverna. *Arkham* pode agora por favor repetir a descrição?"

As sensações minhas e de Pabodie enquanto recebíamos esse relatório estavam quase além de qualquer descrição possível, e tampouco o entusiasmo de nossos companheiros ficava muito atrás. McTighe, que havia traduzido apressadamente alguns dos trechos mais importantes na medida em que chegavam pelo receptor com seu zumbido constante, transcreveu a mensagem inteira a partir de sua versão em taquigrafia assim que o operador de Lake desligou. Todos percebiam a relevância da descoberta, um divisor de águas, e enviei meus parabéns a Lake assim que o operador do *Arkham* acabou de repetir para nós as partes descritivas, como fora pedido; e meu exemplo foi seguido por Sherman, de seu posto no depósito de suprimentos do estreito de McMurdo, como também pelo capitão Douglas, no *Arkham*. Mais tarde, como líder da expedição, acrescentei algumas observações que deveriam ser transmitidas do *Arkham* para o mundo. É claro, descansar seria uma ideia absurda em meio a tanta empolgação, e meu único desejo era chegar ao acampamento de Lake o mais rápido possível. Senti-me frustrado quando ele avisou que uma crescente ventania da montanha tornava impossível a viagem aérea no curto prazo.

Mas, depois de uma hora e meia, o interesse mais uma vez cresceu, varrendo a frustração de nossas mentes. Lake, enviando novas mensagens, relatou o sucesso integral do transporte dos 14 grandes espécimes para o acampamento. Fora uma tarefa difícil, pois aquelas coisas tinham um peso surpreendente, mas um grupo de nove homens a havia completado de maneira impecável. Agora alguns do grupo estavam construindo apressadamente um curral de neve, a uma distância segura do acampamento, para o qual os cães poderiam ser levados, de modo a tornar mais fácil alimentá-los. Os espécimes foram arranjados sobre a neve dura perto do acampamento, com exceção de um, no qual Lake fazia tentativas rudimentares de dissecção.

Essa dissecção pareceu ser uma tarefa mais difícil do que se esperava, pois, apesar do calor gerado por um fogão a gasolina na barraca recém-erguida para abrigar o laboratório, os tecidos enganosamente flexíveis do espécime escolhido – um robusto e intacto – não perderam nada de sua resistência maior que a do couro. Lake ficou intrigado com a questão de como fazer as incisões necessárias sem utilizar de uma violência que danificasse todas as sutilezas que procurava. Ele dispunha, é verdade, de outros sete espécimes em perfeito estado; mas a quantidade era pequena demais para que se pudesse manejá-los com descuido, a menos que a caverna depois fornecesse um suprimento ilimitado. Assim sendo, ele removeu o espécime e arrastou para dentro um que, embora possuísse restos das estruturas em forma de estrela-do-mar em ambas as extremidades, encontrava-se severamente esmagado e parcialmente arrebentado ao longo de uma das grandes depressões do torso.

Os resultados, logo transmitidos pelo rádio, foram realmente assombrosos e intrigantes. Não era possível proceder com delicadeza ou precisão, já que os instrumentos eram bastante impróprios para cortar o tecido anômalo, mas o pouco que se conseguiu nos deixou a todos maravilhados e perplexos. A biologia existente teria de ser revisada por inteiro, pois aquela coisa não era o produto de qualquer crescimento celular conhecido pela ciência. A substituição mineral fora quase nula, e apesar de uma idade de talvez 40 milhões de anos, os órgãos internos estavam completamente intactos. A qualidade coriácea, não deteriorável e quase indestrutível, era um atributo inerente da forma de organização da coisa e pertencia a algum ciclo paleógeno de evolução invertebrada, que escapava por completo de todos os nossos poderes de especulação. De início, tudo o que Lake encontrou estava seco, mas, à medida que a barraca aquecida produzia seu efeito descongelante, uma umidade orgânica de odor acentuado e ofensivo foi vista perto do lado não ferido da coisa. Não se tratava de sangue, mas de um fluido grosso, verde-escuro, que parecia cumprir a mesma função. Quando Lake chegou a esse estágio, todos os 37 cães haviam sido levados para o canil ainda em construção perto do acampamento; e, mesmo àquela distância, começaram a latir de modo selvagem e a demonstrar inquietação com o odor acre que se propagava.

Longe de ajudar a classificar a estranha entidade, essa dissecção preliminar só fez aumentar o mistério. Todas as suposições sobre os membros exteriores se mostraram corretas e, tendo isso em vista, seria difícil hesitar em chamar a coisa de animal; mas a inspeção interna revelou tantas evidências vegetais que Lake continuou inteiramente atônito. A coisa tinha digestão e circulação, e eliminava seus dejetos através dos tubos avermelhados de sua base em forma de estrela-do-mar. Numa avaliação apressada, dir-se-ia que seu aparelho respiratório lidava com oxigênio, e não com dióxido de carbono; e havia algumas evidências de câmaras de armazenamento de ar e de métodos para transferir a respiração do orifício externo para no mínimo dois outros sistemas respiratórios inteiramente desenvolvidos – brânquias e poros. Claramente tratava-se de um anfíbio, e provavelmente se adaptara a longos períodos de hibernação desprovida de ar. Parecia haver a presença de órgãos vocais, ligados ao sistema respiratório principal, mas eles apresentavam anomalias que não podiam ser decifradas de imediato. O discurso articulado, no sentido do pronunciamento de sílabas, parecia praticamente inconcebível; mas era altamente provável que fosse capaz de emitir notas musicais de sopro, abrangendo um amplo leque de possibilidades. O nível de desenvolvimento do sistema muscular era quase sobrenatural.

O sistema nervoso era de tal forma complexo e altamente desenvolvido que Lake ficou horrorizado. Embora excessivamente primitiva e arcaica em alguns aspectos, a coisa possuía um conjunto de centros glandulares e conectivos, indicando os mais altos extremos do desenvolvimento especializado. Seu cérebro de cinco lobos era surpreendentemente avançado, e havia sinais de um equipamento sensorial, servido em parte pelos cílios fibrosos da cabeça, incluindo fatores estranhos a qualquer outro organismo terrestre. Provavelmente tinha mais do que cinco sentidos, de modo que não era possível deduzir seus hábitos a partir de qualquer analogia existente. Devia ter sido, pensou Lake, uma criatura de sensibilidade refinada e funções delicadamente diferenciadas em seu mundo primevo – basicamente como as formigas e abelhas de hoje em dia. Reproduzia-se como os criptógamos vegetais, especialmente as pteridófitas, tendo compartimentos de esporos nas pontas das asas, que obviamente cresciam a partir de um talo ou prótalo.

Mas a ideia de dar-lhe um nome naquele estágio seria mera estupidez. Parecia um radiado, mas estava claro que se tratava de algo mais. Era em parte vegetal, mas possuía três quartas partes dos componentes essenciais da estrutura animal. Sua origem marinha era claramente indicada pelos contornos simétricos e certos atributos adicionais; contudo, não se poderia precisar com exatidão o limite de suas adaptações posteriores. As asas, afinal, continham um indício persistente do elemento aéreo. Como poderia ter passado por sua evolução tremendamente complexa sobre uma terra recém-nascida, a tempo de deixar marcas em rochas arqueanas era, até o momento, tão inconcebível que fez Lake recordar, de brincadeira, os mitos primevos sobre os Grandes Anciões que desceram por entre as estrelas e criaram a vida na terra como uma piada ou um erro; e as histórias insanas de coisas cósmicas da montanha vindas de Fora, contadas por um colega especialista em folclore do departamento de inglês da Miskatonic.

Naturalmente, ele levava em conta a possibilidade de que as marcas pré-cambrianas tivessem sido deixadas por um ancestral menos evoluído dos espécimes em questão, mas rapidamente rejeitou essa teoria simplista ao considerar as qualidades estruturais avançadas dos fósseis mais antigos. No mínimo os contornos dos mais recentes mostravam decadência, e não uma evolução maior. O tamanho dos pseudopés diminuíra, e a morfologia como um todo parecia ser mais grosseira e simplificada. Ademais, os nervos e órgãos recém-examinados continham indícios singulares de um retrocesso de formas ainda mais complexas. Partes atrofiadas e vestigiais tinham surpreendente prevalência. No todo, não se podia dizer que muitos mistérios haviam sido solucionados, e Lake recorreu à mitologia para escolher um nome provisório – batizando jocosamente suas descobertas de "Os Anciões".

Por volta de duas e meia, tendo decidido adiar novos trabalhos e descansar um pouco, Lake cobriu o organismo dissecado com um oleado, saiu da barraca do laboratório e estudou os espécimes intactos com interesse renovado. O incessante sol antártico começara a amolecer levemente seus tecidos, de modo que as pontas das cabeças e os tubos de dois ou três começaram a se desenrolar; mas Lake não acreditou que houvesse qualquer perigo de decomposição imediata, a temperatura do ar estando por volta dos -15ºC. Ainda assim, aproximou todos os espécimes não dissecados uns dos outros e os cobriu com uma tenda sobressalente, de modo a evitar o contato direto com os raios solares. Isso também ajudaria a impedir que qualquer odor que emitissem chegasse até os cães, cuja inquietação agressiva se tornava realmente problemática, mesmo à considerável distância em que estavam situados e por trás das paredes de neve cada vez mais altas que um grupo reforçado de homens se apressava para erguer em torno do canil. Lake teve de prender os cantos do tecido da tenda com pesados blocos de neve para mantê-lo no lugar em meio à ventania crescente, pois as montanhas titânicas pareciam estar prestes a desferir algumas rajadas de extrema severidade. As apreensões do início da viagem quanto a repentinas rajadas do vento antártico ressurgiram e, sob a supervisão de Atwood, precauções foram tomadas para construir barreiras de neve em volta das tendas, do novo canil e dos abrigos rudimentares para os aeroplanos, no lado voltado para as montanhas. Tais abrigos, iniciados com blocos duros num trabalho com várias interrupções, de modo algum haviam chegado à altura necessária; e Lake finalmente tirou todos os homens das outras tarefas para que se dedicassem a essa.

Passava das quatro da manhã quando Lake finalmente se preparou para desconectar e aconselhou que todos compartilhássemos o período de descanso que sua equipe teria quando as paredes do abrigo estivessem um pouco mais altas. Ele conversou amenidades com Pabodie através do éter e repetiu seus elogios às brocas realmente maravilhosas que o haviam ajudado a fazer a descoberta. Atwood também enviou saudações e elogios. Transmiti a Lake cálidas palavras de parabenização, reconhecendo que ele estava certo sobre a viagem para o oeste, e todos concordamos em entrar em contato pelo rádio às dez da manhã. Se a ventania houvesse cessado àquela hora, Lake mandaria um avião para o grupo situado na minha base. Logo antes de me recolher, enviei uma mensagem final para o *Arkham*, instruindo que o tom das notícias do dia, que seriam enviadas para o restante do mundo, fosse suavizado, visto que o conjunto dos detalhes já parecia radical o bastante para causar uma onda de incredulidade até que houvesse uma corroboração mais profunda.

III

Nenhum de nós, imagino, teve um sono muito profundo ou tranquilo naquela manhã, pois tanto a animação pela descoberta de Lake quanto a fúria crescente do vento conspiraram para nos manter acordados. A rajada foi tão selvagem, até mesmo onde estávamos acampados, que era impossível não imaginar a força que teria no acampamento de Lake, situado diretamente sob os imensos picos desconhecidos que criavam e mandavam o vento. McTighe estava de pé às dez e tentou contatar Lake pelo rádio, como fora combinado, mas algum tipo de condição elétrica no ar irrequieto na direção oeste pareceu impedir a comunicação. Conseguimos, contudo, entrar em contato com o *Arkham*, e Douglas me disse que ele também vinha tentando, em vão, entrar em contato com Lake. Ele não sabia do vento, pois muito pouco dele soprava no estreito de McMurdo, apesar de sua fúria persistente onde estávamos.

Durante todo o dia ficamos de ouvidos atentos e tentamos de tempo em tempo contatar Lake, mas em nenhum momento obtivemos resultado. Por volta do meio-dia um verdadeiro frenesi de vento atacou, vindo do oeste, fazendo-nos temer pela segurança de nosso acampamento; mas por fim arrefeceu, tendo apenas uma recaída moderada às duas da tarde. Depois das três, tudo ficou muito quieto, e redobramos os esforços para contatar Lake. Raciocinando que ele tinha quatro aviões, cada um munido de um excelente aparelho de ondas curtas, não podíamos imaginar qualquer acidente normal capaz de danificar todos os equipamentos radiofônicos de uma só vez. Não obstante, o silêncio de pedra continuou; e, quando considerávamos a força delirante que o vento deve ter assumido na base de Lake, não pudemos evitar as conjecturas mais sinistras.

Às seis, nossos temores haviam se tornado nítidos e intensos, e depois de uma consulta via rádio com Douglas e Thorfinnssen resolvi tomar medidas para investigar. O quinto aeroplano, que havíamos deixado no depósito de suprimentos do estreito de McMurdo, com Sherman e dois marinheiros, estava em bom estado e pronto para uso imediato; e tudo indicava que a emergência para a qual havia sido guardado agora se impunha sobre nós. Contactei Sherman pelo rádio e ordenei que ele se juntasse a mim com o avião e os dois marinheiros na base sul assim que possível, sendo que as condições do ar pareciam altamente favoráveis. Discutimos então quem comporia a equipe de investigação e decidimos que todos deveriam participar, inclusive o trenó e os cães que eu mantivera comigo. Mesmo uma carga tão grande não seria demasiado para um dos aviões gigantescos construídos de acordo com nossas especificações para o transporte de maquinário pesado. Eu ainda tentava amiúde contatar Lake pelo rádio, mas nada consegui.

Sherman, com os marinheiros Gunnarsson e Larsen, decolou às sete e meia e relatou, do próprio avião e em vários pontos do trajeto, uma jornada tranquila. Chegaram a nossa base à meia-noite, e todos começamos imediatamente a deliberar sobre o que fazer a seguir. Seria arriscado sobrevoar a Antártica em um único aeroplano, sem qualquer base a que pudéssemos recorrer, mas ninguém se declarou contrário àquela que parecia ser a necessidade mais evidente. Nos recolhemos às duas para um breve descanso depois de carregarmos parte do que levaríamos no avião, mas quatro horas depois já estávamos de pé para concluir o acondicionamento e o carregamento.

Às sete e quinze da manhã do dia 25 de janeiro começamos a voar no sentido noroeste, com McTighe como piloto, dez homens, sete cães, um trenó, um suprimento de combustível e alimentos e outros itens, incluindo o aparelho radiofônico do avião. A atmosfera estava límpida, bastante tranquila e de temperatura relativamente branda, e prevíamos ter pouquíssimos problemas para alcançar a latitude e longitude informadas por Lake como o local de seu acampamento. O que nos deixava apreensivos era o que poderíamos encontrar, ou não encontrar, ao final de nossa jornada, pois o silêncio continuou a ser a resposta a todos os chamados que fazíamos para o acampamento.

Cada incidente daquele voo de quatro horas e meia está gravado a fogo em minha memória, devido a sua posição crucial em minha vida. Ele marcou a perda, aos 54 anos de idade, de toda aquela paz e equilíbrio que a mente normal possui enquanto mantém sua compreensão tradicional da Natureza externa e de suas leis. Dali em diante, nós dez que ali estávamos – mas, em especial, o estudante Danforth e eu – encararíamos um mundo hediondamente ampliado de horrores à espreita que nada poderá apagar de nossas emoções e que evitaríamos compartilhar com o restante da humanidade, se pudéssemos. Os jornais publicaram os boletins que enviamos durante o voo, informando o trajeto sem paradas, as duas batalhas contra traiçoeiras ventanias de grande altitude, nosso vislumbre da superfície fendida onde Lake havia afundado sua torre de médio alcance três dias antes e nosso avistamento de um grupo daqueles estranhos cilindros de neve fofa observados por Amundsen e Byrd, rolando ao sabor do vento, pelas infinitas léguas de platô congelado. Chegou um momento, contudo, em que nossas sensações não poderiam ser transmitidas por meio de nenhuma palavra que a imprensa pudesse compreender; e um momento posterior em que tivemos que adotar uma regra efetiva de censura estrita.

O marinheiro Larsen foi o primeiro a avistar a linha dentada de cones e pináculos à frente, que faziam lembrar bruxas, e seus gritos fizeram com que todos corressem às janelas da grande cabine do avião. Apesar de nossa velocidade, eles só muito lentamente aumentaram de proporção; portanto, soubemos que deveriam estar a uma distância infinita e que os víamos apenas por causa de sua altura anômala. Pouco a pouco, contudo, eles avultaram sinistramente no céu ocidental, permitindo que avistássemos vários cumes nus, sombrios e enegrecidos, e que sentíssemos a curiosa sugestão de fantasia que inspiravam, vistos à luz avermelhada da Antártica, contra o hipnotizante pano de fundo de iridescentes nuvens de poeira de gelo. Em todo o espetáculo havia uma sugestão, persistente e difusa, de um segredo estupendo e de uma potencial revelação; era como se aqueles pináculos desolados e de pesadelo marcassem as torres de um temível portão, que daria entrada para esferas proibidas de sonho, para complexos abismos de tempo, espaço e ultradimensionalidade remotos. Não pude evitar sentir que eram coisas essencialmente más – montanhas da loucura cujos despenhadeiros mais distantes davam para algum amaldiçoado abismo final. Aquele fervilhante e semiluminoso panorama de nuvens continha sugestões inefáveis de um além vago e etéreo, de espacialidade muito mais do que apenas terrestre; e dava lembretes aterradores de como era absolutamente remoto, separado, desolado e morto há eras aquele mundo austral, jamais tocado por pés de humanos ou imaginado por suas mentes.

Foi o jovem Danforth que chamou nossa atenção para as curiosas regularidades da linha do horizonte em que as montanhas mais altas encontravam o céu – regularidades como fragmentos pendentes de cubos perfeitos, que Lake mencionara em suas mensagens, e que realmente justificavam a comparação com as sugestões oníricas de ruínas de templos primordiais em enevoados topos de montanhas asiáticas, pintadas de modo tão sutil e estranho por Roerich. Havia realmente uma semelhança evocativa com as pinturas de Roerich em todo aquele continente espectral de mistério montanhoso. Eu o havia sentido em outubro quando avistamos pela primeira vez a Terra de Vitória, e o senti novamente naquele momento. Senti também um novo influxo de uma percepção inquieta de semelhanças míticas arqueanas; de que maneira perturbadora aquele reino letal correspondia ao infame platô de Leng dos escritos primevos. Os especialistas em mitos situaram Leng na Ásia Central; mas a memória racial do homem – ou de seus predecessores – é longa e pode muito bem ser que certos contos tenham vindo de terras e montanhas e templos de horror anteriores à Ásia, e anteriores a qualquer mundo humano que conhecemos. Alguns místicos ousados sugeriram uma origem pré-pleistocênica para os fragmentários Manuscritos Pnakóticos e sugeriram que os devotos de Tsathoggua eram tão estranhos à humanidade como o próprio Tsathoggua. Leng, onde quer que se ocultasse no tempo ou no espaço, não é uma região em que eu gostaria de estar, nem sequer de me aproximar; e também não me agradava a proximidade de um mundo que em algum ponto do tempo houvesse gerado aquelas monstruosidades ambíguas e arqueanas como as que Lake mencionara. Naquele momento, me arrependi de ter lido o execrável *Necronomicon* e de ter tido conversas tão longas com aquele folclorista desagradavelmente erudito, Wilmarth, na universidade.

Esse estado de espírito sem dúvida serviu para agravar minha reação à bizarra miragem que irrompeu diante de nós, vinda do zênite cada vez mais iridescente, enquanto nos aproximávamos das montanhas e começávamos a distinguir as sinuosidades superpostas dos contrafortes. Eu vira dezenas de miragens polares nas semanas precedentes, algumas delas tão espectrais e de vividez tão fantástica como a que tinha diante dos olhos; mas esta possuía uma qualidade inteiramente nova e obscura de simbolismo ameaçador, e estremeci ao ver o fervilhante labirinto de fabulosos paredões, torres e minaretes avultar dos agitados vapores de gelo acima de nossas cabeças.

O efeito era o de uma cidade ciclópica, de arquitetura desconhecida pelo homem e pela imaginação humana, com vastas conglomerações de cantaria negra como a noite dando forma a monstruosas perversões das leis geométricas e chegando aos extremos mais grotescos de bizarria sinistra. Havia cones truncados, às vezes escalonados ou sulcados, encimados por altas hastes cilíndricas com alargamentos bulbosos aqui e ali, e muitas vezes culminando em fileiras de discos finos cujas margens tinham protuberâncias arredondadas; e estranhas construções protuberantes em forma de mesa, sugerindo pilhas de inúmeras lajes retangulares ou pratos circulares ou estrelas de cinco pontas, cada uma se sobrepondo à inferior. Havia cones e pirâmides combinados, sozinhos ou encimando cilindros ou cubos, ou cones e pirâmides truncados mais achatados, e alguns pináculos em forma de agulha, em curiosos agrupamentos de cinco. Todas essas estruturas febris pareciam interligadas por pontes tubulares que se estendiam de uma para outra em diversas altitudes estonteantes, e a escala implícita do todo era aterrorizante e opressiva por seu absoluto gigantismo. O tipo geral de miragem não era diferente de algumas das formas mais fantásticas observadas e desenhadas pelo baleeiro do Ártico, Scoresby, em 1820; mas naquele tempo e lugar, com aqueles negros e desconhecidos cumes montanhosos se erguendo estupendamente a nossa frente, com a descoberta de um mundo primitivo e anômalo em nossas mentes e o presságio sombrio de uma possível catástrofe envolvendo a maior parte de nossa expedição, todos parecíamos achar naquilo uma mácula de malignidade latente e um presságio infinitamente nefando.

Senti-me contente quando a miragem começou a se desfazer, embora, nesse processo, os diversos cones e torreões tenham assumido por alguns instantes formas retorcidas de uma hediondez ainda maior. À medida que a ilusão se dissolvia numa turbulenta iridescência, começamos novamente a olhar para a terra e vimos que o ponto final de nossa jornada não estava distante. As desconhecidas montanhas à frente erguiam-se vertiginosamente como uma temível fortaleza de gigantes, as curiosas regularidades se mostrando com uma nitidez chocante, mesmo quando não usávamos binóculos. Estávamos agora sobre os contrafortes mais baixos e podíamos ver, em meio à neve, ao gelo e aos pedaços nus de seu platô principal alguns pontos mais escuros, que presumimos ser o local de acampamento e perfurações de Lake. Os contrafortes mais altos se erguiam a oito ou nove quilômetros de distância, formando uma cordilheira praticamente distinta da aterrorizante linha de picos, mais do que himalaicos, além deles. Finalmente, Ropes – o estudante que substituíra McTighe nos controles – começou a descer em direção ao ponto negro à esquerda, cujo tamanho indicava tratar-se do acampamento. Nisso, McTighe enviou a última mensagem radiofônica não censurada que o mundo receberia de nossa expedição.

Todos, é claro, já leram os breves e frustrantes boletins sobre o restante de nossa estada na Antártica. Algumas horas depois do pouso, enviamos um boletim circunspecto sobre a tragédia que encontramos e anunciamos, com relutância, que todo o grupo de Lake fora varrido pelo terrível vento do dia anterior, ou da noite anterior a ele. Onze mortos confirmados, o jovem Gedney desaparecido. As pessoas perdoaram a nossa ambígua falta de detalhes devido à compreensão do choque que o triste acontecimento deveria ter nos causado e acreditaram quando explicamos que a ação devastadora do vento deixara todos os onze cadáveres em condições impróprias para serem levados dali. Na verdade, me congratulo por, mesmo em meio ao tormento, total perplexidade e ao horror que dominava nossas almas, em muito pouco termos nos desviado da verdade em qualquer detalhe específico. O significado tremendo está naquilo que não ousamos relatar – no que eu não relataria agora, não fosse pela necessidade de alertar os outros sobre a existência de terrores sem nome.

É verdade que o vento havia causado uma devastação pavorosa. A possibilidade de que todos sobrevivessem, mesmo sem aquela outra coisa, é altamente questionável. A tempestade, com sua fúria de partículas de gelo de propulsão ensandecida, deve ter sido pior do que qualquer coisa com que nossa expedição tivera se deparado até então. Um abrigo de aeroplano – tudo, ao que parece, havia sido deixado num estado deveras frágil e impróprio – fora quase pulverizado; e a torre, no distante local de perfuração, fora inteiramente reduzida a pedaços. A agressão contra o metal exposto dos aviões e equipamentos de perfuração baseados fora tanta que pareciam ter sido polidos, e duas das pequenas barracas haviam sido achatadas, apesar de embarreiradas com neve. Superfícies de madeira deixadas do lado de fora na explosão de vento estavam esburacadas, despojadas de tinta, e todos os sinais de caminhos na neve haviam sido obliterados por completo. É verdade também que não encontramos nenhum dos objetos biológicos arqueanos em condições de ser levados. É verdade que recolhemos alguns minerais de uma grande pilha desordenada, incluindo vários dos fragmentos de pedra-sabão esverdeada cujo estranho acabamento de cinco pontas e vagos desenhos de pontos agrupados causaram tantas comparações dúbias; e alguns ossos fossilizados, entre os quais estavam os mais característicos dos espécimes feridos de maneira peculiar.

Nenhum dos cães sobreviveu, estando seu claustro de neve construído às pressas perto do acampamento destruído quase que por inteiro. O vento pode ter sido o responsável, embora a quebra maior do lado mais próximo do acampamento, que não ficava no trajeto do vento, sugerisse um salto para fora ou rompimento causado pelas próprias criaturas em estado de frenesi. Todos os três trenós haviam sumido, e tentamos explicar que o vento poderia tê-los soprado para o desconhecido. O maquinário de perfuração e derretimento de gelo no local da perfuração sofrera danos demais para ser consertado, então nós o usamos para bloquear aquele portal para o passado, sutilmente perturbador, que Lake havia aberto. Deixamos também no acampamento os dois aviões mais avariados, já que nosso grupo de sobreviventes dispunha apenas de quatro pilotos – Sherman, Danforth, McTighe e Ropes – no total, estando Danforth num estado de nervos inadequado para pilotar. Trouxemos de volta todos os livros, equipamentos científicos e outros itens de menor importância que pudemos encontrar, embora muita coisa tivesse sido, de maneira bastante difícil de explicar, levada pelo vento. Barracas e casacos de pele sobressalentes estavam ou desaparecidos ou em péssimas condições.

Eram cerca de quatro da tarde, depois de ampla investigação aérea que nos forçara a dar Gedney por desaparecido, quando mandamos nossa mensagem censurada para que o *Arkham* a retransmitisse; e acho que fizemos bem em mantê-la tão tranquila e neutra como nos foi possível. O máximo que dissemos sobre qualquer perturbação foi a respeito de nossos cães, cuja inquietação frenética perto dos espécimes biológicos seria de se esperar, dados os relatos do pobre Lake. Não chegamos a mencionar, creio eu, a demonstração da mesma inquietação de nossos cães ao farejarem as estranhas pedras-sabão esverdeadas e alguns outros objetos na região em estado caótico – objetos que incluíam instrumentos científicos, aeroplanos e maquinário, tanto no acampamento quanto no local de perfuração, cujas partes haviam sido afrouxadas, mudadas de lugar ou manipuladas de alguma outra maneira pelos ventos, que deviam ter nutrido um singular espírito de curiosidade e investigação.

Sobre os catorze espécimes biológicos, fomos, justificavelmente, vagos. Dissemos que os únicos que pudemos descobrir estavam danificados, mas que deles restara o suficiente para provar que a descrição de Lake fora admiravelmente exata em todos os detalhes. Foi difícil manter nossas emoções pessoais fora da questão – e não fizemos menção a números ou tampouco dissemos exatamente como encontráramos aqueles que de fato encontramos. Havíamos àquele momento concordado em não transmitir nada que sugerisse insanidade da parte dos homens de Lake, e certamente parecia loucura encontrar seis monstruosidades imperfeitas cuidadosamente enterradas de pé, em covas de neve de 3 metros, sob montículos de cinco pontas, perfurados por grupos de pontos em desenhos idênticos aos que havia nas estranhas pedras-sabão esverdeadas, retiradas de seus abrigos da era mesozoica ou terciária. Os seis espécimes perfeitos mencionados por Lake pareciam ter sido levados pelo vento.

Nos preocupamos, também, com a paz de espírito do público; portanto, Danforth e eu pouco dissemos sobre aquela aterradora viagem para além das montanhas no dia seguinte. O fato era que somente um avião radicalmente leve teria possibilidade de cruzar uma cordilheira de tal altitude, o que felizmente limitou aquela viagem exploratória a uma tripulação composta por nós dois. Ao retornarmos, à uma da manhã, Danforth estava à beira da histeria, mas manteve um autocontrole admirável. Não foi preciso insistir para fazê-lo prometer não mostrar nossos esboços e os outros itens que trouxemos nos bolsos, não dizer aos outros nada além do que havíamos concordado em transmitir para fora e esconder os negativos das fotos para que depois fossem revelados em privado; de modo que parte da minha atual história será tão nova para Pabodie, McTighe, Ropes, Sherman e os outros como será para o restante do mundo. Na verdade, Danforth se calou até mais do que eu; pois ele viu – ou acredita ter visto – uma coisa que se recusa a contar até para mim.

Como todos sabem, nosso relato incluiu a história de uma subida difícil; a confirmação da opinião de Lake de que os grandes picos eram de ardósia arqueana e de outros estratos muito primevos compactados, que não sofreram mudança desde, no mínimo, meados da era comanchiana; um comentário convencional sobre a regularidade das formações pendentes em forma de cubos e baluartes; um veredito de que as entradas das cavernas indicavam veios dissolvidos de calcário; a conjectura de que certas escarpas e fendas permitiriam que toda a cordilheira fosse escalada e transposta por alpinistas experientes; e a observação de que o misterioso outro lado continha um elevado e imenso superplatô, tão antigo e estável como as próprias montanhas – de 6 mil metros de altitude, com grotescas formações rochosas irrompendo de uma fina camada glacial, e com baixos contrafortes graduais entre a superfície geral do platô e os íngremes precipícios dos picos mais altos.

Esse conjunto de informações, até onde vai, é verdadeiro em todos os aspectos e satisfez por completo os homens do acampamento. Atribuímos nossa ausência de dezesseis horas – um tempo mais longo do que exigia o programa anunciado de voo, pouso, exploração e coleta de rochas – a um fictício longo intervalo de condições adversas provocadas pelo vento; e contamos, com verdade, do nosso pouso nos contrafortes mais distantes. Felizmente, nossa história pareceu realista e prosaica o bastante para não tentar nenhum dos outros a repetir nosso voo. Caso alguém tentasse fazê-lo, eu teria usado todo o meu poder de persuasão para impedir a viagem – e não sei o que Danforth poderia fazer. Enquanto estávamos fora, Pabodie, Sherman, Ropes, McTighe e Williamson haviam trabalhado sem cessar nos dois aviões de Lake que se encontravam em melhor estado, preparando-os novamente para uso, apesar da interferência, inteiramente inexplicável, que seus mecanismos de operação haviam sofrido.

Decidimos carregar todos os aviões na manhã seguinte e partir para a nossa antiga base o mais rápido possível. Ainda que indireta, era a maneira mais segura de chegarmos ao estreito de McMurdo; pois um voo em linha reta sobre os trechos absolutamente desconhecidos do mundo desolado há tantas eras implicaria uma série de riscos adicionais. Seria difícil realizar novas explorações, tendo em vista a trágica dizimação que sofremos e os escombros em que haviam se transformado os nossos equipamentos de perfuração; as dúvidas e os horrores que nos cercavam – que não revelamos – nos fizeram desejar apenas uma coisa: fugir daquele mundo austral de desolação e agourenta insanidade o mais rápido possível.

Como o público sabe, nosso retorno ao mundo foi realizado sem novos desastres. Todos os aviões chegaram à velha base na noite do dia seguinte – 27 de janeiro – após um rápido voo sem escalas; e no dia 28 chegamos ao estreito de McMurdo em dois trechos, a única parada sendo muito breve e ocasionada por um leme de direção defeituoso em meio à fúria do vento sobre a barreira de gelo, depois que havíamos deixado para trás o grande platô. Cinco dias depois, o *Arkham* e o *Miskatonic*, com todos os homens e equipamentos a bordo, abriam caminho pelo campo de gelo, que se espessava, e subiam pelo mar de Ross com as desdenhosas montanhas da terra de Vitória se erguendo ao oeste contra um turbulento céu antártico e transformando os lamentos do vento em um assovio musical de uma grande variedade de notas, que gelou minha alma até o âmago. Menos de duas semanas depois deixamos para trás o último vestígio de terra polar e agradecemos aos céus por estarmos livres de um reino assombrado e amaldiçoado, onde a vida e a morte, o espaço e o tempo fizeram entre si negras e blasfemas alianças, nas épocas desconhecidas que se passaram desde que pela primeira vez a matéria se debateu e nadou pela crosta mal resfriada do planeta.

Desde que retornamos, todos nós trabalhamos constantemente para desencorajar explorações da Antártica e guardamos certas dúvidas e palpites para nós mesmos, mantendo unidade e lealdade esplêndidas. Nem mesmo o jovem Danforth, com seu colapso nervoso, tirou o corpo fora ou abriu a boca para seus médicos – na verdade, como eu já disse, há uma coisa que acredita ter somente ele visto, que se recusa a contar até para mim, embora eu creia que seria benéfico para seu estado psicológico consentir em fazê-lo. Poderia explicar muita coisa e servir de grande alívio, embora talvez a coisa não fosse mais do que a consequência ilusória de um choque anterior. É a impressão que tenho depois daqueles raros momentos irresponsáveis em que ele murmura coisas desconexas para mim – coisas que renega com veemência assim que retoma o autocontrole.

Não será fácil impedir que outros se aventurem pelo grande sul branco, e alguns de nossos esforços talvez prejudiquem diretamente a nossa causa, gerando uma atenção investigativa. Devíamos estar cientes desde o início de que a curiosidade humana é imorredoura e que os resultados que anunciamos bastariam para incentivar outros a empreender a mesma busca ancestral pelo desconhecido. Os relatos de Lake sobre aquelas monstruosidades biológicas haviam excitado ao máximo os naturalistas e paleontólogos, embora tenhamos tido a sensatez de não mostrar as partes soltas que havíamos retirado dos espécimes sepultados, ou as fotografias dos mesmos espécimes no estado em que foram encontrados. Também nos abstivemos de mostrar os ossos cicatrizados e pedras-sabão esverdeadas mais intrigantes; ao passo que Danforth e eu guardamos com cuidado as fotografias que tiramos e imagens que desenhamos no superplatô do outro lado da cordilheira, e as coisas amassadas que desamarrotamos, estudamos aterrorizados e trouxemos de volta em nossos bolsos. Mas agora a expedição Starkweather-Moore está se organizando, e com um esmero muito superior ao de nossa equipe. Caso não sejam dissuadidos, chegarão ao mais profundo núcleo da Antártica e derreterão e perfurarão até que desencavem aquilo que pode causar o fim do mundo. Então devo, por fim, abrir mão de todas as reticências – até mesmo sobre aquela derradeira e inominável coisa para além das montanhas da loucura.

IV

É somente sentindo imensa hesitação e repugnância que me permito lembrar do acampamento de Lake e do que realmente encontramos por lá – e daquela outra coisa para além do temível paredão montanhoso. Sinto uma tentação constante de omitir os detalhes e deixar que indícios substituam os fatos e as deduções inelutáveis. Espero já ter dito o suficiente para que possa abordar por alto o restante; o restante, isto é, do horror no acampamento. Já contei sobre o terreno devastado pelo vento, os abrigos danificados, o maquinário em desordem, as diversas ansiedades que tomavam nossos cães, os trenós e outros itens desparecidos, as mortes de homens e cães, a ausência de Gedney e os seis espécimes biológicos enterrados de maneira insana, de textura estranhamente saudável apesar de todas as lesões estruturais, filhos de um mundo morto há 40 milhões de anos. Não lembro se cheguei a mencionar que, ao examinar os cadáveres dos cães, descobrimos que um deles não estava lá. Não demos muita atenção a isso até um bom tempo depois – na verdade, somente a minha atenção e a de Danforth foram despertadas.

As principais coisas que venho ocultando têm relação com os corpos e com certos pontos sutis que talvez possam, talvez não, fornecer um tipo hediondo e incrível de explicação para o caos aparente. À época, tentei fazer com que os homens não pensassem em tais questões; pois era tão mais simples – tão mais normal – atribuir tudo a um surto de loucura de alguns membros do grupo de Lake. Ao que parecia, aquele demoníaco vento da montanha talvez tivesse sido violento o suficiente para levar qualquer homem à loucura, em meio àquele centro de todo o mistério e desolação terrestres.

A anormalidade suprema, é claro, era o estado dos cadáveres – tanto dos homens quanto dos cães. Todos haviam participado de alguma espécie terrível de luta e sido dilacerados e mutilados de maneira desumana e inteiramente inexplicável. A morte, até onde pudemos compreender, havia, em cada um dos casos, decorrido de laceração ou estrangulação. Era evidente que o problema começara com os cães, pois o estado em que o mal construído canil se encontrava dava testemunho de sua violenta destruição – desde dentro. Fora construído a alguma distância do acampamento devido ao ódio dos animais por aqueles diabólicos organismos arqueanos; tudo indicava, porém, que a precaução fora inútil. Quando deixados sozinhos naquele vento monstruoso, por trás de frágeis paredes de altura insuficiente, eles devem ter entrado em pânico – se por causa do próprio vento ou se por algum odor sutil e crescente emitido pelos espécimes macabros, não era possível dizer. Os espécimes, é claro, haviam sido cobertos por um pano de tenda; porém, o baixo sol antártico incidira sem parar sobre aquele pano, e Lake mencionara que o calor do sol tendia a fazer relaxar e expandir o tecido, estranhamente saudável e resistente, daquelas coisas. Talvez o vento houvesse arrancado o tecido de cima delas, e as remexido de tal maneira que suas qualidades olfatórias mais penetrantes se tornaram manifestas, apesar da antiguidade inacreditável das coisas.

Mas, seja lá o que tenha acontecido, foi hediondo e repugnante o bastante. Talvez seja melhor colocar os escrúpulos de lado e finalmente contar o pior – embora com uma declaração categórica da opinião, baseada em observações diretas e nas mais sólidas deduções tanto minhas quanto de Danforth, de que o então desaparecido Gedney não fora de modo algum responsável pelos abomináveis horrores que encontramos. Eu já disse que os cadáveres apresentavam mutilações terríveis. Agora, devo acrescentar que alguns haviam sofrido incisões e sido despojados de alguma parte da maneira mais peculiar, fria e desumana. O mesmo ocorrera a cães e humanos. Todos os corpos mais gordos e saudáveis, tanto bípedes quanto quadrúpedes, haviam sido despojados de suas massas mais firmes de tecido por meio de cortes, como se um cuidadoso açougueiro tivesse trabalhado neles; e a sua volta havia uma estranha aspersão de sal – retirado dos destroçados baús de suprimentos dos aviões –, coisa que evocava as mais horríveis associações de ideias. A coisa ocorrera em um dos rudimentares abrigos de aeroplano; o avião fora arrastado para fora, e ventos subsequentes haviam apagado todos os rastros que poderiam ter embasado alguma teoria plausível. Pedaços espalhados de roupas, cortados de maneira selvagem, dos humanos que haviam sofrido incisões não proporcionaram pista alguma. É inútil mencionar a leve impressão causada por certas marcas indistintas na neve em um canto protegido do recinto arruinado – porque a impressão não fora, de modo algum, de que se tratava de algo de origem humana, mas estava claramente influenciada por tudo que o pobre Lake dissera sobre as marcas fósseis durante as semanas precedentes. Era necessário ter cuidado com a própria imaginação ao abrigo daquelas sobrepujantes montanhas da loucura.

Como já indiquei, Gedney e um cão foram dados, ao final da busca, por desaparecidos. Quando chegamos àquele terrível abrigo, notamos a ausência de dois cães e dois homens; mas a tenda de dissecção, relativamente incólume, na qual entramos depois de investigar os túmulos monstruosos tinha algo a revelar. Não estava como Lake a deixara, pois as partes cobertas da monstruosidade primeva haviam sido retiradas da mesa improvisada. Na verdade, já havíamos percebido que uma das seis coisas imperfeitas e enterradas daquela maneira insana – a que tinha vestígios de um odor especialmente execrando – deveria representar o conjunto das partes da entidade que Lake tentara analisar. Sobre e à volta da mesa do laboratório havia outras coisas espalhadas, e não demoramos a perceber que aquelas coisas eram as partes, dissecadas com cuidado, embora de maneira estranha e amadora, de um homem e um cão. Pouparei os sentimentos dos sobreviventes, omitindo mencionar a identidade do homem. Os instrumentos anatômicos de Lake tinham sumido, mas encontramos evidências de que haviam sido limpados com cuidado. O fogão a gasolina também desaparecera, embora em volta de onde ele estava tenhamos encontrado uma curiosa pilha de fósforos. Enterramos as partes humanas ao lado dos outros dez homens e as partes caninas com os outros 35 cães. Quanto às manchas bizarras na mesa do laboratório e no amontoado de livros ilustrados (manuseados com brusquidão) espalhados perto dela – estávamos demasiado perplexos para buscar alguma explicação.

O conjunto desses elementos era o pior do horror encontrado no acampamento, mas havia outras causas de igual perplexidade. O desaparecimento de Gedney, do cão, dos oito espécimes biológicos ilesos, dos três trenós e de certos instrumentos, de livros técnicos e científicos ilustrados, materiais de escrita, lanternas e pilhas, alimentos e combustível, aquecedores, tendas sobressalentes, trajes de pele e itens semelhantes estava inteiramente além de qualquer conjectura sã; o mesmo valia para as manchas de tinta com borrifos nas bordas em alguns pedaços de papel, e para as evidências de buscas e experimentos enigmáticos em volta dos aviões e de todos os outros aparelhos mecânicos, tanto no acampamento quanto no local de perfuração. Os cães pareciam abominar aquele maquinário em estranha desordem. E havia também o desarranjo da despensa, o sumiço de certos itens de primeira necessidade e o amontoado desagradavelmente cômico de latas de alumínio abertas das maneiras mais improváveis e nos lugares mais improváveis. A profusão de fósforos esparramados – intactos, quebrados ou usados – era um outro enigma menor, assim como os dois ou três tecidos de tenda e trajes de pele que encontramos largados pelo lugar, com cortes peculiares e heterodoxos, presume-se que causados por tentativas canhestras de realizar adaptações inconcebíveis. A violência sofrida pelos corpos, humanos e caninos, e o enterro demente dos espécimes arqueanos danificados eram todos condizentes com aquele evidente frenesi de destruição. Tendo em vista justamente uma necessidade como a atual, fotografamos com cuidado todas as principais evidências da desordem insana no acampamento e usaremos as fotos para embasar nossas imprecações contra a partida da expedição Starkweather-Moore que vem sendo planejada.

A primeira coisa que fizemos depois de encontrar os corpos no abrigo foi fotografar e então abrir a fileira de túmulos dementes encimados pelas tumbas de neve com cumes de cinco pontas. Era impossível não perceber a semelhança entre aqueles montes monstruosos, com seus vários agrupamentos de pontos, e as descrições que o pobre Lake fizera das estranhas pedras-sabão esverdeadas; e, quando nos deparamos com algumas das próprias pedras-sabão na grande pilha de minerais, vimos que a semelhança era de fato muito grande. A formação geral, como um todo, isso precisa ficar claro, parecia sugerir de maneira abominável a cabeça de estrela-do-mar das entidades arqueanas; e concordamos que a semelhança deve ter exercido um grande poder sobre as mentes fragilizadas da equipe superexcitada de Lake. Nos depararmos pela primeira vez com as próprias entidades sepultadas foi um momento horrível e fez minha imaginação e a de Pabodie voltarem a alguns dos chocantes mitos primevos sobre os quais lêramos e ouvíramos. Todos concordamos que a simples visão daquelas coisas, e a presença delas ali, deve ter contribuído com a opressiva solidão polar e o demoníaco vento da montanha para levar à loucura a equipe de Lake.

Pois a loucura – focando-se em Gedney, sendo ele o único agente que ainda poderia estar vivo – foi a explicação espontaneamente adotada por todos, isso na medida em que discutimos o assunto em voz alta; contudo, não serei ingênuo a ponto de negar que cada um de nós talvez cogitasse loucas hipóteses que a sanidade proibia que fossem enunciadas por inteiro. À tarde, Sherman, Pabodie e McTighe fizeram uma meticulosa viagem de aeroplano, abrangendo todo o território circunvizinho, varrendo o horizonte com binóculos à procura de Gedney e das muitas coisas que estavam desaparecidas; mas nada veio à luz. O grupo relatou que a titânica barreira da cordilheira se estendia infinitamente tanto para a direita quanto para a esquerda, sem qualquer diminuição da altura ou da estrutura básica. Em alguns dos picos, porém, as formações regulares de cubos e baluartes eram mais nítidas e conspícuas, possuindo semelhanças duplamente fantásticas com as ruínas de cordilheiras asiáticas pintadas por Roerich. A distribuição de enigmáticas entradas de cavernas nos cumes negros desprovidos de neve parecia mais ou menos uniforme, até onde se podia avistar.

Apesar de todos os horrores com que nos deparávamos, restou-nos uma quantidade suficiente de fervor científico e espírito de aventura para que nos perguntássemos sobre o reino desconhecido que jazia para além daquelas montanhas misteriosas. Como declararam nossas circunspectas mensagens, fomos descansar à meia-noite após o dia de terror e perplexidade, mas não sem antes começar a planejar um ou mais voos de altitude suficiente para cruzar a cordilheira, em um avião com peso reduzido, munido de câmera aérea e equipamentos geológicos, na manhã seguinte. Foi decidido que Danforth e eu tentaríamos primeiro, e acordamos às sete da manhã pretendendo partir cedo; contudo, ventos fortes – mencionados em nosso breve boletim para o mundo – atrasaram a nossa partida até quase nove da manhã.

Já repeti a história neutra que contamos aos homens no acampamento – e que retransmitimos para fora – quando retornamos, dezesseis horas mais tarde. É agora meu terrível dever ampliar esse relato, preenchendo os misericordiosos espaços em branco com indícios do que realmente vimos no mundo transmontano oculto – indícios das revelações que por fim levaram Danforth a sofrer um colapso nervoso. Gostaria que ele acrescentasse uma declaração realmente franca sobre a coisa que crê ter sido avistada somente por ele – mesmo sendo mais provável que se trate de uma ilusão nervosa – e que talvez tenha sido a última gota d'água que o pôs no estado em que agora se encontra; mas ele continua impassível. Tudo o que posso fazer é repetir os murmúrios desconexos que ele posteriormente emitiu sobre o que o fez começar a gritar no momento em que o avião retornava pela passagem entre as montanhas, assolada pelo vento, depois daquele verdadeiro e tangível choque de que compartilhei. Essa será minha última palavra. Se os claros indícios da sobrevivência de horrores antigos no que eu revelar não bastarem para impedir que outros se intrometam no núcleo da Antártica – ou pelo menos que vasculhem fundo demais sob a superfície daquele derradeiro deserto de segredos proibidos e de uma desolação inumana e amaldiçoada por eras –, a responsabilidade pelos males inomináveis e talvez imensuráveis não será minha.

Danforth e eu, estudando as anotações feitas por Pabodie em seu voo vespertino e conferindo com um sextante, havíamos calculado que a passagem pela cordilheira de menor altitude disponível encontrava-se um pouco a nossa direita, à vista do acampamento e a cerca de 7.000 ou 7.300 metros acima do nível do mar. Foi para esse ponto, portanto, que primeiramente nos dirigimos no avião com peso reduzido, ao iniciarmos o voo exploratório. O próprio acampamento, em contrafortes que brotavam de um alto platô continental, estava a cerca de 3.600 metros de altitude; portanto, o aumento real de altitude necessário não era tão grande como pode parecer. Não obstante, tínhamos uma aguda consciência do ar rarefeito e do frio intenso enquanto subíamos; pois, devido às condições de visibilidade, tivemos de deixar as janelas da cabine abertas. Vestíamos, é claro, os casacos de pele mais pesados.

Ao nos aproximarmos dos picos ameaçadores, negros e sinistros acima da linha da neve, dilacerada por fendas e geleiras que ocupavam os interstícios, pudemos ver com nitidez crescente as formações curiosamente regulares que pendiam das encostas; e mais uma vez pensamos nas estranhas pinturas asiáticas de Nicholas Roerich. O antigo estrato rochoso, castigado pelo vento, confirmou integralmente todos os boletins de Lake, e provava que aqueles cumes se elevavam exatamente da mesma maneira desde um tempo surpreendentemente antigo da história da Terra – talvez mais de 50 milhões de anos. O quão mais altos outrora haviam sido era inútil especular; mas tudo naquela estranha região sugeria obscuras influências atmosféricas desfavoráveis à mudança e calculadas para retardar os processos climáticos normais de desintegração das rochas.

Mas foi o emaranhado, nas encostas das montanhas, de cubos, baluartes e entradas de cavernas – todos esses de contornos regulares –, o que mais nos fascinou e perturbou. Eu os estudei com um binóculo e tirei fotografias aéreas enquanto Danforth pilotava; e por algumas vezes o substituí nos controles – embora meus conhecimentos de aviação fossem os de um amador –, de modo a permitir que ele usasse o binóculo. Podíamos ver com facilidade que aquelas coisas eram em grande parte compostas de quartzito arqueano de cor mais ou menos clara, diferente de qualquer formação visível em grandes extensões da superfície total; e que sua regularidade era extrema e misteriosa a um nível que o pobre Lake não chegara perto de aludir.

Como ele dissera, as bordas haviam sido deterioradas e arredondadas por incontáveis eras de intemperismo selvagem; mas sua solidez sobrenatural e o material duro de que eram compostas as haviam salvado da aniquilação. Muitas partes, em especial as mais próximas às encostas, pareciam idênticas, em natureza, à superfície rochosa que as cercava. O arranjo como um todo fazia lembrar as ruínas de Machu Picchu, nos Andes, ou os ancestrais muros de fundação de Kish, escavados pela expedição do Oxford Field Museum, em 1929; e tanto Danforth quanto eu tivéramos aquela impressão ocasional de blocos ciclópicos independentes que Lake atribuíra a seu companheiro de voo, Carroll. Explicar a presença de tais coisas naquele lugar estava, para ser sincero, acima das minhas capacidades, e senti, de um jeito estranho, minhas limitações como geólogo. Estruturas ígneas muitas vezes têm regularidades estranhas – como a famosa Calçada dos Gigantes, na Irlanda –, mas aquela estupenda cordilheira, apesar de Lake haver relatado possíveis cones fumegantes, era sem sombra de dúvida não vulcânica em sua estrutura manifesta.

As peculiares entradas das cavernas, perto das quais parecia haver uma abundância maior das estranhas formações, constituíam outro mistério, ainda que menor, devido à regularidade de seus contornos. Eram, como informara o boletim de Lake, muitas vezes aproximadamente quadradas ou semicirculares; como se os orifícios naturais tivessem sido moldados numa simetria maior, por alguma mão feiticeira. A grande quantidade e a ampla distribuição delas eram notáveis e indicavam que toda a região era alveolada por túneis de estratos dissolvidos de calcário. Os vislumbres que pudemos obter não penetraram muito nas cavernas, mas vimos que elas eram aparentemente desprovidas de estalactites e estalagmites. Por fora, as partes das encostas montanhosas contíguas às aberturas pareciam invariavelmente lisas e regulares; e a Danforth pareceu que as leves rachaduras e fossos causados pelo intemperismo tendiam a formar desenhos incomuns. Com o espírito tomado como estava pelos horrores e anomalias descobertos no acampamento, ele insinuou que os fossos faziam lembrar vagamente aqueles desnorteantes grupos de pontos salpicados nas ancestrais pedras-sabão esverdeadas, replicados de maneira tão hedionda nas tumbas de neve de aparência insana que encimavam aquelas seis monstruosidades enterradas.

Havíamos ascendido gradualmente, sobrevoando os contrafortes mais elevados e seguindo na direção da passagem relativamente baixa que escolhêramos. No caminho, de vez em quando olhávamos para baixo, para a neve e o gelo da rota terrestre, nos perguntando se poderíamos ter arriscado aquela viagem com os equipamentos mais simples de antigamente. Nos surpreendeu um tanto ver que o terreno não era, relativamente, nem um pouco difícil; e que, apesar das fendas e outros pontos difíceis, dificilmente deteria os trenós de um Scott, de um Shackleton ou de um Amundsen. Algumas das geleiras pareciam levar a passagens desnudadas pelo vento com uma continuidade incomum, e ao chegarmos à passagem escolhida descobrimos que seu caso não era exceção.

Nossas sensações de expectativa nervosa enquanto nos preparávamos para dobrar a passagem e perscrutar um mundo inexplorado dificilmente podem ser descritas no papel, ainda que não tivéssemos motivos para acreditar que as regiões além da cordilheira seriam essencialmente diferentes daquelas que já tínhamos visto e atravessado. O toque de mistério maligno naquela barreira de montanhas e no insinuante mar de céu iridescente vislumbrado por entre seus cumes foi algo altamente sutil e rarefeito, que não pode ser explicado de maneira literal. Foi, na verdade, um caso de vago simbolismo psicológico e associação estética – uma coisa mesclada com poemas e pinturas exóticos e com mitos arcaicos que espreitam de volumes execrandos e proibidos. Até mesmo o ônus do vento continha um peculiar elemento de malignidade consciente; e por um segundo pareceu que o som complexo incluía um bizarro assovio ou flauteado musical que passava por uma ampla gama de notas, quando o vento entrava e saía em rajadas das onipresentes e ressonantes entradas das cavernas. Havia naquele som uma nota nebulosa que evocava repulsa, tão complexa e inclassificável como qualquer uma das outras impressões sombrias.

Estávamos agora, após uma lenta ascensão, a uma altura de 7.185 metros, de acordo com o aneroide; e havíamos deixado a região coberta pela neve definitivamente abaixo de nós. Lá em cima havia apenas encostas negras de rocha nua, e o princípio de geleiras de faixas escarpadas – mas com aqueles intrigantes cubos, baluartes e ecoantes entradas de cavernas a acrescentar um presságio do extraordinário, do fantástico e do onírico. Observando a linha de cumes altos, acreditei avistar o mencionado pelo pobre Lake, com um baluarte exatamente no topo. Parecia estar semiperdido em uma estranha bruma antártica – uma bruma, talvez, como a responsável pela possibilidade de vulcanismo inicialmente levantada por Lake. A passagem se avultava bem a nossa frente, lisa e varrida pelo vento entre suas torres denteadas e franzidas dum modo maligno. Além dela havia um céu agitado por vapores espiralados e iluminado pelo baixo sol polar – o sol daquele misterioso reino mais distante sobre o qual sentíamos que humano algum jamais pusera os olhos.

Alguns metros a mais de altitude e contemplaríamos aquele reino. Danforth e eu, incapazes de falar a não ser por gritos em meio ao vento uivante e assoviante que corria pela passagem e se acrescentava ao ruído dos motores a plena potência, trocamos olhares eloquentes. Então, tendo vencido aqueles últimos poucos metros, realmente encaramos o outro lado da portentosa fronteira e vimos os segredos jamais examinados de uma terra antiga e inteiramente alienígena.

V

Acho que nós dois gritamos ao mesmo tempo num misto de espanto, maravilhamento, terror e descrença em nossos próprios olhos quando finalmente atravessamos a passagem e vimos o que jazia além. É claro, devíamos ter alguma teoria de cunho naturalista no fundo de nossas mentes, de modo a firmar nossas faculdades mentais pelo momento. Talvez tenhamos pensado em coisas como as pedras de formas grotescas criadas pelos intemperismos do Jardim dos Deuses, em Colorado, ou as rochas esculpidas pelo vento, de simetria fantástica, do deserto do Arizona. Talvez tenhamos até pensado com alguma parte de nossas mentes que a paisagem fosse uma miragem, como a da manhã anterior, ao nos aproximarmos pela primeira vez daquelas montanhas da loucura. Por força tínhamos tais noções comuns às quais recorrer enquanto nossos olhos varriam aquele platô ilimitado e ferido por tempestades e absorvíamos o labirinto quase infinito de massas rochosas colossais, regulares e geometricamente eurrítmicas, cujos topos deteriorados e esburacados rompiam uma camada glacial de não mais que doze ou quinze metros de espessura, nos pontos mais grossos, e em alguns lugares obviamente mais fina.

O efeito da paisagem monstruosa foi indescritível, pois alguma violação sinistra das leis naturais conhecidas pareceu certa desde o início. Aqui, num altiplano infernalmente antigo, de no mínimo 6.000 metros de altitude, e num clima que, antes mesmo do aparecimento dos humanos, já era letal para todo e qualquer habitante há pelo menos 500.000 anos, se estendia, quase até onde os olhos alcançavam, um emaranhado de pedras ordenadas que somente o desespero da autopreservação mental poderia atribuir a qualquer outra causa que não a uma causa consciente e artificial. Já tínhamos rejeitado, preferindo nos atermos a um raciocínio sério, qualquer teoria de que os cubos e baluartes das encostas montanhosas tivessem origem artificial. Como poderia ser de outro modo, quando o próprio homem mal tivera tempo de se diferenciar dos grandes primatas na época em que essa região sucumbiu ao atual e ininterrupto reinado de morte glacial?

Contudo, agora o domínio da razão parecia ter sido irrefutavelmente abalado, pois aquele labirinto ciclópico de blocos de formas quadradas, arredondadas e angulares tinha características que proibiam qualquer refúgio confortável. Era, não havia dúvidas, a blasfema cidade da miragem, numa realidade objetiva, nítida e inelutável. O detestável presságio tivera, afinal, uma base concreta – algum estrato horizontal de poeira de gelo flutuara no ar de mais alta atitude, e aquele chocante grupo de pedras remanescentes tinha projetado sua imagem do outro lado das montanhas, de acordo com as simples leis da reflexão. É claro, a ilusão fora retorcida e exagerada, e continha elementos ausentes da fonte real; contudo, agora, ao vermos a fonte, a consideramos ainda mais hedionda e ameaçadora do que sua imagem distante.

Somente a imensidão incrível e desumana daqueles vastos baluartes e torres de pedra havia salvado a coisa terrível da aniquilação completa nas centenas de milhares – talvez milhões – de anos em que avultara lá em meio às rajadas de um sombrio platô. "Corona Mundi", "Teto do Mundo ". Todos os tipos de expressões fantásticas brotaram de nossos lábios enquanto olhávamos, desnorteados, para o espetáculo inacreditável. Pensei mais uma vez nos insólitos e sinistros mitos primevos que com tanta persistência me haviam assombrado desde que eu avistara pela primeira vez aquele mundo antártico morto – no platô demoníaco de Leng, nos Mi--Go, ou abomináveis Homens das Neves dos Himalaias, nos Manuscritos Pnakóticos com suas insinuações de uma era pré-humana, no culto a Cthulhu, no *Necronomicon*, nas lendas hiperbóreas sobre o Tsathoggua informe e aquela cria estelar, pior do que informe, associada àquela semientidade.

Por incontáveis quilômetros, em todas as direções, a coisa se estendia com muito pouca diminuição; de fato, enquanto nossos olhos a seguiram para direita e esquerda ao longo da base dos baixos e graduais contrafortes que a separavam dos limites propriamente ditos das montanhas, concluímos que não se percebia qualquer diminuição, exceto por uma interrupção à esquerda da passagem pela qual viéramos. Havíamos nos deparado meramente, por acaso, com uma parte limitada de alguma coisa de extensão incalculável. Os contrafortes eram salpicados por algumas estruturas grotescas de pedra mais distantes entre si, ligando a terrível cidade aos cubos e baluartes já conhecidos que, estava claro, cumpriam o papel de seus marcos fronteiriços nas montanhas. Estes últimos, assim como as estranhas entradas das cavernas, eram tão numerosos no lado interno das montanhas quanto no externo.

O inominável labirinto de pedra consistia, em sua maior parte, de paredes de gelo translúcido de três a 45 metros de altura, e de espessura entre um metro e meio e três metros. Era composto majoritariamente de prodigiosos blocos de ardósia, xisto e arenito, negros e primordiais – blocos que chegavam, em muitos casos, até 1x 2 x 2,5 metros –, embora em diversos pontos parecessem ter sido esculpidos a partir de um leito rochoso sólido e irregular de ardósia pré-cambriana. As construções de modo algum eram de dimensões idênticas, havendo inumeráveis arranjos alveolados de proporção gigantesca, como também estruturas individuais menores. A forma geral daquelas coisas tendia a ser cônica, piramidal ou escalonada, embora fossem muitos os cilindros perfeitos, cubos perfeitos, aglomerações de cubos e outras formas retangulares, e um peculiar salpicado de edificações anguladas cuja base de cinco pontas fazia lembrar um pouco as fortificações modernas. Os construtores haviam em muitos casos utilizado, com perícia, o princípio do arco, e provavelmente domos haviam existido na era de ouro da cidade.

O emaranhado todo sofrera intemperismo brutal, e a superfície glacial a partir da qual as torres se projetavam estava juncada por blocos caídos e detritos imemoriais. Onde a glaciação era transparente, podíamos ver as partes inferiores das pilhas gigantescas e perceber pontes de pedra preservadas pelo gelo ligando as diferentes torres pelo alto, a distâncias variadas. Nas paredes expostas, pudemos detectar os pontos danificados onde outras pontes mais altas do mesmo tipo haviam existido. Um exame mais próximo revelou uma quantidade incalculável de janelas de tamanho mediano; algumas delas fechadas por cortinas de um material petrificado, originalmente madeira, embora a maioria apresentasse fendas sinistras e ameaçadoras. Muitas das ruínas, é claro, não possuíam teto e tinham bordas superiores desiguais, embora arredondadas pelo vento; ao passo que outras, de um modelo mais acentuadamente cônico ou piramidal ou então protegidas por estruturas vizinhas mais altas, preservavam intactos os seus contornos, apesar do desmoronamento e esburacamento onipresentes. Com um binóculo, discernimos sem muita clareza o que pareciam ser decorações esculturais em faixas horizontais – decorações que incluíam aqueles curiosos grupos de pontos cuja presença nas antigas pedras-sabão agora assumia um significado muito mais profundo.

Em muitos pontos, as construções estavam totalmente arruinadas, e a camada de gelo fora profundamente dilacerada por diversas causas geológicas. Em outros lugares, a cantaria estava desgastada até o próprio nível da glaciação. Uma ampla faixa, se estendendo do interior do platô até uma fissura nos contrafortes, cerca de um quilômetro e meio à esquerda da passagem que utilizamos, era inteiramente desprovida de construções; provavelmente correspondia, concluímos, ao curso de algum grande rio que, no período terciário – milhões de anos atrás –, correra pela cidade, desembocando em algum prodigioso abismo subterrâneo da grande barreira de montanhas. Sem dúvidas aquela era, acima de tudo, uma região de cavernas, abismos e segredos subterrâneos além do que os humanos podem sondar.

Reexaminando nossas sensações, e relembrando a perplexidade que sentimos ao ver aquele remanescente monstruoso de eras que acreditávamos pré-humanas, não posso evitar a surpresa por termos conseguido manter um simulacro de equilíbrio mental. É claro, sabíamos que algo – cronologia, teoria científica ou a nossa própria consciência – estava deploravelmente errado; contudo, mantivemos uma compostura suficiente para pilotar o avião, observar muitas coisas com grande minúcia e tirar uma criteriosa série de fotografias que ainda pode prestar um bom serviço a nós dois e ao mundo. Em meu caso, o hábito científico profundamente enraizado pode ter ajudado, pois acima de toda a minha perplexidade e pressentimento de algo ameaçador ardia em mim uma curiosidade dominante de compreender mais daquele segredo antiquíssimo – saber que tipo de criatura havia construído e habitado aquele lugar gigantesco, de proporções incalculáveis, e que relação com o mundo de sua época ou de outras épocas aquela concentração de vida tão singular poderia ter tido.

Pois aquilo não podia ser uma cidade comum. Deve ter formado o principal núcleo e centro de algum capítulo arcaico e inacreditável da história da Terra, cujas ramificações, lembradas somente de forma indistinta nos mitos mais obscuros e distorcidos, haviam desaparecido por completo em meio ao caos das convulsões terrenas, muito antes que qualquer raça humana por nós conhecida pudesse se diferenciar aos poucos do reino dos primatas. Ali se estendia uma megalópole paleógena, comparada com a qual as lendárias Atlântida e Lemúria, Commoriom e Uzuldaroum, e Olathoë na terra de Lomar são recentes e do dia de hoje – nem mesmo de ontem; uma megalópole equiparável a blasfêmias pré-humanas sussurradas, como Valúsia, R'lyeh, Ib na terra de Mnar, e a Cidade Inominável de Arabia Deserta. Ao sobrevoarmos aquele emaranhado de sombrias torres titânicas, minha imaginação algumas vezes ultrapassou todas as fronteiras e vagou sem destino por reinos de associações fantásticas – tecendo até mesmo ligações entre aquele mundo perdido e alguns dos meus mais loucos sonhos a respeito do insano terror no acampamento.

O tanque de combustível do avião, para que o peso fosse o menor possível, fora enchido somente em parte; portanto, agora tínhamos de proceder com cautela em nossas explorações. Mesmo assim, contudo, cobrimos uma imensa extensão de terra – ou, melhor dizendo, de ar – após mergulharmos até um nível em que o vento se tornava um fator praticamente desprezível. Não parecia haver limite para a cordilheira, ou para a extensão da horrenda cidade de pedra que margeava os contrafortes internos da cordilheira. Oitenta quilômetros de voo em cada direção não mostraram nenhuma grande mudança no labirinto de rocha e cantaria que se projetava do gelo eterno como um cadáver que tenta sair do túmulo. Havia, no entanto, algumas variações fascinantes, assim como os entalhes no cânion onde aquele vasto rio outrora penetrava os contrafortes e se aproximava de seu ponto de submersão na grande cordilheira. Os promontórios no ponto de entrada da torrente haviam sido violentamente entalhados, assumindo a forma de torres ciclópicas; e algo acerca dos desenhos em forma de barril com cristas agitara semilembranças estranhamente vagas, abomináveis e desorientadoras tanto em Danforth quanto em mim.

Deparamo-nos também com vários espaços abertos em forma de estrela, obviamente praças públicas, e percebemos várias ondulações no terreno. Onde uma colina íngreme se erguia, era no mais das vezes vazada para formar algum tipo de tortuosa edificação de pedra; mas havia pelo menos duas exceções. Destas, uma se encontrava demasiado desgastada pelas intempéries para que revelasse o que fora na elevação protuberante, ao passo que outra ainda sustinha um fantástico monumento cônico esculpido a partir de rocha sólida e mais ou menos semelhante a coisas como o famoso Túmulo da Cobra, no antigo vale de Petra.

Voando terra adentro a partir das montanhas, descobrimos que a cidade não era de largura infinita, embora a extensão ao longo dos contrafortes parecesse não ter fim. Após cerca de cinquenta quilômetros, as grotescas construções de pedra começavam a escassear, e depois de outros quinze chegamos a um deserto contínuo praticamente desprovido de sinais de artesanato inteligente. O curso do rio para além da cidade parecia marcado por uma larga linha côncava, ao passo que a terra se tornava mais acidentada, parecendo inclinar-se levemente para o alto no ponto em que desaparecia no oeste brumoso.

Até então não havíamos pousado, porém deixar o platô sem tentar entrar em alguma das estruturas monstruosas seria inconcebível. Assim, decidimos encontrar um terreno uniforme nos contrafortes perto da passagem utilizável, ali pousando o avião e nos preparando para explorar um pouco a pé. Embora essas encostas suaves fossem parcialmente cobertas por algumas ruínas dispersas, um voo baixo logo revelou um número maior de possíveis pistas de aterrissagem. Escolhendo a que ficava mais perto da passagem, já que no próximo voo cruzaríamos a grande cordilheira e voltaríamos para o acampamento, por volta de meio-dia e meia conseguimos aterrissar num campo liso de neve dura, inteiramente desprovido de obstáculos e apropriado para decolagem rápida e conveniente mais tarde.

Não pareceu necessário proteger o avião com uma barreira de neve, sendo que ficaríamos por muito pouco tempo e com uma ausência tão confortável de ventos fortes naquela altitude; portanto, só nos certificamos de que os esquis de pouso estavam armazenados com segurança e de que as partes vitais da máquina estavam protegidas contra o frio. Para a caminhada, nos livramos dos trajes de pele mais pesados que usamos no voo e levamos um pequeno kit contendo bússola de bolso, câmera de mão, provisões leves, grande quantidade de cadernos e papéis, martelo e cinzel geológicos, sacos para a coleta de amostras, um rolo de corda para escalada e poderosas lanternas com pilhas extras; levamos esses itens no avião para o caso de podermos pousar, tirar fotos no chão, fazer desenhos e esboços topográficos e obter amostras de rochas de alguma encosta nua, afloramento ou caverna de montanha. Felizmente contávamos com um suprimento extra de papel para picotar, colocar dentro de um saco sobressalente de coleta de amostras e usá-lo para fazer uma trilha de papel que demarcaria nosso caminho em quaisquer labirintos internos em que pudéssemos penetrar. Levamos esses itens para o caso de encontrarmos algum sistema de cavernas com ar tranquilo o suficiente para permitir o uso de tal método rápido e fácil, em vez do método costumeiro de arrancar lascas das rochas para criar uma trilha.

Descendo com cautela pela neve endurecida a caminho do estupendo labirinto de pedra que se erguia contra o oeste iridescente, experimentamos uma sensação quase tão aguda da iminência de maravilhas como a que havíamos sentido ao nos aproximarmos da insondável passagem na cordilheira, quatro horas antes. É verdade que nos acostumáramos visualmente com o incrível segredo ocultado pela barreira de picos; contudo, a perspectiva de realmente adentrar paredes primordiais erguidas por seres conscientes há talvez milhões de anos – antes que qualquer raça de homens conhecida pudesse ter existido – era ainda assim formidável e potencialmente terrível em suas implicações de anormalidade cósmica. Embora a rarefação do ar naquela altitude prodigiosa tornasse o esforço físico um tanto mais custoso do que o normal, tanto eu quanto Danforth pudemos nos virar muito bem e nos sentimos preparados para quase qualquer tarefa que pudesse se nos impor. Bastaram alguns passos para que chegássemos a uma ruína informe, desgastada até chegar ao nível da neve, mas 50 a 75 metros adiante havia um gigantesco baluarte sem teto, ainda completo em seus contornos gigantescos de cinco pontas e erguendo-se a uma altura irregular de mais ou menos três metros. Para este último nos dirigimos e, quando por fim pudemos realmente tocar em seus blocos ciclópicos desgastados pelo tempo, sentimos ter criado uma ligação sem precedentes e quase blasfema com eras esquecidas, normalmente interditas a nossa espécie.

Esse baluarte, em forma de estrela e com talvez 90 metros de ponta a ponta, era constituído de blocos de arenito jurássico de tamanho irregular, tendo em média uma superfície de 1,80 x 2,40 metros. Havia uma fileira de aberturas ou janelas arqueadas com cerca de 1,20 metro de largura e 1,50 de altura, distribuídas de maneira perfeitamente simétrica ao longo das pontas da estrela e em seus ângulos interiores, e com seus fundos por volta de 1,20 metro acima da superfície glaciada. Olhando através delas, pudemos ver que a cantaria era de no mínimo 1,50 metro de espessura, que do lado de dentro não restavam quaisquer divisórias e que havia vestígios de faixas com entalhes ou baixos-relevos nas paredes interiores – fatos que já havíamos adivinhado antes, ao voar baixo sobre aquele baluarte e outros parecidos. Embora no passado devessem existir partes inferiores, todos os vestígios delas se encontravam agora inteiramente obscurecidos pela grossa camada de neve e gelo.

Entramos agachados por uma das janelas e em vão tentamos decifrar os desenhos murais quase apagados, mas não tentamos mexer no chão glaciado. Os voos exploratórios haviam indicado que muitas construções na cidade propriamente dita estavam menos obstruídas pelo gelo e que poderíamos talvez encontrar interiores inteiramente livres, que levariam ao verdadeiro nível térreo, caso entrássemos nas estruturas que ainda tinham teto. Antes de deixarmos o baluarte, o fotografamos com esmero e estudamos sua cantaria ciclópica, que não usava argamassa, com uma perplexidade total. Lamentamos a ausência de Pabodie, pois seu conhecimento de engenharia poderia ter nos ajudado a descobrir como seria possível transportar aqueles blocos titânicos naquela era incrivelmente remota em que a cidade e seus arredores foram construídos.

A descida de menos de um quilômetro até a cidade, com o vento acima de nós gritando inutilmente e com selvageria através dos picos superiores em segundo plano, permanecerá, em seus mínimos detalhes, para sempre gravada em minha mente. Somente em pesadelos fantásticos algum ser humano que não Danforth e eu poderia conceber tais efeitos ópticos. Entre nós e os vapores turbulentos do oeste estava aquele emaranhado monstruoso de torres negras de pedra; suas formas bizarras e inacreditáveis nos impressionando mais uma vez a cada novo ângulo de visão. Era uma miragem de pedra sólida, e, não fosse pelas fotografias, eu ainda duvidaria da existência de tudo aquilo. O tipo mais usado de cantaria era idêntico ao do baluarte que examináramos; mas as formas extravagantes que essa cantaria assumia em suas manifestações urbanas estavam além de qualquer descrição.

Até mesmo as fotografias ilustram apenas uma ou duas fases de sua infinita bizarria, interminável variedade, de seu gigantismo sobrenatural e exotismo inteiramente alienígena. Havia formas geométricas para as quais Euclides dificilmente acharia um nome – cones de todos os graus de irregularidade e trucamento, terraços de todos os tipos de intrigante desproporção; mastros com estranhos alargamentos bulbosos, curiosos agrupamentos de colunas quebradas e arranjos de cinco pontas ou cinco cristas grotescamente insanos. Chegando perto pudemos enxergar através de certas partes transparentes da camada de gelo e detectar algumas das pontes de pedra tubulares que ligavam as estruturas espalhadas numa disposição demente em diferentes alturas. Não parecia haver nenhuma rua comum, a única avenida ampla estando um quilômetro e meio à esquerda, onde o antigo rio sem dúvida fluíra cortando a cidade em direção às montanhas.

Nossos binóculos mostraram que as faixas horizontais externas de esculturas e agrupamentos de pontos quase apagados eram muito comuns, e pudemos mais ou menos imaginar como teria sido, outrora, a aparência da cidade – ainda que a maioria dos tetos e topos das torres houvessem, naturalmente, perecido. No todo, tratara-se de um complexo emaranhado de vias e ruelas retorcidas, todas elas cânions profundos, e algumas praticamente túneis, devido à cantaria que pendia no alto ou a pontes que formavam um arco acima delas. Agora, se estendendo embaixo de nós, assomava como uma fantasia onírica contra a névoa do oeste através de cuja extremidade norte o baixo e avermelhado sol antártico do início da tarde se esforçava para brilhar; e quando, por um momento, aquele sol encontrava uma obstrução mais densa e mergulhava a paisagem numa breve sombra, o efeito era sutilmente ameaçador, de uma maneira que jamais posso ter esperança de descrever. Até mesmo os distantes uivos e silvos do vento distante nas grandes passagens das montanhas atrás de nós assumiam uma fantástica nota de malignidade intencional. O último estágio da nossa descida para a cidade foi anormalmente íngreme e escarpado, e um afloramento rochoso na borda de onde o grau de descida mudava nos levou a pensar que ali um dia houvera um terraço artificial. Sob a glaciação, acreditamos, devia haver um lance de escadas ou algo que o valha.

Quando por fim mergulhamos na própria cidade labiríntica, trepando com dificuldade em cantarias tombadas e recuando ante a proximidade opressiva e a altura esmagadora das onipresentes paredes esburacadas e decadentes, nossas sensações mais uma vez se excitaram a tal ponto que fico maravilhado com o tanto de autocontrole que conseguimos manter. Danforth estava claramente irrequieto, e começou a fazer algumas especulações ofensivas de tão triviais sobre o horror encontrado no acampamento – das quais me ressenti ainda mais por não poder evitar compartilhar de certas conclusões a que nos vimos forçados por muitas características daquela mórbida relíquia de uma antiguidade quimérica. As especulações tiveram também efeito sobre sua imaginação; pois em certo ponto – onde uma ruela tomada de escombros fazia uma curva acentuada – ele insistiu ter visto leves vestígios de marcas no chão das quais não gostara; e noutro parou para ouvir com atenção um sutil som imaginário vindo de algum ponto vago – um flauteado musical abafado, disse, não muito diferente do que o vento gerava nas cavernas das montanhas, mas de algum modo diferente de um jeito perturbador. A repetição incessante do padrão de cinco pontas da arquitetura que nos cercava e dos poucos arabescos murais que conseguimos discernir tinha um quê de sugestão obscuramente sinistra ao qual não podíamos escapar; e nos deu um pouco de uma terrível certeza subconsciente a respeito das entidades primevas que haviam erguido e habitado aquele lugar profano.

Não obstante, nossos espíritos científicos e de aventura não estavam de todo mortos, e realizamos com automatismo nosso programa de coletar amostras de todos os tipos diferentes de rochas presentes na cantaria. Era nossa intenção obter um conjunto bastante completo, de modo a chegar a conclusões mais precisas sobre a idade do lugar. Nada nas grandes paredes externas parecia ser posterior aos períodos jurássico e comanchiano, e tampouco havia qualquer pedra em todo o lugar mais recente do que o período plioceno. Com inexorável certeza, vagávamos em meio a uma morte que reinava por no mínimo 500.000 anos, e muito provavelmente ainda mais do que isso.

Seguindo por aquele labirinto de luz crepuscular obscurecida pelas pedras, paramos em todas as aberturas acessíveis para estudar interiores e investigar possibilidades de entrada. Algumas estavam além do alcance, outras levavam apenas a ruínas obstruídas pelo gelo tão desprovidas de teto e áridas quanto o baluarte na colina. Uma, apesar de grande e tentadora, abria-se para um abismo que parecia sem fim e sem qualquer meio de descida à vista. Aqui e acolá pudemos estudar a madeira petrificada de venezianas remanescentes e ficamos impressionados com a fabulosa antiguidade sugerida pela textura ainda discernível. Aquelas coisas tinham vindo de gimnospermas e coníferas do mesozoico – em especial de cicadáceas do cretáceo – e de palmeiras e angiospermas primitivos claramente do período terciário. Não descobrimos nada que fosse sem dúvida posterior ao plioceno. A colocação daquelas venezianas – cujas margens mostravam sinais da presença de estranhas dobradiças, há muito desaparecidas – parecia ser variada; algumas no lado externo e outras no lado interno dos profundos vãos. Pareciam ter ficado emperradas em seus lugares, assim sobrevivendo ao enferrujamento de seus antigos suportes e ferrolhos, provavelmente feitos de metal.

Depois de algum tempo, nos deparamos com uma fileira de janelas – nas protuberâncias de um colossal cone de cinco cristas e cume intacto – que davam para uma sala ampla e bem preservada com chão de pedra; mas eram altas demais em relação ao interior para permitir que descêssemos sem corda. Tínhamos corda conosco, mas não queríamos empreender o esforço daquela descida de seis metros a menos que fosse inevitável – especialmente naquele rarefeito ar de platô, que impunha graves exigências ao funcionamento cardíaco. Aquela enorme sala parecia ter sido um vestíbulo ou passagem de algum tipo, e nossas lanternas revelaram esculturas vívidas, nítidas e potencialmente chocantes, dispostas pelas paredes em largas faixas horizontais, separadas por tiras de arabescos convencionais da mesma largura. Observamos com muito cuidado aquele ponto, planejando entrar ali se não encontrássemos um interior de mais fácil acesso.

Finalmente, porém, encontramos justo a entrada que procurávamos; uma arcada de cerca de 1,80 de largura e três metros de altura, marcando a antiga extremidade de uma ponte suspensa que havia cruzado uma via a cerca de 1,50 metro acima do nível atual de glaciação. Essas arcadas, é claro, estavam repletas de andares superiores, e naquele caso um dos andares ainda existia. A construção a que davam acesso era uma série de terraços retangulares a nossa esquerda, de frente para o oeste. Do outro lado da viela, onde se abria a outra arcada, havia um cilindro decrépito sem janelas e com uma curiosa protuberância certa de três metros acima da abertura. No interior o escuro era total, e a arcada parecia se abrir para um poço de um vazio ilimitado.

Algumas pilhas de escombros facilitavam ainda mais a entrada para a grande construção da esquerda, mas hesitamos por um momento antes de aproveitar a chance há muito desejada. Embora houvéssemos penetrado naquele emaranhado de mistério arcaico, era preciso uma resolução renovada para entrar de fato numa construção intacta e remanescente de um fabuloso mundo ancião, cuja natureza se tornava cada vez mais horrendamente óbvia para nós. Ao final, contudo, nós avançamos e subimos pelos escombros em direção ao vão boquiaberto. O chão dentro era de enormes placas de ardósia, e parecia ser onde desembocava um longo e alto corredor com paredes esculpidas.

Observando as muitas arcadas internas que começavam a partir dali, e compreendendo a provável complexidade do ninho de apartamentos lá dentro, decidimos que era necessário começar o nosso sistema de marcar o caminho com uma trilha de pedaços de papel. Até ali, as bússolas e os vislumbres frequentes da imensa cordilheira entre as torres atrás de nós haviam bastado para impedir que nos perdêssemos; mas dali em diante o substituto artificial se faria necessário. Assim, reduzimos os papéis sobressalentes a pedaços do tamanho apropriado, colocamos todos em um saco que seria carregado por Danforth e nos preparamos para usá-los com tanta parcimônia quanto permitissem as necessidades de segurança. Esse método provavelmente não deixaria que nos perdêssemos, já que não parecia haver nenhuma corrente forte de ar dentro da cantaria primordial. Caso tais correntes surgissem, ou se o suprimento de papel acabasse, recorreríamos, é claro, ao método mais seguro, embora mais tedioso e demorado, de lascar as pedras.

Era impossível adivinhar a extensão do território que se abria diante de nós sem realizar algum teste. A ligação próxima e frequente entre as diferentes construções tornava provável que fôssemos de uma para outra através de pontes sob o gelo, exceto onde o caminho estivesse obstruído por desabamentos locais e falhas geológicas, pois os enormes prédios pareciam ter sido bem pouco invadidos pela glaciação. Quase todas as áreas de gelo transparente haviam mostrado que as janelas submersas estavam muito bem fechadas pelas venezianas, como se a cidade houvesse permanecido naquele estado uniforme até que a camada glacial cristalizasse a parte inferior por todo o tempo subsequente. De fato, tinha-se uma curiosa impressão de que aquele lugar fora deliberadamente fechado e evacuado em alguma era antiga e obscura, e não esmagado por alguma catástrofe repentina, nem mesmo por uma decadência gradual. Será que a chegada do gelo fora prevista e que toda uma população inominável partira em busca um abrigo menos malfadado? Exatamente quais condições fisiográficas haviam contribuído para a formação da camada de gelo era uma pergunta que teria de esperar. Estava muito claro que não se tratara de um avanço esmagador. Talvez a pressão da neve acumulada tivesse sido a responsável, ou talvez alguma enchente do rio ou inundação causada pelo estouro de alguma antiga represa glacial na grande cordilheira houvessem contribuído na criação do estado especial que se podia observar agora. A imaginação era capaz de conceber praticamente qualquer coisa no que dizia respeito àquele lugar.

VI

Seria enfadonho fazer um relato minucioso e ordenado de nossas perambulações por aquela colmeia cavernosa, morta há muito, de cantaria primordial – aquele covil monstruoso de segredos arcaicos que agora ecoava pela primeira vez, depois de épocas incontáveis, ao som de passos humanos. Especialmente porque uma grande parte do horrível drama, da terrível revelação, veio de um mero exame dos onipresentes entalhes murais. Nossas fotografias desses entalhes, tiradas com flash, serão de grande valia para provar a verdade do que estamos agora revelando, e é lamentável que não tivéssemos conosco uma quantidade maior de filme fotográfico. Sendo assim, depois que os filmes acabaram, fizemos nos cadernos esboços rudimentares de certas características proeminentes.

A construção em que estávamos era de grandes proporções e muito elaborada, e nos deu uma noção impressionante da arquitetura daquele inominável passado geológico. As divisórias internas não eram tão tremendas quanto as paredes externas, mas nos níveis mais baixos encontravam-se em excelente estado de conservação. A complexidade tortuosa, incluindo as diferenças peculiarmente irregulares entre os níveis do piso, caracterizava toda a estrutura, e certamente teríamos nos perdido logo no início não fosse pela trilha de papel picado que deixamos para trás. Decidimos explorar as partes superiores, mais decrépitas, antes das outras, e portanto ascendemos pelo labirinto, percorrendo mais ou menos 30 metros, para onde a fileira mais alta de câmaras se abria, ruína na neve, para o céu polar. Subimos pelas íngremes rampas de pedra com reforços transversais e pelos planos inclinados que por todo canto cumpriam a função de escadas. As salas que encontramos eram de todas as formas e proporções imagináveis, variando entre estrelas de cinco pontas, triângulos e cubos perfeitos. Pode-se afirmar com segurança que tinham em média nove metros quadrados de chão e seis metros de altura, embora existissem muitas salas maiores. Após um exame minucioso das regiões superiores e do nível glacial, descemos, andar por andar, para a parte submersa, onde de fato logo vimos que estávamos num labirinto contínuo de câmaras e passagens conectadas que provavelmente levavam a um número indefinido de áreas fora daquela construção específica. A enormidade e o gigantismo ciclópicos de tudo a nossa volta gerava um efeito curiosamente opressivo; e havia algo de vago, mas profundamente inumano em todos os contornos, dimensões, proporções, decorações e nuances estruturais da cantaria de antiguidade blasfema. Logo percebemos, pelo que revelavam os entalhes, que aquela cidade monstruosa tinha muitos milhões de anos de idade.

Ainda não podemos explicar os princípios de engenharia usados no equilíbrio e no ajuste anômalos das imensas massas de rocha, embora claramente a função do arco fosse muito utilizada. As salas que visitamos eram inteiramente desprovidas de objetos portáteis, uma circunstância que corroborou a hipótese do abandono deliberado da cidade. A principal característica decorativa era o sistema quase universal de esculturas murais, que tendiam a correr em faixas horizontais contínuas de um metro de largura e eram dispostas do chão ao teto, intercaladas com faixas de largura idêntica tomadas por arabescos geométricos. Havia exceções a essa regra, mas sua preponderância era absoluta. Muitas vezes, no entanto, uma série de cartuchos lisos contendo grupos de pontos em configurações estranhas encontrava-se incrustada em uma das faixas de arabescos.

A técnica, logo vimos, era madura, consumada e esteticamente evoluída até o último grau de perícia civilizada, embora absolutamente estranha, em todos os detalhes, a qualquer tradição artística humana conhecida. Em delicadeza de técnica, nenhuma escultura que vi na vida chega-lhe aos pés. Os detalhes mais ínfimos de vegetação elaborada ou de vida animal eram representados com uma vividez estarrecedora, apesar da ousada escala dos entalhes, ao passo que os desenhos convencionais eram maravilhas de habilidosa complexidade. Os arabescos evidenciavam um uso profundo de princípios matemáticos, e eram feitos de curvas e ângulos obscuramente simétricos, baseados no número cinco. As faixas ilustradas seguiam uma tradição altamente formalizada, e nelas o tratamento da perspectiva era peculiar, mas tinham uma força artística que nos comoveu profundamente, não obstante o abismo de vastos períodos geológicos que havia entre nós. O método de desenho delas baseava-se numa singular justaposição da seção da cruz com a silhueta bidimensional, revelando um poder de análise psicológica superior ao de qualquer raça antiga conhecida. É inútil tentar comparar essa arte com qualquer uma que esteja representada em nossos museus. Aqueles que virem as nossas fotografias provavelmente encontrarão seu análogo mais próximo em certas concepções grotescas dos futuristas mais ousados.

O rendilhado de arabesco consistia inteiramente de linhas côncavas, cuja profundidade nas paredes não desgastadas pelo clima variava entre dois e cinco centímetros. Quando os cartuchos com agrupamentos de pontos apareciam – era óbvio que se tratava de inscrições em alguma língua e alfabeto primordiais e desconhecidos –, a concavidade da superfície regular era de talvez quatro centímetros, e dos pontos, de um centímetro a mais. As faixas ilustradas eram em baixo-relevo escareado, seu segundo plano cerca de 5 centímetros mais fundo em relação à superfície original da parede. Em alguns casos era possível detectar marcas de uma antiga coloração, embora na maior parte as incontáveis eras transcorridas houvessem desintegrado e dissipado qualquer pigmentação que porventura tivesse sido ali aplicada. Quanto mais se estudava a maravilhosa técnica, mais admiração se tinha por aquelas coisas. Por baixo de sua estrita convencionalização, podia-se perceber a observação minuciosa e precisa e a habilidade gráfica dos artistas; e de fato as próprias convenções serviam para simbolizar e acentuar a verdadeira essência ou diferenciação vital de cada objeto delineado. Sentimos, também, que além dessas virtuosidades reconhecíveis havia outras escondidas, fora do alcance de nossas percepções. Certos toques aqui e ali davam sinais vagos de símbolos e estímulos latentes aos quais um outro contexto, mental e emocional, e um aparato sensorial mais pleno ou diferente poderiam talvez conferir uma profundidade e um significado comovente para nós.

Os temas presentes nas esculturas obviamente eram retirados da vida da época desaparecida em que haviam sido criadas, e continham uma grande proporção de evidente narrativa histórica. Foi a proeminência anormal que a raça primeva dava à própria história – um acaso das circunstâncias funcionando, por coincidência e milagre, em nosso favor – que tornou os entalhes tão imensamente informativos e que nos fez colocar a representação fotográfica e a cópia deles acima de qualquer outra consideração. Em certas salas o arranjo dominante era modificado pela presença de mapas, cartas astronômicas e outros desenhos científicos de escala ampliada – tais coisas dando uma corroboração ingênua e terrível ao que havíamos captado dos frisos e rodapés ilustrados. Fazendo alusão ao que era revelado pelo todo, posso esperar apenas que meu relato não incite uma curiosidade que exceda a sã cautela naqueles que acreditarem em mim o mínimo que seja. Seria trágico se alguém fosse atraído àquele reino de morte e horror pela própria advertência que tem por objetivo desencorajá-lo.

Aquelas paredes esculpidas eram interrompidas por janelas altas e imensos portais de três metros e meio, todos aqui e ali ainda com as tábuas de madeira petrificada – com entalhes complexos e refinados – das próprias venezianas e portas. Todas as dobradiças metálicas haviam desaparecido há muito, mas algumas das portas continuavam em seus lugares e tiveram de ser abertas à força em nosso progresso pelas salas. Alguns caixilhos de janelas, com estranhas vidraças transparentes – em sua maior parte, elípticas –, haviam permanecido, mas em pouca quantidade. Havia também frequentes nichos de grande magnitude, em geral vazios, mas em alguns casos contendo algum objeto bizarro entalhado em pedra-sabão verde, que se encontrava quebrado ou talvez tenha sido considerado insignificante demais para ser levado. Outras aberturas eram sem dúvida destinadas a desaparecidas instalações mecânicas – aquecimento, iluminação e afins – de um tipo aludido em muitos dos entalhes. Os tetos geralmente não tinham enfeites, mas alguns tinham incrustações de pedra-sabão verde ou outros azulejos, a maioria deles agora caída. Os pisos também eram pavimentados com tais azulejos, embora a cantaria simples predominasse.

Como já disse, todos os móveis e outros objetos portáteis estavam ausentes; mas as esculturas davam uma ideia clara dos estranhos aparelhos que um dia encheram aquelas salas tumulares e ecoantes. Acima da camada glacial, geralmente havia sobre os pisos pilhas de detritos, escombros e sujeita; porém, nos níveis inferiores essa condição minorava. Em algumas das câmaras e corredores em andares mais baixos encontramos pouco mais do que poeira arenosa ou incrustações antigas, e algumas áreas davam a inquietante impressão de terem sido imaculadamente limpas há não muito tempo. É claro que, onde haviam ocorrido desabamentos e fendas haviam se aberto, os níveis inferiores estavam tão cheios de detritos quanto os superiores. Um pátio central – como em outras estruturas que víramos do alto – impedia que as regiões internas permanecessem na escuridão total; de modo que poucas vezes fomos obrigados a usar nossas lanternas nas salas superiores, exceto ao examinar os detalhes das esculturas. Abaixo da calota de gelo, contudo, o crepúsculo se aprofundava; e em muitas partes do intricado andar térreo a escuridão era praticamente absoluta.

Para se ter uma noção rudimentar de nossos pensamentos e emoções na medida em que penetrávamos aquele labirinto, há eras inteiras em silêncio, de cantaria inumana, é necessário correlacionar um caos absolutamente estarrecedor de estados de espírito, memórias e impressões transientes. A mera antiguidade estarrecedora e desolação letal do lugar bastavam para oprimir praticamente qualquer pessoa de sensibilidade; mas, além desses elementos, havia também o recente e inexplicado horror no acampamento e as revelações que as terríveis esculturas murais a nossa volta logo proporcionaram. Assim que nos deparamos com um segmento intacto de entalhes, cuja interpretação não deixava a menor brecha para ambiguidades, um breve exame nos revelou a hedionda verdade – uma verdade que seria ingênuo alegar não ter sido, por mim e Danforth separadamente, suspeitada anteriormente, embora tivéssemos evitado até mesmo aludir a tais suspeitas uma para o outro. Agora, não poderia haver mais dúvida misericordiosa alguma sobre a natureza dos seres que haviam construído e habitado aquela monstruosa cidade morta, milhões de anos atrás, quando os ancestrais do homem eram mamíferos arcaicos e primitivos e imensos dinossauros vagavam pelas estepes tropicais da Europa e da Ásia.

Até ali vínhamos nos agarrando a uma alternativa desesperada e insistindo – cada um consigo mesmo – que a onipresença do tema das cinco pontas significava apenas alguma exaltação cultural ou religiosa do objeto natural arqueano que, estava claro, encarnava a qualidade de ter cinco pontas; como os temas decorativos da Creta minoica exaltavam o touro sagrado, os do Egito o escaravelho, os de Roma o lobo e a águia, e os de diversas tribos selvagens algum animal escolhido para servir de totem. Mas esse último refúgio fora agora arrancado de nós, e nos vimos obrigados a enfrentar de uma vez por todas a compreensão atordoadora que o leitor dessas páginas certamente previu há muito tempo. Mal posso suportar escrevê-la preto no branco mesmo agora, mas isso talvez não seja necessário.

As coisas que outrora haviam procriado e habitado naquela temível cantaria na época dos dinossauros de fato não eram dinossauros, mas coisa muito pior. Simples dinossauros eram coisas novas e praticamente descerebradas – mas os construtores da cidade eram sábios e antigos, e haviam deixados certos vestígios nas rochas que, mesmo naquela época, tinham sido assentadas há quase um bilhão de anos... rochas assentadas antes que a verdadeira vida terrestre tivesse passado de maleáveis grupos celulares... rochas assentadas antes que a verdadeira vida terrestre sequer existisse. Eles eram os criadores e escravizadores daquela vida, e acima de qualquer dúvida as fontes inspiradoras dos infernais mitos antigos, às quais coisas como os Manuscritos Pnakóticos e o *Necronomicon* haviam aludido com pavor. Eles eram os Grandes Anciões que haviam descido por entre as estrelas quando a terra era jovem – os seres cuja substância uma evolução estranha a nossa havia formado e cujos poderes eram maiores do que qualquer outro que esse planeta tenha gerado. E pensar que fazia apenas um dia que Danforth e eu havíamos posto os olhos sobre fragmentos de sua substância há milênios fossilizada... e que o pobre Lake e sua equipe tinham visto as próprias criaturas...

É obviamente impossível, para mim, relatar na ordem correta os estágios da obtenção de nossos conhecimentos sobre aquele capítulo monstruoso da vida pré-humana. Depois do primeiro choque da revelação indubitável, tivemos de parar um pouco para nos recuperar, e já eram três horas antes de partirmos em nossa jornada propriamente dita de investigação sistemática. As esculturas na construção em que entramos eram relativamente recentes – talvez de 2 milhões de anos atrás –, sua idade calculada com base nas características geológicas, biológicas e astronômicas, e incorporavam uma arte que seria chamada de decadente em comparação com a dos exemplares que encontramos em construções mais antigas, após cruzar pontes sob a camada glacial. Um edifício desbastado a partir de rocha sólida parecia datar de 40 ou talvez até 50 milhões de anos – ou seja, do eoceno inferior ou cretáceo superior – e continha baixos-relevos de uma excelência artística que superava todo o resto, com uma tremenda exceção com a qual nos deparamos. Aquela era, concordamos depois, a mais antiga estrutura doméstica pela qual havíamos passado.

Não fosse pela corroboração das fotografias com flash que logo virão a público, eu me absteria de contar o que descobri e inferi, por temer ser confinado num hospício. É claro, as partes infinitamente primevas daquela história caleidoscópica – representando a vida pré-terrestre dos seres com cabeça de estrela em outros planetas, em outras galáxias e em outros universos – podem ser de imediato interpretadas como a mitologia fantástica daqueles mesmos seres; contudo, tais partes às vezes incluíam traçados e diagramas de uma proximidade tão extraordinária com as mais novas descobertas da matemática e da astrofísica que eu mal sei o que pensar. Que outros julguem a questão quando virem as fotografias que publicarei.

Nenhum dos conjuntos de entalhes que encontramos, é claro, contava mais do que uma fração de qualquer história interconectada; e tampouco sequer começamos a nos deparar com os vários estágios daquela história em sua ordem correta. Algumas das vastas salas eram unidades independentes no tocante aos seus desenhos, ao passo que em outros casos uma crônica contínua se desenrolava por uma série de salas e corredores. Os melhores mapas e diagramas estavam nas paredes de um temível abismo abaixo até mesmo do antigo nível térreo – uma caverna de talvez sessenta metros quadrados e dezoito metros de altura, que quase sem dúvida fora algum tipo de centro educacional. Eram muitas as repetições intrigantes do mesmo conteúdo em diferentes salas e construções, já que certos capítulos de experiência e certos sumários ou fases da história da raça haviam sido claramente preferidos por diferentes decoradores ou habitantes. Algumas vezes, porém, versões diferentes do mesmo tema se mostravam úteis para resolver pontos controversos e preencher lacunas.

Ainda me espanta que tenhamos deduzido tanta coisa no curto espaço de tempo disponível. É claro que mesmo hoje temos somente um esboço muito rudimentar – e grande parte dele foi obtido posteriormente, com base num estudo das nossas fotografias e rascunhos. Talvez tenha sido o efeito desse estudo posterior – as memórias e vagas impressões renovadas, em conjunto com a sua sensibilidade e com aquele suposto vislumbre final de horror cuja essência ele se recusa a revelar até para mim – a causa imediata do atual colapso nervoso de Danforth. Mas não havia outra opção, pois não podíamos publicar nossa advertência de uma maneira inteligente sem apresentar as informações mais completas possíveis; e a publicação dessa advertência é uma necessidade primordial. Certas influências persistentes naquele mundo antártico desconhecido de tempo desordenado e de uma lei natural alienígena tornam imperativo que novas investigações sejam desencorajadas.

VII

A história completa, até o ponto em que foi decifrada, será em breve publicada num boletim oficial da Miskatonic University. Aqui, tentarei esboçar apenas os pontos mais importantes, num estilo informe e cheio de divagações. Mito ou não, as esculturas contavam a chegada daquelas coisas com cabeça de estrela à terra jovem e sem vida, vindas do espaço cósmico – sua vinda, e a vinda de muitas outras entidades alienígenas que em certas épocas empreendem explorações espaciais. Elas pareciam capazes de cruzar o éter interestelar usando suas imensas asas membranosas – assim confirmando de maneira estranha alguns contos do folclore montanhês que há muito me foram relatados por um colega antiquário. Elas haviam vivido sob o mar por muito tempo, construindo cidades fantásticas e lutando batalhas tremendas contra adversários sem nome, usando ferramentas intricadas que empregavam princípios desconhecidos de energia. Estava claro que seu conhecimento científico e mecânico superava em muito o conhecimento humano atual, embora eles fizessem uso de suas formas mais difundidas e complexas somente quando obrigados. Algumas das esculturas sugeriam que as criaturas haviam passado por um estágio de vida mecanizada em outros planetas, mas retrocedido após considerar seus efeitos emocionalmente insatisfatórios. A resistência sobrenatural de seu organismo e a simplicidade das necessidades naturais tornavam-nos peculiarmente aptos a viver em um plano alto, sem os produtos mais especializados da manufatura artificial e até sem vestimentas, exceto para ocasional proteção contra os elementos.

Foi sob o mar, de início para obter alimento e depois com outros objetivos, que criaram a primeira vida terrestre – usando as substâncias disponíveis de acordo com métodos há muito conhecidos. Os experimentos mais elaborados vieram após a aniquilação de vários inimigos cósmicos. Eles haviam feito o mesmo em outros planetas, tendo manufaturado não só alimentos necessários como também certas massas protoplásmicas multicelulares capazes de, sob influência hipnótica, moldar seus tecidos para formar diversos tipos de órgãos provisórios, formando assim escravos ideais para a realização do trabalho pesado da comunidade. Essas massas viscosas eram, sem a menor dúvida, as criaturas chamadas por Abdul Alhazred de "shoggoths" em seu temível *Necronomicon*, embora nem mesmo aquele árabe louco houvesse sugerido que alguma delas existira na Terra, exceto nos sonhos daqueles que mastigavam uma certa erva alcaloide. Depois que os Anciões de cabeça de estrela que habitavam este planeta sintetizaram suas formas simples de alimentos e criaram um bom suprimento de shoggoths, permitiram que outros grupos celulares se desenvolvessem em outras formas de vida animal e vegetal para objetivos diversos, erradicando qualquer um cuja presença se tornasse problemática.

Com a ajuda dos shoggoths, cujos prolongamentos podiam ser usados para levantar pesos colossais, as pequenas e baixas cidades sob o mar cresceram, tornando-se vastos e imponentes labirintos de pedra, não diferentes daqueles posteriormente erguidos em terra. De fato, os Anciões, com uma formidável capacidade adaptativa, haviam vivido por muito tempo em terra firme em outras partes do universo e provavelmente conservavam muitas tradições de construção em terra. Ao estudarmos a arquitetura de todas aquelas cidades paleógenas esculpidas, incluindo aquela cujos corredores de morte ancestral naquele momento atravessávamos, ficamos impressionados com uma coincidência curiosa que ainda não tentamos explicar, nem para nós mesmos. Os topos das construções, que na cidade a nossa volta haviam, é claro, sofrido intemperismos até que se transformassem, há muitas eras, em ruínas informes, eram representados com nitidez nos baixos-relevos e mostravam vastos aglomerados de torres em forma de agulha, remates delicados nos ápices de alguns cones e pirâmides e fileiras de finos discos horizontais escalopados encimando mastros cilíndricos. Isso era exatamente o que tínhamos visto naquela miragem monstruosa e agourenta, emitida por uma cidade morta da qual tais características da silhueta superior haviam desaparecido há milhares e dezenas de milhares de anos, que avultou diante de nossos olhos ignaros do outro lado das insondáveis montanhas da loucura ao nos aproximarmos pela primeira vez do malfadado acampamento do pobre Lake.

Sobre a vida dos Anciões, tanto sob o mar quanto depois que parte deles migrou para terra firme, seria possível escrever livros e mais livros. Os que habitavam águas rasas haviam mantido o uso pleno dos olhos que haviam nas extremidades dos cinco tentáculos principais da cabeça e praticado as artes da escultura e da escrita de um modo bastante normal – sendo a escrita realizada com estilete sobre superfícies enceradas à prova d'água. Aqueles que habitavam regiões mais profundas do oceano, embora utilizassem um curioso organismo fosforescente para o fornecimento de luz, complementavam a visão com obscuros aparelhos sensórios especiais que operavam através dos cílios prismáticos em suas cabeças – aparelhos sensórios que tornavam todos os Anciões parcialmente independentes de luz em situações de emergência. As formas de escultura e escrita tinham passado por modificações curiosas durante a descida para as profundezas, incorporando certos processos de revestimento aparentemente químicos – talvez para assegurar a fosforescência – que os baixos-relevos não puderam nos explicar. Os seres moviam-se no mar em parte a nado – usando os braços crinoides laterais – e em parte debatendo a fileira inferior de tentáculos que continha os pseudopés. Vez por outra, empreendiam longas arremetidas com o uso auxiliar de dois ou mais conjuntos de asas que se dobravam como leques. Em terra, usavam os pseudopés para pequenas distâncias, mas de vez em quando voavam a grandes altitudes ou por longas distâncias com as asas. Os muitos tentáculos esguios em que os braços crinoides se ramificavam eram infinitamente intricados, flexíveis, fortes e precisos em matéria de coordenação entre músculos e nervos – assegurando habilidade e destreza extremas em todas as atividades artísticas e de natureza manual.

A resistência das coisas era quase inacreditável. Até mesmo a imensa pressão das regiões mais profundas do mar parecia incapaz de lhes causar danos. Ao que parece, muito poucos morriam, exceto por meios violentos, e os cemitérios eram raros. O fato de que enterravam seus mortos verticalmente com tumbas de cinco pontas contendo inscrições incitou ideias em Danforth e em mim que tornaram necessária uma nova parada para nos recuperarmos, depois que o vimos nas esculturas. Sua reprodução era por meio de esporos – o mesmo método das pteridófitas vegetais, como Lake suspeitara –, mas devido a sua resistência e longevidade prodigiosas, e consequente falta de necessidades de substituição, eles não encorajavam o desenvolvimento em grande escala de novos protalos, exceto quando tinham novas regiões para colonizar. Os jovens chegavam rapidamente à maturidade e recebiam uma educação claramente de qualidade superior a qualquer coisa que possamos imaginar. A vida intelectual e estética comum era altamente evoluída e produzia um conjunto de costumes e instituições de tenaz longevidade, que descreverei com maiores detalhes em minha futura monografia. Esses costumes e instituições apresentavam pequenas variações conforme as criaturas habitassem terra ou mar, mas tinham todos as mesmas bases e fundamentos.

Embora capazes, como os vegetais, de obter nutrição de substâncias inorgânicas, preferiam em muito os alimentos orgânicos, especialmente os de origem animal. Comiam seres vivos marinhos crus quando viviam debaixo do mar, mas quando em terra cozinhavam seus víveres. Caçavam animais selvagens e criavam rebanhos para fornecimento de carne – que abatiam com armas afiadas, cujas estranhas marcas em certos ossos fossilizados nossa expedição havia observado. Resistiam maravilhosamente bem a todas as temperaturas ordinárias, e em seu estado natural conseguiam habitar águas quase congeladas. Porém, quando o grande frio do pleistoceno chegou – há quase um milhão de anos –, os habitantes de terra tiveram de recorrer a medidas especiais, inclusive aquecimento artificial, até que por fim o frio letal pareceu tê-los obrigado a retornar para o mar. Para seus voos pré-históricos pelo espaço cósmico, dizia a lenda, eles absorveram certas substâncias e se tornaram praticamente independentes de alimentação, respiração ou condições de calor; mas, quando o grande frio chegou, tal método já havia se perdido. De qualquer modo, não poderiam ter prolongado indefinidamente o estado artificial sem com isso sofrer danos.

Como não se acasalavam e tinham estrutura semivegetal, aos Anciões faltava uma base biológica para o estágio familial da vida mamífera, mas eles pareciam organizar grandes casas de acordo com os princípios da utilização confortável do espaço e – como deduzimos das ocupações e entretenimentos dos coabitantes que vimos nas ilustrações – da compatibilidade de mentes. Ao mobiliar seus lares, mantinham tudo no centro dos cômodos imensos, deixando todas as paredes livres para receber um tratamento decorativo. A iluminação, no caso dos habitantes de terra, era realizada por um aparelho de natureza provavelmente eletroquímica. Tanto em terra quanto sob o mar, utilizavam peculiares mesas, cadeiras e sofás em forma de suportes cilíndricos – pois descansavam e dormiam de pé, com os tentáculos dobrados para baixo – e estantes para conjuntos articulados de superfícies pontilhadas, que formavam seus livros.

O governo era obviamente complexo e talvez socialista, embora não pudéssemos chegar a certeza alguma a esse respeito a partir das esculturas que vimos. Havia comércio em grande escala, tanto local quanto entre diferentes cidades – no qual certas fichas pequenas e achatadas de cinco pontas, com inscrições, serviam de dinheiro. Provavelmente as menores das várias pedras-sabão esverdeadas encontradas por nossa expedição fossem pedaços dessa moeda. Embora a cultura fosse em sua maioria urbana, havia alguma agricultura e muita criação de animais para o abate. Também eram praticadas a mineração e uma quantidade limitada de manufatura. As viagens eram muito frequentes, mas a migração permanente parecia relativamente rara, exceto pelos vastos movimentos colonizadores através dos quais a raça se expandiu. Para locomoção pessoal não se usava nenhum auxílio externo, já que na movimentação por terra, mar e ar os Anciões pareciam igualmente possuir a capacidade de chegar a velocidades altíssimas. Itens de grande peso, contudo, eram transportados por bestas de carga – sob o mar, pelos shoggoths, e por uma curiosa diversidade de vertebrados primitivos nos últimos anos da existência sobre a terra.

Tais vertebrados, assim como uma infinidade de outras formas de vida – vegetal e animal, marinha, terrestre e aérea –, eram produtos de uma evolução livre que agia sobre células vivas fabricadas pelos Anciões, mas que escapavam de seu círculo de atenção. Fora tolerado que se desenvolvessem sem supervisão porque não haviam entrado em conflito com os seres dominantes. As formas de vida que causavam incômodo, é claro, eram automaticamente exterminadas. Interessou-nos ver em algumas das últimas e mais decadentes esculturas um mamífero primitivo de andar arrastado, usado às vezes como alimento e outras como um divertido bobo da corte pelos habitantes de terra, cujos traços eram de inequívoca natureza vagamente simiesca e humana. Na construção das cidades de terra, os gigantescos blocos de pedra das torres altas eram na maior parte das vezes levantados por pterodáctilos de asas imensas, de uma espécie antes desconhecida da paleontologia.

A persistência com que os Anciões sobreviveram a diversas mudanças e convulsões geológicas da crosta terrestre era pouco menos do que milagrosa. Embora poucas ou nenhuma de suas primeiras cidades pareçam ter sobrevivido para além da era arqueana, não havia interrupção na civilização ou na transmissão de seus registros. O local original da chegada ao planeta fora o oceano Antártico, e é provável que eles tenham vindo não muito depois que a matéria que forma a lua foi arrancada do Pacífico Sul vizinho. De acordo com um dos mapas entalhados, o globo inteiro estava debaixo d'água na época, com cidades de pedra se espalhando para mais e mais longe da Antártica com o passar das grandes eras. Outro mapa mostra uma enorme massa de terra firme em volta do Polo Sul, onde fica evidente que alguns dos seres criaram assentamentos experimentais, embora seus principais centros tenham sido transferidos para o fundo do mar mais próximo. Mapas posteriores, que mostram a massa de terra quebrando-se em pedaços que foram se afastando e enviando alguns deles em direção ao norte, confirmam de maneira extraordinária as teorias de deriva continental recentemente propostas por Taylor, Wegener e Joly.

Com o soerguimento de uma nova terra no Pacífico Sul, acontecimentos tremendos tiveram início. Algumas das cidades marinhas foram irremediavelmente destroçadas, mas não foi esse o pior dos infortúnios. Outra raça – uma raça terrícola de seres com forma de polvo e que provavelmente correspondia à fabulosa prole pré-humana de Cthulhu – logo começou a descer da infinidade cósmica e deu início a uma guerra monstruosa que por algum tempo forçou todos os Anciões de volta para o mar – um golpe colossal, tendo em vista os assentamentos em terra que vinham se expandindo. Depois se fez paz: as novas terras foram entregues à prole de Cthulhu e os Anciões mantiveram o mar e as terras mais antigas. Novas cidades de terra foram fundadas – a maior de todas na Antártica, pois essa região, onde haviam chegado ao planeta, era sagrada. Daí em diante, como outrora, a Antártica continuou a ser o centro da civilização dos Anciões, e todas as cidades lá construídas pela prole de Cthulhu que conseguiram encontrar foram destruídas. Então, de repente, as terras do Pacífico submergiram mais uma vez, levando consigo a temível cidade de pedra de R'lyeh e todos os polvos cósmicos, e assim os Anciões mais uma vez reinaram supremos sobre o planeta, exceto por um nebuloso medo do qual não gostavam de falar. Numa época bastante posterior, suas cidades pontilhavam todas as regiões terrestres e aquáticas do globo – daí a recomendação, na minha futura monografia, de que algum arqueólogo realize perfurações sistemáticas com o tipo de máquina criado por Pabodie em certas regiões muito distantes umas das outras.

A tendência constante, no decorrer das eras, foi a mudança da água para a terra – um movimento encorajado pelo soerguimento de novas massas de terra, embora o oceano nunca tenha sido abandonado por completo. Outra causa do movimento em direção à terra foi a nova dificuldade na criação e no trato dos shoggoths, dos quais o sucesso da vida submarina dependia. Com a marcha do tempo, como confessavam com tristeza as esculturas, a arte de criar nova vida a partir da matéria inorgânica se perdera, de modo que os Anciões tiveram de recorrer à modelação de formas já existentes. Em terra, os grandes répteis se mostraram muito dóceis; mas o shoggoths do mar, se reproduzindo por divisão e desenvolvendo um grau perigoso de inteligência acidental, impuseram por algum tempo um problema tremendo.

Eles sempre haviam sido controlados pelas sugestões hipnóticas dos Anciões e tinham modelado sua resistente plasticidade em diversos membros e órgãos úteis e provisórios; mas agora seus poderes de automodelação eram às vezes exercidos de maneira independente, e em várias formas imitativas implantadas por sugestões passadas. Eles haviam, ao que parece, desenvolvido um cérebro semiestável, cuja volição, independente e às vezes teimosa, ecoava a vontade dos Anciões, prestando-lhe uma obediência nem sempre perfeita. Imagens esculpidas desses shoggoths encheram a mim e a Danforth de pavor e repugnância. Eram entidades normalmente informes, compostas de uma geleia viscosa que parecia uma aglutinação de bolhas; e cada uma tinha em média 4,5 metros de diâmetro quando em forma esférica. Sua forma e volume, contudo, estavam em constante mutação – rejeitando desenvolvimentos temporários ou formando aparentes órgãos de visão, audição e fala, imitando os de seus mestres, de maneira espontânea ou por sugestão hipnótica.

Eles parecem ter se tornado especialmente incontroláveis por volta da metade do permiano, talvez 150 milhões de anos atrás, quando uma verdadeira guerra de ressubjugação foi empreendida contra eles pelos Anciões do mar. As imagens dessa guerra e de como os shoggoths normalmente deixavam as vítimas que abatiam – decapitadas e cobertas de muco – tinham uma qualidade maravilhosamente apavorante, apesar do abismo das eras incontáveis que se interpunham entre nós. Os Anciões usaram curiosas armas de interferência molecular contra as entidades rebeldes, e ao fim obtiveram uma vitória total. Dali em diante as esculturas mostravam um período em que shoggoths eram domesticados e amansados por Anciões armados, como os cavalos selvagens do oeste americano foram pelos caubóis. Embora durante a rebelião os shoggoths houvessem demonstrado a capacidade de viver fora d'água, eles não foram encorajados a realizar essa transição, já que os serviços que poderiam prestar em terra dificilmente compensariam o incômodo de controlá-los.

Durante a era jurássica os Anciões se depararam com novas adversidades – uma nova invasão vinda do espaço, dessa vez por criaturas meio fungos, meio crustáceos, de um planeta identificável como o remoto e recém-descoberto Plutão; sem dúvida as mesmas que figuram em certas lendas montanhesas do norte contadas à boca pequena e lembradas nos Himalaias como os Mi-Go ou Abomináveis Homens das Neves. Para lutar contra esses seres os Anciões tentaram, pela primeira vez desde que chegaram à Terra, partir novamente para o éter planetário; mas, apesar de todas as preparações tradicionais, descobriram não ser mais possível deixar a atmosfera da Terra. Seja lá qual tenha sido o antigo segredo das viagens interestelares, a raça o perdera em definitivo. No final, os Mi-Go expulsaram os Anciões de todas as terras do norte, embora não tivessem como perturbar os que viviam no mar. Passo a passo, tinha início a lenta retirada da raça anciã para seu habitat antártico original.

Era curioso notar, nas batalhas representadas, que tanto a prole de Cthulhu quanto os Mi-Go parecem ter sido compostos de tipos de matéria mais vastamente diferentes da que conhecemos do que a que formava os Anciões. Eles eram capazes de passar por transformações e reintegrações impossíveis para seus adversários, e parecem portanto ter se originado de abismos ainda mais remotos do espaço cósmico. Os Anciões, exceto por sua resistência anormal e pela peculiaridade de suas propriedades vitais, eram estritamente materiais e devem ter se originado inteiramente dentro do continuum de espaço-tempo conhecido; já sobre as fontes primeiras dos outros seres é possível apenas teorizar em suspense. Tudo isso, é claro, supondo que os parentescos não terrenos e as anomalias atribuídas aos inimigos invasores não passem de pura mitologia. É possível supor que os Anciões tenham inventado uma narrativa cósmica para explicar suas derrotas ocasionais, visto que o interesse pela história e o orgulho que tinham dela obviamente constituíam o seu mais importante elemento psicológico. É significativo que seus anais não fizessem menção a muitas raças evoluídas e poderosas de seres cujas grandiosas culturas e cidades imponentes figuram com persistência em certas lendas obscuras.

As mutações pelas quais o mundo passou no decorrer de longas eras geológicas figuravam com uma vividez estarrecedora em muitos dos mapas e das cenas entalhadas. Em certos casos, a ciência atual precisará ser revista, e em outros suas ousadas deduções serão confirmadas de maneira magnífica. Como disse, a hipótese de Taylor, Wegener e Joly de que todos os continentes são fragmentos de uma massa de terra antártica original que, devido à força centrífuga, se dividiu em pedaços que se separaram deslizando por uma superfície inferior tecnicamente viscosa – uma hipótese sugerida por características como a complementaridade dos contornos da África e da América do Sul, e pela maneira que as grandes cordilheiras são formadas por dobramentos e acumulações – recebe estarrecedora corroboração dessa fonte misteriosa.

Mapas que sem dúvida mostravam o mundo carbonífero de 100 milhões de anos (ou mais) atrás retratavam fendas e abismos de grandes proporções, destinados a mais tarde separar a África dos reinos outrora contínuos da Europa (então a Valúsia das infernais lendas primevas), Ásia, Américas e Antártica. Outros mapas – e, o mais importante, um relacionado à fundação, 50 milhões de anos atrás, da imensa cidade morta à nossa volta – mostravam todos os atuais continentes bem diferenciados. E no mais recente que pudemos descobrir – datando, talvez, do plioceno – os contornos aproximados do mundo de hoje apareciam com bastante clareza, apesar de ainda haver pontos de contato entre Alasca e Sibéria, América do Norte e Europa, através da Groenlândia, e entre América do Sul e Antártica pela terra de Graham. No mapa carbonífero, todo o globo terrestre – tanto o leito marinho quanto a massa de terra fraturada – trazia símbolos das vastas cidades de pedra dos Anciões, mas nos mapas posteriores tornava-se muito claro o recuo gradual em direção à Antártica. O último mapa do plioceno não mostrava nenhuma cidade em terra, exceto na Antártica e na ponta da América do Sul, e tampouco qualquer cidade oceânica a norte do paralelo 50 da latitude sul. O conhecimento sobre o mundo ao norte e o interesse por ele, com exceção de um estudo de linhas costeiras provavelmente realizado durante longos voos exploratórios feitos com aquelas asas membranosas em forma de leque, haviam, claramente, declinado e desaparecido entre os Anciões.

A destruição das cidades pelo soerguimento das montanhas, o despedaçamento centrífugo dos continentes, as convulsões sísmicas da terra ou do leito marinho e outras causas naturais eram fatos amplamente registrados, e foi curioso observar como um número cada vez menor de substituições era realizado com o passar das eras. A imensa megalópole morta que se estendia a nossa volta parecia ser o último grande centro da raça – construído no início do período cretáceo depois que um titânico abalo de terra aniquilara uma predecessora ainda maior, não muito distante dali. Parecia que aquela região como um todo era a mais sagrada de todas, onde, de acordo com a narrativa, os primeiros Anciões haviam se assentado num leito marinho primevo. Na nova cidade – da qual muitas características podíamos reconhecer nas esculturas, mas que se estendia por no mínimo 160 quilômetros ao longo da cordilheira em cada direção, para além dos limites mais longínquos avistados em nossa exploração aérea –, certas pedras sagradas tinham supostamente sido preservadas – pedras que haviam formado parte da primeira cidade do fundo do mar e que emergiram da escuridão após longas épocas no decurso da compressão e ascensão dos estratos.

VIII

Naturalmente, Danforth e eu estudamos com especial interesse e uma curiosa sensação pessoal de reverência tudo o que dizia respeito à região imediata em que estávamos. Sobre aquela região havia, é claro, uma grande abundância de informações; e no intricado nível térreo da cidade tivemos a sorte de encontrar uma casa, uma das construções mais recentes, cujas paredes, embora um pouco danificadas por uma fenda próxima, continham esculturas decadentes que levavam a história da região para muito além do mapa do plioceno no qual obtivemos nossa última perspectiva geral do mundo pré-humano. Esse foi o último lugar que examinamos com minúcia, já que o que encontramos lá nos deu um novo objetivo imediato.

É certo que nos encontrávamos em um dos cantos mais estranhos, esquisitos e terríveis do globo terrestre. De todas as terras existentes, aquela era infinitamente a mais antiga; cresceu em nós a convicção de que aquele altiplano hediondo deveria realmente ser o infame platô de pesadelo de Leng, que até mesmo o insano autor do *Necronomicon* relutara em abordar. A grande cordilheira era de uma extensão tremenda – começando com uma cadeia de pouca altitude na terra de Luitpold, na costa leste do mar de Weddel, e cruzando praticamente todo o continente. A parte realmente alta se estendia, num arco colossal, aproximadamente de 82º de latitude, 60º de longitude leste, até 70º de latitude, 115º de longitude leste, com seu lado côncavo voltado para nosso acampamento e a extremidade que dava para o mar próxima da região daquela longa costa bloqueada pelo gelo, cujas colinas foram vislumbradas por Wilkes e Mawson no Círculo Antártico.

Contudo, distorções ainda mais monstruosas da Natureza pareciam estar perturbadoramente próximas. Eu já disse que esses picos são mais altos do que os Himalaias, mas as esculturas não me permitem dizer que são os mais altos do planeta. Essa soturna honra cabe, sem sombra de dúvida, a algo que metade das esculturas hesitava em registrar, ao passo que outras abordavam com repugnância e apreensão evidentes. Ao que parece, havia uma parte da antiga Terra – a primeira a surgir das águas depois de o planeta arremessar a lua para o espaço e depois de os Anciões descerem por entre as estrelas – que viera a ser temida por conta de uma malignidade vaga e inominável. Cidades lá construídas haviam desmoronado antes do tempo e haviam sido encontradas repentinamente abandonadas. Então, quando a primeira grande convulsão da Terra perturbou a região, na era comanchiana, uma temível linha de picos se ergueu de repente em meio a um caos e um ruído estarrecedores – e a Terra ganhou suas mais elevadas e terríveis montanhas.

Se a escala dos entalhes estava correta, tais coisas abomináveis devem ter atingido alturas muito superiores a 12 mil metros – radicalmente mais altas até do que as chocantes montanhas da loucura que tínhamos cruzado. Elas se estendiam, ao que parecia, de cerca de latitude 77º, 70º de longitude leste até a latitude 70º, 100º de longitude leste – a menos de quinhentos quilômetros da cidade morta, de modo que teríamos avistado seus temíveis picos na sombria distância do oeste, não fosse por aquela vaga bruma iridescente. Sua extremidade norte deveria, da mesma forma, poder ser avistada desde a longa linha costeira do Círculo Antártico, na terra de Queen Mary.

Alguns dos Anciões, nos tempos de decadência, haviam dirigido estranhas preces àquelas montanhas; mas nenhum jamais se aproximava delas ou ousava imaginar o que havia por trás. Nenhum olho humano jamais as vira e, ao estudar as emoções comunicadas pelos entalhes, rezei para que isso jamais acontecesse. Há colinas protetoras ao longo da costa para além delas – as terras de Queen Mary e Kaiser Wilhelm – e agradeço aos céus por ninguém ter conseguido alcançar e escalar essas colinas. As velhas histórias e apreensões já não me deixam tão cético como antes, e hoje não mais rio da ideia do escultor pré-humano de que os raios de vez em quando paravam de maneira significativa em cada uma das agourentas cristas e de que uma luz inexplicada brilhava de um daqueles terríveis pináculos, iluminando toda a longa noite polar. As velhas alusões pnakóticas a Kadath, no Deserto Gelado, talvez tenham um significado muito real e monstruoso.

Mas não se podia dizer que o terreno a nossa volta fosse menos estranho, ainda que não fosse igualmente assolado por inomináveis maldições. Logo após a fundação da cidade, a grande cordilheira tornou-se sede dos principais templos, e muitos entalhes mostravam que torres fantásticas e grotescas haviam rasgado os céus onde agora víamos apenas os cubos e baluartes que pendiam daquela maneira estranha. No decorrer das eras, as cavernas haviam surgido e sido transformadas em anexos dos templos. Com o decorrer de épocas ainda posteriores, todos os veios de calcário da região foram sendo desgastados por águas subterrâneas, de modo que as montanhas, os contrafortes e as planícies abaixo deles viraram uma verdadeira rede de cavernas e galerias interligadas. Várias esculturas muito realistas narravam explorações no subterrâneo profundo e a descoberta final do mar sem sol, à maneira do Estige, que espreitava nas entranhas da Terra.

Aquele imenso abismo de sombras fora sem dúvida desgastado pelo grande rio que vinha desde as montanhas do oeste, horríveis e inomináveis, e que outrora fazia curva na base da cordilheira dos Anciões e corria ao lado daquela cadeia de montanhas até o oceano Índico, entre as terras de Budd e Totten, na linha costeira de Wilkes. Pouco a pouco havia corroído a base de calcário da colina em sua curva, até que por fim suas correntes erosivas alcançaram as cavernas das águas subterrâneas e se juntaram a elas para escavar um abismo ainda mais profundo. Por fim, todo o seu volume desembocou no interior das colinas ocas, deixando seco o velho leito que terminava no oceano. Grande parte da cidade mais recente que encontramos fora construída sobre aquele antigo leito. Os Anciões, compreendendo o que acontecera e exercendo sua sensibilidade artística sempre aguçada, haviam entalhado em mastros ornados aqueles promontórios dos contrafortes em que o grande fluxo começava sua descida em direção à escuridão eterna.

Esse rio, outrora cruzado por séries de nobres pontes de pedra, era obviamente aquele cujo curso extinto víramos em nossa exploração aérea. Sua posição em diferentes entalhes que representavam a cidade nos ajudou a nos orientarmos em meio à paisagem nas diversas fases da história ancestral e morta há eras da região, e pudemos assim esboçar um mapa apressado, mas meticuloso, das características mais relevantes – praças, construções importantes etc. – para servir de guia em novas investigações. Logo pudemos reconstruir na imaginação toda aquela coisa estupenda, no estado em que se encontrava há um milhão, ou 10 milhões, ou 50 milhões de anos, pois as esculturas nos informavam a aparência exata das construções e montanhas, das praças, subúrbios e da configuração da paisagem e da luxuriante vegetação terciária. Deve ter sido um local de beleza maravilhosa e mística e, na medida em que eu pensava nele, quase esquecia a sensação viscosa de opressão sinistra com que a idade inumana, a escala colossal, a morte, a localização remota e o crepúsculo glacial daquela cidade haviam sufocado e pesado sobre meu espírito. Contudo, de acordo com certos entalhes, os habitantes daquela cidade haviam, eles mesmos, sofrido sob o poder do terror opressivo; pois havia um tipo de cena, recorrente e sombria, em que os Anciões eram retratados encolhendo-se temerosos diante de algum objeto – cuja presença nos desenhos jamais era permitida – encontrado no grande rio e que, segundo as indicações, fora trazido pela água, passando por ondulantes florestas cicadáceas cobertas de vinhas, daquelas horríveis montanhas a oeste.

Foi somente em uma única habitação de construção tardia, com entalhes decadentes, que obtivemos algum presságio da calamidade final que levara ao abandono da cidade. Sem dúvida devia haver muitas esculturas da mesma época em outros lugares, ainda que levássemos em conta a debilitação das energias e aspirações própria de um período traumático e incerto; de fato, nos deparamos com evidências muito claras da existência de outras esculturas pouco tempo depois. Mas esse foi o primeiro e único conjunto que encontramos diretamente. Planejávamos continuar pesquisando; porém, como já disse, circunstâncias imediatas ditaram um outro objetivo imediato. Teríamos nos deparado, contudo, com um ponto final – já que, afinal, toda esperança de uma longa ocupação futura do local havendo perecido entre os Anciões, seria impossível não haver uma cessação completa da decoração mural. O golpe derradeiro, é claro, foi a chegada do grande frio que um dia manteve refém quase todo o planeta e que jamais abandonou os malfadados polos – o grande frio que, na outra extremidade do mundo, pôs fim às lendárias terras de Lomar e Hiperbórea.

Exatamente quando essa tendência teve início na Antártica seria difícil de precisar em termos de anos exatos. Hoje em dia, atribuímos o início dos períodos glaciais como um todo a cerca de 500 mil anos atrás, mas nos polos o flagelo terrível deve ter começado muito antes. Todas as estimativas quantitativas são em parte suposição, mas é bastante provável que as esculturas decadentes tenham sido feitas há bem menos do que um milhão de anos e que a deserção da cidade tivesse se completado muito antes do início convencionado do pleistoceno – 500 mil anos atrás –, calculado nos termos da superfície total do planeta.

Nas esculturas decadentes havia sinais de uma vegetação mais rala em todos os cantos e de uma diminuição da vida não urbana dos Anciões. Vimos mecanismos de aquecimento nas casas, e viajantes de inverno eram representados usando vestimentas de proteção. Vimos então uma série de cartuchos (o arranjo de faixas contínuas sendo interrompido com frequência nesses entalhes mais recentes) retratando uma migração crescente para os refúgios mais próximos de clima mais quente – alguns fugindo para cidades submarinas perto do litoral distante e outros descendo com dificuldade pelas redes de cavernas de calcário nas colinas ocas até o abismo negro de águas subterrâneas nas proximidades.

No final, ao que tudo indica, foi o abismo vizinho que recebeu a maior colonização. Isso sem dúvida se deveu, em parte, ao tradicional caráter sagrado daquela região específica; mas o fator determinante podem ter sido as oportunidades proporcionadas por esse abismo de manter o uso dos grandes templos dentro das montanhas alveoladas e de manter a enorme cidade de terra como um local de veraneio e base de comunicação com diversas minas. A conexão entre os abrigos antigo e novo foi tornada mais eficiente por meio de diversos nivelamentos e melhorias nas rotas de ligação, incluindo o cinzelamento de numerosos túneis diretos entre a antiga metrópole e o abismo negro – túneis voltados acentuadamente para baixo, cujas entradas foram cuidadosamente desenhadas, de acordo com nossas estimativas mais cuidadosas, no mapa-guia que estávamos compilando. Era claro que no mínimo dois desses túneis distavam relativamente pouco de onde estávamos, o que nos permitiria explorá-los – ambos estando na margem da cidade que dava para as montanhas, um deles a menos de quatrocentos metros em direção ao antigo leito do rio, e o outro a talvez o dobro dessa distância, na direção oposta.

O abismo, ao que parece, tinha orlas de litoral seco inclinado para baixo em certos pontos, mas os Anciões construíram sua nova cidade sob a água – sem dúvida por causa da maior garantia de uma temperatura uniforme e não muito fria. A profundeza do mar oculto, ao que parece, era imensa, de modo que o calor interno da Terra podia assegurar suas condições de habitabilidade por um período indefinido. Os seres pareciam não ter sofrido problema algum na adaptação à residência de meio período – e, por fim, é claro, integral – debaixo d'água, já que nunca haviam deixado seus sistemas de guelras atrofiar. Muitas esculturas mostravam como eles sempre visitaram com frequência seus parentes submarinos de outros lugares e como tinham o hábito de banhar-se nas profundezas do grande rio. A escuridão do subterrâneo, da mesma forma, não dissuadiria uma raça acostumada às longas noites antárticas.

Embora seu estilo fosse sem dúvida decadente, esses últimos entalhes possuíam uma qualidade realmente épica nos pontos em que contavam a construção da nova cidade no mar da caverna. Os Anciões haviam empreendido a tarefa com espírito científico – extraindo pedras insolúveis do coração das montanhas alveoladas e empregando trabalhadores especializados da cidade submarina mais próxima para realizar a construção de acordo com os melhores métodos. Esses trabalhadores trouxeram consigo tudo o que era necessário para dar início à nova empreitada – tecidos shoggoth, a partir dos quais fabricar levantadores de pedras e subsequentes bestas de carga para a cidade da caverna, e outras matérias protoplásmicas, a serem moldadas para criar organismos fosforescentes que proveriam iluminação.

Finalmente, uma imensa metrópole ergueu-se no fundo daquele mar estígio, sua arquitetura muito parecida com a da cidade acima e sua técnica revelando relativamente pouca decadência, devido ao elemento de precisão matemática inerente às operações de construção. Os shoggoths recém-criados cresceram, chegando a um tamanho enorme e desenvolvendo uma singular inteligência, e eram representados recebendo e executando ordens com uma rapidez maravilhosa. Eles pareciam conversar com os Anciões emulando suas vozes – uma espécie de silvo musical que comportava ampla gama de variações, se a dissecção do pobre Lake estava correta – e trabalhar mais por ordens faladas do que por sugestões hipnóticas, como fora nos tempos mais antigos. Eles eram, contudo, mantidos sob um controle admirável. Os organismos fosforescentes supriam luz com grande eficiência e sem dúvida compensaram a perda das conhecidas auroras polares da noite do mundo exterior.

Ainda se praticavam a arte e a decoração, embora, é claro, com uma certa decadência. Os Anciões pareciam saber que já não eram os mesmos, e em muitos casos prenunciaram a política de Constantino, o Grande, transplantando blocos especialmente belos de entalhes antigos desde sua cidade de terra, assim como o imperador, numa época semelhante de declínio, desnudou Grécia e Ásia de sua arte mais refinada para dar a sua nova capital bizantina esplendores maiores do que seu próprio povo seria capaz de criar. Que a escala da transferência dos blocos entalhados não tivesse sido maior se deveu, sem dúvida, ao fato de que a cidade da terra não fora, de início, abandonada por inteiro. Quando o abandono total de fato ocorreu – e certamente deve ter ocorrido antes que o pleistoceno polar estivesse muito avançado –, os Anciões haviam talvez se dado por satisfeitos com sua arte decadente – ou haviam deixado de reconhecer o mérito superior dos entalhes mais antigos. De qualquer modo, as ruínas de silêncio ancestral a nossa volta certamente não tinham sido submetidas a um desnudamento maciço das esculturas, embora todas as melhores estátuas, assim como outros bens móveis, tivessem sido levadas.

Os cartuchos e rodapés decadentes que contavam essa história foram, como já disse, os mais recentes que encontramos em nossa busca limitada. Eles nos deixaram com uma imagem dos Anciões fazendo viagens de ida e volta entre a cidade na superfície, no verão, e a cidade do mar sob a caverna, no inverno, e algumas vezes praticando comércio com as cidades submarinas da costa antártica. Nessa época, a ruína derradeira da cidade da superfície deve ter sido reconhecida, pois as esculturas mostravam muitos sinais do avanço maligno do frio. A vegetação declinava e as terríveis neves do inverno não mais derretiam por completo, nem mesmo no auge do verão. O gado de sáurios morrera quase todo, e os mamíferos não suportavam bem o frio. Para dar continuidade ao trabalho na superfície, tornou-se necessário adaptar alguns dos shoggoths, amorfos e curiosamente resistentes ao frio, à vida na terra – uma coisa que, anteriormente, os Anciões haviam relutado em fazer. O grande rio agora não tinha vida, e o mar superior perdera a maioria de seus habitantes, com exceção das focas e das baleias. Todos os pássaros haviam migrado, com exceção apenas dos grandes e grotescos pinguins.

O que sucedera depois disso era algo que podíamos apenas imaginar. Por quanto tempo sobrevivera a nova cidade submarina das cavernas? Estaria ainda lá embaixo, um cadáver de pedra na escuridão eterna? As águas subterrâneas teriam finalmente congelado? Que destino coubera às cidades submarinas do restante do mundo? Houvera alguma migração dos Anciões para o norte, fugindo da calota de gelo que se aproximava? A geologia atual não mostra qualquer vestígio de sua presença. Os temíveis Mi-Go teriam continuado a representar uma ameaça nas terras do mundo do norte? Seria possível saber com certeza o que poderia subsistir até os dias de hoje nos insondáveis abismos sem luz das águas mais profundas da Terra? Aquelas coisas, ao que parece, eram capazes de suportar toda e qualquer quantidade de pressão – e os homens do mar às vezes pescam objetos curiosos. E será que a teoria da baleia-assassina realmente explicou as brutais e misteriosas cicatrizes das focas antárticas, observadas há uma geração por Borchgrevingk?

Os espécimes com que o pobre Lake deparou não entravam nesses palpites, pois o contexto geológico em que foram encontrados provava que tinham vivido no que deve ter sido uma época muito primitiva da história da cidade terrestre. Eles tinham, de acordo com sua localização, certamente não menos do que 30 milhões de anos; e nós concluímos que, no tempo deles, a cidade submarina das cavernas, e inclusive a própria caverna, ainda não existiam. Eles se lembrariam de uma paisagem mais antiga, com viçosa vegetação terciária por todos os lados, uma cidade terrestre mais nova, de artes pujantes a sua volta e um grande rio correndo para o norte, ladeando a base das colossais montanhas, em direção a um distante oceano tropical.

Mas, ainda assim, não podíamos deixar de pensar naqueles espécimes – especialmente nos oito em perfeito estado que haviam desaparecido do acampamento de Lake, devastado daquela maneira hedionda. Havia algo de anormal naquilo tudo – as estranhas coisas que tanto nos esforçáramos para atribuir à loucura de alguém – aquelas covas temíveis – a quantidade e *a natureza* dos objetos desparecidos – Gedney – a resistência extraterrena daquelas monstruosidades arcaicas e as bizarras anomalias vitais que as esculturas agora mostravam serem próprias daquela raça... Danforth e eu tínhamos visto muita coisa naquelas poucas horas, e estávamos prontos a acreditar em – e a manter silêncio sobre – muitos segredos incríveis e atrozes da Natureza primeva.

IX

Já afirmei que o estudo das esculturas decadentes levou a uma mudança de objetivo imediato. Essa, é, claro, tinha a ver com as avenidas cinzeladas para o negro mundo interior, de cuja existência não sabíamos antes, mas que estávamos agora ansiosos para encontrar e percorrer. A partir da escala patente dos entalhes, deduzimos que uma caminhada muito íngreme para baixo, de cerca de um quilômetro e meio, por qualquer um dos túneis próximos, nos levaria à beira dos vertiginosos penhascos sem sol acima do grande abismo, abaixo de cuja lateral caminhos apropriados aprimorados pelos Anciões levavam ao litoral rochoso do oceano oculto e obscuro. A ideia de ver esse abismo fabuloso, sua nítida realidade, foi uma atração à qual pareceu impossível resistir quando soubemos de sua existência – contudo, entendemos que era necessário começar a jornada de imediato, se nosso plano fosse realizá-la naquela mesma viagem.

Eram agora oito da noite e não tínhamos uma quantidade suficiente de pilhas suplementares para manter as lanternas acesas indefinidamente. Havíamos examinado e copiado tanta coisa abaixo do nível da glaciação que nosso suprimento de pilhas tivera no mínimo cinco horas de uso quase contínuo e, apesar da fórmula especial de célula seca, obviamente teríamos só mais quatro horas à disposição – embora, mantendo uma lanterna sem uso, exceto para lugares especialmente interessantes ou difíceis, tivéssemos garantido uma margem de segurança maior. Não seria possível entrar naquelas catacumbas ciclópicas sem uma fonte de luz; portanto, para fazer a jornada ao abismo, teríamos que desistir de decifrar novos murais. É claro que planejávamos revisitar o local por dias, e talvez semanas, fotografando e fazendo estudos intensivos – a curiosidade tendo há muito superado o horror –, mas naquele momento tínhamos de nos apressar. Nosso suprimento de papel para demarcar trilhas não era de modo algum ilimitado, e relutamos em sacrificar os cadernos ou papéis de desenho sobressalentes para aumentá-lo, mas por fim abrimos mão de um caderno grande. Na pior das hipóteses, poderíamos recorrer ao método de lascar pedras – e é claro que seria possível, mesmo se realmente nos perdêssemos, subir até a luz do dia pleno, por um ou outro canal, se tivéssemos tempo suficiente para uma boa quantidade de tentativas e erros. Então finalmente partimos, ansiosos, na direção indicada para o túnel mais próximo.

De acordo com os entalhes nos quais baseamos o mapa, a entrada do túnel que procurávamos não podia estar a muito mais do que quatrocentos metros de distância; o intervalo que nos separava mostrava construções que pareciam bem sólidas e que muito provavelmente ainda eram acessíveis no nível subglacial. A entrada seria no porão – no ângulo mais próximo aos contrafortes – de uma vasta estrutura de cinco pontas, de natureza obviamente pública e talvez cerimonial que tentamos identificar a partir da pesquisa aérea das ruínas. Não lembramos de nenhuma estrutura semelhante ao repassarmos o voo na memória e, portanto, concluímos que suas partes superiores haviam sofrido grandes danos ou sido totalmente despedaçadas em uma fissura no gelo que chamou nossa atenção. Nesse caso, o túnel provavelmente estaria bloqueado, de modo que teríamos de tentar o outro mais próximo – aquele menos de um quilômetro e meio ao norte. O curso do rio que se punha entre nós impedia que tentássemos qualquer um dos túneis mais ao sul naquela viagem; e, de fato, se ambos os túneis próximos estivessem bloqueados dificilmente as pilhas permitiriam tentar o próximo túnel ao norte – que distava cerca de um quilômetro e meio de nossa segunda opção.

Ao percorrermos o escuro caminho do labirinto, com a ajuda de mapa e bússola – atravessando cômodos e corredores em todos os estágios possíveis de ruína e preservação, subindo rampas com dificuldade, cruzando andares superiores e pontes e descendo novamente, encontrando passagens obstruídas e pilhas de escombros, nos apressando de vez em quando por trechos em perfeito estado de preservação e sinistramente imaculados, seguindo pistas falsas e refazendo o caminho (e nesses casos removendo a trilha de papel errônea), e vez por outra chegando ao fundo de um túnel aberto através do qual a luz do dia passava ou se filtrava –, ficamos repetidas vezes mesmerizados pelas paredes esculpidas com que nos deparamos no caminho. Muitas deviam conter relatos de imensa importância histórica, e somente a perspectiva de visitas futuras nos conformava com a necessidade de deixá-las para trás. Não obstante, diminuíamos a velocidade de vez em quando e acendíamos a segunda lanterna. Se tivéssemos mais filmes fotográficos, teríamos certamente parado um pouco para fotografar certos baixos-relevos, mas copiar à mão consumia tempo demais e estava, é claro, fora de cogitação.

Chego mais uma vez a um ponto em que a tentação de hesitar, ou de aludir em vez de expor, é muito forte. É necessário, contudo, revelar o que aconteceu a seguir para justificar a minha escolha de desencorajar novas investigações. Havíamos ziguezagueado até chegar bem perto do lugar que, segundo os cálculos, correspondia à entrada do túnel – havendo cruzado uma ponte de segundo andar em direção ao que parecia claramente ser a ponta de uma parede ogival e descido até um corredor em ruínas, com uma quantidade extraordinária de esculturas mais recentes de elaboração decadente e, ao que parecia, ritualísticas – quando, pouco antes de oito e meia da noite, as aguçadas e jovens narinas de Danforth nos deram a primeira pista de algo incomum. Se tivéssemos um cão conosco, suponho que o alerta teria chegado mais cedo. De início não conseguimos saber com precisão o que havia de errado com o ar, antes de uma pureza cristalina, mas depois de alguns segundos as nossas memórias reagiram, nos proporcionando uma infeliz certeza. Deixem-me tentar declarar a coisa sem hesitar. Havia um odor – e o odor era vaga, sutil e inegavelmente semelhante ao que nos havia nauseado ao abrirmos o insano túmulo da coisa horrenda que o pobre Lake dissecara.

É claro, a revelação não foi tão inequívoca no momento como parece agora. Eram muitas as explicações possíveis e, desorientados, tivemos uma longa conversa sussurrada. O mais importante de tudo é que não recuamos sem investigar mais a fundo; pois, tendo chegado àquele ponto, relutávamos em ser impedidos por qualquer coisa que não fosse a certeza de um desastre. De qualquer modo, o que devíamos ter suspeitado era simplesmente insano demais para que acreditássemos. Tais coisas não aconteciam num mundo normal. Deve ter sido um puro instinto irracional o que nos fez enfraquecer a luz da única lanterna que usávamos – não mais atraídos pelas esculturas decadentes e sinistras que nos espiavam ameaçadoramente das opressivas paredes – e que reduziu nosso progresso a um cauteloso andar nas pontas dos dedos e rastejar sobre o chão cada vez mais obstruído por detritos e montes de escombros.

Os olhos de Danforth, e também seu nariz, se mostraram melhores que os meus, pois foi também ele quem primeiro percebeu o estranho aspecto dos entulhos depois que havíamos passado por muitos arcos semiobstruídos levando a câmaras e corredores no andar térreo. Não pareciam estar exatamente do jeito que deveriam após incontáveis milhares de anos de deserção e, quando com cautela aumentamos a luz, vimos que um tipo de passagem parecia ter sido aberta por ali há não muito tempo. A natureza irregular dos detritos impedia que houvesse alguma marca definida, mas nos lugares mais limpos vimos indícios de que objetos pesados haviam sido arrastados. Em uma ocasião, nos pareceu haver um indício de caminhos paralelos, como se dos patins de um trenó. Foi isso o que nos fez parar de novo.

Durante aquela parada foi que percebemos – dessa vez os dois ao mesmo tempo – o outro odor adiante. Paradoxalmente, foi um odor ao mesmo tempo menos aterrorizante e mais aterrorizante – menos em si mesmo, mas infinitamente aterrador naquele lugar, naquelas circunstâncias... a menos, é claro, que Gedney... Pois o odor era o simples e velho conhecido cheiro do combustível comum – a gasolina de todos os dias.

Que força nos motivou depois disso é uma questão que deixarei para os psicólogos. Sabíamos agora que alguma terrível extensão dos horrores do acampamento devia ter se arrastado para aquele ensombrecido cemitério das eras, e portanto não mais podíamos duvidar da existência de condições inomináveis – presentes ou no mínimo recentes – logo à frente. Contudo, no fim, nos deixamos guiar pelo puro ardor da curiosidade – ou ansiedade – ou auto-hipnose – ou vagas ideias de uma responsabilidade para com Gedney – ou alguma outra coisa. Danforth falou mais uma vez, baixando a voz, da pegada que acreditou ter visto na curva da viela, nas ruínas acima; e do leve silvo musical – potencialmente de um significado tremendo à luz do relatório de dissecção de Lake, apesar de se assemelhar muito aos ecos das entradas das cavernas, nos picos castigados pelo vento – que acreditou pouco depois ter escutado, vindo das profundezas desconhecidas abaixo. Eu, por minha vez, falei de como o acampamento fora deixado – do que desaparecera e de como a insanidade de um único sobrevivente poderia ter concebido o inconcebível – uma louca viagem cruzando as montanhas monstruosas e uma descida para a desconhecida cantaria primeva –

Mas não conseguimos convencer um ao outro, ou sequer a nós mesmos, de nada definido. Tínhamos desligado todas as luzes, lá parados de pé, e percebemos vagamente que um resquício da luz do dia acima, muito filtrada, impedia que a escuridão fosse absoluta. Havendo começado automaticamente a seguir em frente, nos orientamos por lampejos ocasionais de nossa lanterna. Os escombros remexidos tinham nos sugerido uma impressão que não conseguíamos esquecer, e o cheiro da gasolina ficou mais forte. Nos deparávamos com uma quantidade cada vez maior de ruínas que estorvavam nossos pés até que, pouco depois, vimos que o caminho à frente estava prestes a terminar. Nosso palpite pessimista sobre aquela fenda vislumbrada do alto estava correto. A jornada pelo túnel era às cegas, e não conseguiríamos sequer chegar ao porão em que havia a abertura para o abismo.

A lanterna, passando pelas paredes com entalhes grotescos do corredor bloqueado em que estávamos, revelou diversas entradas em diversos estados de obstrução; e de uma delas o odor de gasolina – sobrepujando completamente aquele outro vestígio de odor – nos atingiu com uma clareza extraordinária. Quando observamos com mais atenção, vimos que sem dúvida houvera uma leve e recente retirada de escombros daquela abertura específica. Seja lá qual fosse o horror que espreitava, acreditávamos que o caminho direto em direção a ele estava agora claramente manifesto. Não creio que alguém se espantaria ao saber que esperamos um tempo considerável antes de fazer qualquer movimento.

Mas, ainda assim, quando de fato nos aventuramos por aquela arcada negra nossa primeira impressão foi de anticlímax. Pois em meio ao espaço daquela cripta cheia de detritos e com entalhes nas paredes – um cubo perfeito com lado de aproximadamente seis metros – não restava nenhum objeto recente de tamanho que pudéssemos discernir, de modo que instintivamente procuramos em vão por uma outra passagem. Um instante depois, contudo, a visão aguçada de Danforth discerniu um ponto em que os detritos do chão haviam sido remexidos; ligamos ambas as lanternas na potência máxima. Embora o que vimos naquela luz fosse de fato simples e banal, ainda reluto a fazer a revelação, por causa de suas implicações. Era um nivelamento irregular dos detritos, sobre o qual vários pequenos objetos se encontravam dispostos sem ordem e num canto do qual uma quantidade considerável de gasolina devia ter sido derramada há tempo pouco o bastante para deixar um odor forte mesmo naquela altitude extrema do superplatô. Em outras palavras, não podia ser outra coisa: era uma espécie de acampamento – um acampamento feito por seres exploradores que, como nós, haviam sido obrigados, pela inesperada obstrução do caminho para o abismo, a dar meia-volta.

Quero ser claro. Os objetos espalhados eram, no tocante a sua natureza, todos do acampamento de Lake, e consistiam de latas abertas de maneira tão estranha como aquelas que víramos naquele local devastado, muitos fósforos usados, três livros ilustrados com manchas mais ou menos esquisitas, um frasco vazio de tinta com sua cartolina ilustrada contendo instruções, uma caneta tinteiro quebrada, alguns fragmentos (cortados de maneira estranha) de tecido de casacos de pele e de tendas, uma pilha usada e suas instruções, um folheto que vinha com nosso tipo de aquecedor de tenda e papéis amassados jogados ao acaso. Isso tudo já era horrível o bastante, mas quando alisamos os papéis e vimos o que havia neles, sentimos ter chegado ao pior de tudo. Encontráramos certos papéis com manchas inexplicáveis no acampamento que poderiam ter nos preparado, contudo o efeito de vê-los ali, nas câmaras pré-humanas de uma cidade de pesadelo, foi quase mais do que podíamos suportar.

Um Gedney enlouquecido poderia ter feito os agrupamentos de pontos em imitação àqueles encontrados nas pedras-sabão esverdeadas, e os pontos naqueles montículos nas covas insanas de cinco pontas poderiam ter sido feitos assim também; e ele talvez pudesse ter rabiscado esboços rudimentares e apressados – com maior precisão aqui e menos ali – que mostravam as regiões próximas da cidade e indicavam o caminho a partir de um lugar, representado com um círculo, fora de nosso caminho anterior – um lugar que identificamos nos entalhes como uma grande torre cilíndrica e um grande abismo circular vislumbrado na pesquisa aérea – até a atual estrutura de cinco pontas e a boca do túnel lá dentro. Ele pode, repito, ter preparado tais esboços; pois os que tínhamos diante dos olhos foram obviamente organizados, como os nossos, a partir de esculturas tardias em algum ponto do labirinto glacial, embora não a partir das que tínhamos visto e utilizado. Mas o que aquele homem sem nenhuma competência ou visão artística não poderia ter feito de modo algum era executar aqueles esboços com uma técnica esquisita e segura de si, talvez superior, apesar da pressa e do descuido, a qualquer uma das esculturas decadentes nas quais foram baseados – a técnica característica e inconfundível dos próprios Anciões, no auge da cidade morta.

Haverá quem diga que Danforth e eu fomos totalmente loucos de não termos fugido a toda velocidade depois daquilo, já que nossas conclusões eram agora – não obstante sua insanidade – inteiramente sólidas e de uma natureza que não preciso sequer mencionar aos que leram meu relato até aqui. Talvez estivéssemos loucos – pois não disse que aqueles picos horríveis eram montanhas da loucura? Mas creio poder detectar algo da mesma natureza – ainda que numa forma menos radical – nos homens que perseguem animais selvagens e letais pelas selvas africanas para fotografá-los ou estudar seus hábitos. Embora estivéssemos quase petrificados pelo terror, ainda assim ardia dentro de nós uma chama incandescente de assombro e curiosidade, que acabou por triunfar.

É claro que não planejávamos enfrentar aquele – ou aqueles – que, sabíamos, havia estado ali, mas sentimos que já devia ter ido embora. Naquele momento já teria encontrado a outra entrada mais próxima para o abismo e passado por ela, para quaisquer fragmentos escuros como a noite do passado que talvez o esperassem no abismo derradeiro – o abismo derradeiro que ele nunca tinha visto. Ou, se aquela entrada também se encontrasse bloqueada, teria seguido para o norte à procura de outra. Eles eram, lembramos naquele momento, parcialmente independentes de luz.

Refletindo agora sobre aquele momento, mal posso lembrar com precisão a forma exata que nossas novas emoções tomaram – que exata mudança de objetivo imediato tanto afiou a nossa sensação de expectativa. Certamente não pretendíamos enfrentar o que temíamos – contudo, não vou negar que talvez tenhamos sentido um secreto e inconsciente desejo de espiar certas coisas, de algum ponto de observação bem protegido. Talvez não tivéssemos abandonado a avidez por vislumbrar o próprio abismo, embora se interpusesse um novo objetivo, na forma daquele imenso local circular exibido nos esboços amassados que encontramos. Nós o havíamos reconhecido imediatamente como uma monstruosa torre cilíndrica que figurava nos mais antigos dos entalhes, mas tendo, do alto, a aparência de uma simples abertura redonda de tamanho prodigioso. Algo na expressividade de sua representação, mesmo naqueles diagramas apressados, nos fez pensar que seus níveis subglaciais deviam ainda representar um ponto focal de grande importância. Talvez contasse com maravilhas arquitetônicas ainda não encontradas por nós. Era certamente de uma idade incrível, de acordo com as esculturas em que figurava – estando, na verdade, entre as primeiras construções da cidade. Seus entalhes, caso estivessem preservados, não poderiam deixar de ser da mais alta importância. Ademais, poderia formar uma boa ligação atual com a superfície – um caminho mais curto do que aquele que com tanta cautela trilhávamos, e provavelmente pelo qual aqueles outros haviam descido.

De qualquer modo, o que fizemos foi examinar os terríveis esboços – que confirmaram os nossos em todos os detalhes – e partir na direção do caminho indicado até o local circular, a rota que nossos inomináveis predecessores deviam ter atravessado duas vezes antes de nós. O outro portal próximo para o abismo estaria mais para além. Não preciso contar de nossa jornada – durante a qual continuamos a deixar uma parcimoniosa trilha de pedaços de papel –, pois era precisamente a mesma, em natureza, daquela pela qual havíamos chegado ao beco sem saída; exceto pelo fato de que tendia a se ater mais proximamente ao nível do chão e até mesmo descer por corredores subterrâneos. Vez por outra conseguimos identificar certas marcas perturbadoras nos escombros ou detritos sob nossos pés e, depois que ultrapassamos o alcance do cheiro da gasolina, ficamos mais uma vez vagamente conscientes, em alguns pontos mais e em outros menos, daquele odor mais hediondo e mais persistente. Depois que o caminho se bifurcou em relação ao anterior, por vezes varríamos furtivamente as paredes com os raios de nossa única lanterna, observando em quase todos os casos as esculturas praticamente onipresentes, que realmente pareciam ter composto um dos principais meios de expressão estética dos Anciões.

Por volta das nove e meia da noite, ao atravessarmos um longo corredor arqueado, cujo piso cada vez mais tomado por glaciação parecia estar um pouco abaixo do nível térreo e cujo teto ficava mais baixo na medida em que avançávamos, começamos a ver a intensa luz do dia adiante e pudemos desligar a lanterna. Parecia que estávamos chegando ao vasto local circular, e o ar livre não podia estar muito distante. O corredor terminava num arco surpreendentemente baixo para aquelas ruínas megalíticas, mas pudemos ver muita coisa do outro lado, antes ainda de cruzá-lo. Para além dele, estendia-se um prodigioso espaço circular – o diâmetro era de pelo menos sessenta metros – tomado por escombros e contendo muitas arcadas obstruídas, equivalentes àquela que estávamos prestes a cruzar. As paredes tinham – nos espaços disponíveis – ousados entalhes em uma faixa espiral de proporções heroicas e mostravam, apesar dos intemperismos destrutivos causados pela falta de proteção daquele lugar aberto, um esplendor artístico muito superior ao de tudo que víramos até então. O chão repleto de detritos estava encoberto por uma pesada camada de glaciação, e imaginamos que o verdadeiro fundo jazia a uma profundidade consideravelmente maior.

Mas o objeto de maior destaque do lugar era a titânica rampa de pedra que, desviando das arcadas por uma curva acentuada para fora e adentrando o piso aberto, enrolava-se em espiral pela estupenda parede cilíndrica como um equivalente interno daquelas que outrora subiam o exterior das monstruosas torres ou zigurates da Babilônia antiga. Somente a velocidade de nosso voo e a perspectiva que fazia confundir a descida com a parede interna da torre impediram que percebêssemos essa característica do alto, dessa forma nos fazendo procurar uma outra avenida para o nível subglacial. Pabodie talvez fosse capaz de dizer que tipo de engenharia a mantinha de pé, mas Danforth e eu podíamos apenas admirar e nos maravilhar. Podíamos ver imensos pilares e mísulas de pedra aqui e ali, mas o que vimos parecia inadequado à função que cumpria. A coisa estava em excelente estado de preservação até o topo atual da torre – uma circunstância altamente notável, tendo em vista sua exposição ao clima –, e seu abrigo contribuíra em muito para proteger as bizarras e perturbadoras esculturas cósmicas nas paredes.

Ao sairmos do fundo daquele monstruoso cilindro – de 50 milhões de anos e sem dúvida a estrutura de antiguidade mais primitiva com que deparamos – para a assombrosa meia-luz do dia, vimos que os lados atravessados por rampa erguiam-se a estonteantes dezoito metros, no mínimo. Isso, lembrávamos de nossa pesquisa aérea, significava uma glaciação exterior de cerca de doze metros, já que o abismo aberto que víramos do avião encontrava-se no topo de um monte de cerca de seis metros de cantaria desmoronada, um pouco abrigada em três quartos de sua circunferência pelas imensas paredes curvas de uma linha de ruínas mais altas. De acordo com as esculturas, a torre original fora erguida no centro de uma imensa praça circular e tivera talvez 150 ou 180 metros de altura, com níveis de discos horizontais perto do topo e uma fileira de espirais como agulhas ao longo da margem superior. A maior parte da cantaria, estava claro, desmoronara para fora, e não para dentro da estrutura – um fato auspicioso, já que caso contrário a rampa poderia ter sido despedaçada, obstruindo todo o interior. Não obstante, a rampa mostrava um melancólico desgaste, ao passo que a obstrução era tanta que todas as arcadas no fundo pareciam ter sido recentemente limpas.

Levamos apenas um instante para concluir que aquela era realmente a rota pela qual aqueles outros haviam descido e que seria o caminho lógico para a nossa própria subida, apesar da longa trilha de papel que deixáramos em outro trajeto. A boca da torre não distava mais dos contrafortes e do avião do que a grande construção com terraço que havíamos adentrado, e quaisquer novas explorações subglaciais que fizéssemos naquela viagem se concentrariam basicamente naquela região. Estranhamente, ainda pensávamos em possíveis viagens futuras – mesmo depois de tudo o que tínhamos visto e estimado. Então, ao abrir com cautela um caminho por entre os escombros do grande piso, nos deparamos com uma visão que, naquele momento, fez tudo o mais recuar para segundo plano.

Era o arranjo disposto com cuidado de três trenós naquele ângulo mais distante do caminho inferior da rampa, que se projetava para fora e que até então estivera fora de nosso campo de visão. Lá estavam eles – os três trenós desaparecidos do acampamento de Lake –, abalados por um uso radical, provavelmente tendo sido arrastados com violência por grandes extensões de cantarias e escombros sem neve, assim como puxados pela mão em lugares impossíveis de transitar. Estavam amontoados e amarrados, com esmero e de maneira inteligente, e continham itens muito bem conhecidos: o fogão à gasolina, latas de combustível, estojos de instrumentos, latas de provisões, oleados embrulhando o que eram obviamente livros e alguns indicando contornos de objetos menos fáceis de discernir – tudo isso retirado dos equipamentos de Lake. Depois do que encontramos naquela outra sala, estávamos em certa medida preparados para aquele encontro. O choque realmente grave veio quando chegamos perto e abrimos um embrulho de oleado, cujos contornos haviam nos inquietado sobremaneira. Parece que Lake não foi o único interessado em coletar espécimes representativos; pois havia dois ali, ambos duros e congelados, em perfeito estado de conservação, recobertos com gesso adesivo onde havia algumas feridas em volta do pescoço e embrulhados com cuidado para evitar mais danos. Eram os corpos do jovem Gedney e do cão desaparecido.

X

Muitos talvez nos julguem insensíveis, e também loucos, por pensarmos no túnel para o norte e no abismo tão pouco tempo depois da sombria descoberta, e não estou pronto para dizer que teríamos retornado imediatamente a tais pensamentos não fosse por uma circunstância específica que se nos apresentou e deu origem a uma linha inteiramente nova de especulações. Tínhamos recolocado o oleado sobre o pobre Gedney e estávamos parados em uma espécie de perplexidade muda quando os sons finalmente chegaram a nossa consciência – os primeiros sons que ouvíamos desde a descida, saindo do aberto onde o vento da montanha chiava levemente desde suas alturas etéreas. Embora fossem sons mundanos e muito bem conhecidos, sua presença naquele remoto mundo de morte era mais inesperada e inquietante do que quaisquer tons grotescos ou fabulosos poderiam ter sido – visto que acrescentavam uma nova subversão as nossas noções de harmonia cósmica.

Se fosse algum vestígio daquele bizarro silvo musical, variando num amplo espectro de notas, que o relatório de dissecção de Lake nos levara a esperar naqueles outros – e que, de fato, nossas imaginações superexcitadas vinham escutando em todos os uivos do vento que ouvíramos desde que deparamos com o horror no acampamento –, isso teria tido uma espécie de congruência infernal com a região de morte ancestral a nossa volta. Uma voz de outras épocas está em seu lugar num cemitério de outras épocas. Não obstante, porém, o ruído perturbou todos os nossos ajustes profundamente enraizados – toda a nossa aceitação tácita do núcleo antártico como um deserto tão inteira e irrevogavelmente destituído de qualquer vestígio de vida normal como o estéril disco da lua. O que ouvimos não foi a fabulosa nota musical de alguma blasfêmia sepultada da Terra ancestral, de cuja suprema resistência o sol polar, que há eras não via, evocara uma resposta monstruosa. Em vez disso, foi algo tão escarnecedoramente normal e tão velho conhecido de nossos dias no mar perto da terra de Vitória e nossos dias de acampamento no estreito de McMurdo que estremecemos ao pensar nele ali onde estávamos, onde tais coisas não deviam existir. Para ser breve – era simplesmente o grasnido rouco de um pinguim.

O som abafado flutuou desde recessos subglaciais quase à frente do corredor pelo qual havíamos chegado – regiões claramente na direção daquele outro túnel para o vasto abismo. A presença de uma ave aquática viva em tal direção – em um mundo cuja superfície era de uma ausência de vida uniforme e antiquíssima – poderia levar apenas a uma conclusão; portanto, nos ocorreu antes de tudo verificar a realidade objetiva do som. Ele, de fato, se repetiu e parecia às vezes vindo de mais de uma goela. Buscando sua fonte, entramos em uma arcada da qual muitos entulhos haviam sido retirados, reencetando nosso método de marcar a trilha – usando um novo suprimento de papel retirado com curiosa repugnância de um dos embrulhos de oleado sobre os trenós – quando deixamos a luz do dia para trás.

Na medida em que o chão glaciado dava lugar a um chão juncado por escombros, discernimos com clareza curiosos rastros de alguma coisa que fora arrastada; e uma vez Danforth encontrou uma pegada nítida de um tipo cuja descrição seria supérflua. O caminho indicado pelos gritos do pinguim era exatamente o que nosso mapa e bússola haviam indicado como um acesso à boca do túnel mais ao norte, e ficamos felizes ao ver que um acesso sem ponte nos níveis térreo e subterrâneo parecia aberto. O túnel, de acordo com o mapa, devia começar do porão de uma grande estrutura piramidal, que, do que lembrávamos sem muita certeza da investigação aérea, encontrava-se em num excepcional estado de preservação. Ao longo do caminho, a única lanterna revelava uma profusão costumeira de entalhes, mas não paramos para examinar nenhum deles.

De repente, uma forma rotunda e branca assomou a nossa frente e ligamos a segunda lanterna. É estranho como aquela missão nova havia desviado por inteiro nossas mentes dos primeiros temores quanto ao que podia espreitar nas proximidades. Aqueles outros, havendo deixado seus suprimentos no grande local circular, deviam ter planejado retornar depois da jornada de reconhecimento em direção ao abismo ou para dentro dele; contudo, agora descartáramos toda a cautela no que concernia a eles, como se não houvessem jamais existido. Aquela coisa branca bamboleante tinha no mínimo 1,80m de altura, mas parecemos ter percebido de imediato que não era um daqueles outros. Os outros eram maiores e escuros, e, segundo as esculturas, seu movimento sobre superfícies terrestres era rápido e seguro, apesar da estranheza de seu equipamento tentacular de origem marítima. Mas dizer que aquela coisa branca não nos deu um susto imenso seria inútil. Ficamos de fato reféns, por um instante, de um temor primitivo quase mais agudo do que o pior dos nossos medos racionais no que tangia àqueles outros. Houve então um lampejo de anticlímax quando a forma branca deslizou para dentro de uma arcada lateral a nossa esquerda para juntar-se a dois outros de sua espécie, que o haviam convocado com sons roucos. Pois era apenas um pinguim – ainda que de uma espécie imensa e desconhecida, maior do que o maior dos pinguins imperadores conhecidos e monstruoso em sua combinação de albinismo e quase ausência de olhos.

Depois de seguirmos a coisa pela arcada e ligarmos ambas as lanternas sobre o indiferente e despreocupado grupo de três, vimos que eram todos albinos sem olhos da mesma espécie gigantesca e desconhecida. Seu tamanho nos fazia lembrar alguns dos pinguins arcaicos retratados nas esculturas dos Anciões, e não demoramos para concluir que eles descendiam da mesma estirpe – sem dúvida sobrevivendo ao se retirarem para alguma região interior menos fria, cuja escuridão perpétua havia destruído sua pigmentação e atrofiado seus olhos até que restassem apenas meras fendas inúteis. Não havia o menor motivo para duvidar de que seu habitat atual era o vasto abismo que procurávamos; e essa evidência da tepidez e da habitabilidade longevas do abismo nos preencheu das fantasias mais curiosas e sutilmente perturbadoras.

Nos perguntamos também o que fizera aquelas três aves se aventurarem para fora de seu território habitual. O estado e o silêncio da grande cidade morta haviam deixado claro que em momento algum ela fora um viveiro que costumavam usar em temporadas, ao passo que a manifesta indiferença do trio a nossa presença fazia parecer estranho que qualquer grupo passageiro daqueles outros devesse tê-los assustado. Seria possível que aqueles outros tivessem praticado alguma ação agressiva ou tentado aumentar seu suprimento de carne? Duvidávamos que aquele odor pungente que os cães detestaram pudesse causar antipatia semelhante naqueles pinguins, visto que seus ancestrais claramente haviam coexistido em excelentes termos com os Anciões – uma relação amigável que deve ter sobrevivido no abismo abaixo enquanto restaram Anciões por lá. Lamentando – num ressurgimento do velho e puro espírito científico – não poder fotografar aquelas criaturas anômalas, logo as deixamos aos seus grasnidos e seguimos em direção ao abismo, estando a existência de um acesso a ele definitivamente confirmada para nós, e cuja direção exata os rastros intermitentes dos pinguins tornavam clara.

Não muito tempo depois, uma íngreme descida por um corredor longo, baixo, sem portas e estranhamente desprovido de esculturas nos levou a acreditar que enfim nos aproximávamos da boca do túnel. Tínhamos passado por mais dois pinguins e ouvimos outros logo à frente. Então o corredor terminou num monumental espaço aberto que nos fez, contra nossa vontade, soltar um grito abafado – um hemisfério perfeitamente invertido, obviamente muito profundo; pelo menos trinta metros de diâmetro e quinze de altura, com arcadas baixas abrindo-se em todas as partes da circunferência, com exceção de uma, e essa uma abrindo-se cavernosamente num portal negro e arqueado, que rompia a simetria da câmara subterrânea, chegando a uma altura de cerca de quatro metros. Era a entrada para o grande abismo.

Naquele vasto hemisfério, cujo teto côncavo tinha entalhes muito impressionantes, embora decadentes, reproduzindo o domo celestial primevo, alguns pinguins albinos bamboleavam – estrangeiros naquele lugar, mas indiferentes e cegos. O túnel negro abria-se infinitamente, num grau íngreme e descendente, sua abertura adornada por jambas e lintéis cinzelados de modo grotesco. Daquela críptica boca sentimos receber uma corrente de ar um pouco mais quente, e até mesmo uma suspeita de vapor veio a seguir; e nos perguntamos que seres vivos além dos pinguins poderia ocultar o ilimitado vazio abaixo, e a colmeia contígua da Terra e das montanhas titânicas. Nos perguntamos, também, se os vestígios de fumaça nos topos das montanhas, sobre os quais o pobre Lake fora o primeiro a conjecturar, assim como a estranha bruma que nós mesmos percebêramos em volta do pico coroado por baluartes, não poderiam ser causados pela ascensão, por meio de canais tortuosos, de algum vapor como aquele, advindo das insondáveis regiões do centro da Terra.

Entrando no túnel, vimos que seus contornos eram – pelo menos no início – de 4,5 metros em cada sentido – lados, piso e teto arqueado compostos da costumeira cantaria megalítica. Os lados eram parcamente decorados com cartuchos de desenhos convencionais de um estilo tardio e decadente; e toda a construção e os entalhes encontravam-se em um maravilhoso estado de conservação. O piso estava bastante desobstruído, exceto por uma pequena quantidade de entulho contendo rastros de pinguins saindo dali e os rastros daqueles outros entrando. Quanto mais se avançava, mais subia a temperatura, de modo que logo estávamos desabotoando nossas vestes pesadas. Nos perguntamos se não haveria alguma manifestação realmente ígnea abaixo e se as águas daquele mar sem sol não seriam quentes. Depois de uma pequena distância a cantaria deu lugar a rocha sólida, embora o túnel mantivesse as mesmas proporções e apresentasse o mesmo aspecto de regularidade entalhada. Vez por outra, seu grau variável tornava-se tão íngreme que sulcos haviam sido cortados no piso. Várias vezes percebemos as bocas de pequenas galerias laterais não registradas em nossos diagramas; nenhuma delas complicaria o problema de nosso retorno, e todas eram bem-vindas como possíveis refúgios para o caso de encontrarmos entidades indesejadas saindo do abismo. O odor inominável de tais coisas era muito evidente. Claro que, levando em conta a situação, era uma imbecilidade suicida aventurar-nos por aquele túnel, mas a atração pelo insondável é maior em algumas pessoas do que se costuma supor – na verdade, havia sido justamente essa atração que nos trouxera àquele espectral deserto polar, para início de conversa. Vimos vários pinguins no caminho e especulamos sobre a distância que teríamos de atravessar. Os entalhes nos haviam feito esperar uma íngreme caminhada descendente de cerca de um quilômetro e meio até o abismo, mas nossas perambulações anteriores haviam mostrado que não se podia confiar inteiramente em cálculos de escala.

Depois de cerca de quatrocentos metros, aquele odor inominável tornou-se fortemente acentuado, e passamos a vigiar com muita cautela as diversas aberturas laterais por que passávamos. Não havia um vapor visível como na entrada, mas isso se devia com certeza à falta de um ar mais frio para fazer contraste ao mais quente. A temperatura ascendia com rapidez, e não ficamos surpresos ao encontrar uma pilha desordenada de um material tão bem conhecido por nós que nos fez arrepiar. Era composta de peles e tecidos de tendas retirados do acampamento de Lake, e não paramos para examinar as formas bizarras em que os tecidos haviam sido cortados. Um pouco além desse ponto percebemos um aumento evidente do tamanho e do número das galerias laterais, concluindo que devíamos ter alcançado a região densamente alveolada sob os contrafortes mais altos. O odor inominável estava agora curiosamente mesclado com um odor diferente, e quase tão ofensivo quanto – de que natureza, não podíamos saber, embora tenhamos pensado em organismos em decomposição e talvez fungos subterrâneos desconhecidos. Então veio uma estarrecedora expansão do túnel para a qual os entalhes não haviam nos preparado – ele alargou-se e ascendeu até formar uma caverna elíptica e alta, ao que parecia natural, de piso plano, de cerca de 22 metros de extensão e 15 de largura, e com muitas passagens laterais imensas, que levavam para uma críptica escuridão.

Embora essa caverna parecesse natural, uma inspeção com ambas as lanternas indicou que fora formada pela destruição artificial de diversas paredes que separavam alvéolos adjacentes. As paredes eram ásperas, e o teto alto e arqueado estava repleto de estalactites; mas o chão de rocha sólida havia sido alisado, e estava livre de todos os entulhos, detritos e até de poeira, num nível positivamente anormal. Com exceção da avenida pela qual havíamos chegado, o mesmo se aplicava aos pisos de todas as grandes galerias que se abriam a partir dela; e a singularidade das condições era tal que nos fez adentrar por vãs teorizações. O curioso novo fedor que havia suplementado o odor inominável era ali excessivamente pungente, de tal modo que destruía qualquer vestígio do outro. Alguma coisa naquele lugar, com seu chão encerado e quase brilhando, nos pareceu mais vagamente estarrecedora e horrível do que todas as outras coisas monstruosas que havíamos encontrado até então.

A regularidade da passagem imediatamente à frente, assim como a proporção maior de fezes de pinguins que havia ali, impediram qualquer confusão quanto ao caminho correto em meio àquela pletora de entradas igualmente amplas para as cavernas. Não obstante, resolvermos retomar a marcação da trilha com o papel picotado, para o caso de alguma nova complexidade se apresentar; pois, é claro, não poderíamos mais contar com rastros na poeira. Ao retomarmos nosso progresso direto, lançamos um raio da luz da lanterna pelas paredes do túnel – e estacamos perplexos diante da transformação supremamente radical que afetara os entalhes naquela parte da passagem. Percebemos, é claro, a grande decadência das esculturas dos Anciões na época em que o túnel fora construído, realmente nos déramos conta da qualidade inferior do trabalho nos arabescos nas paredes atrás de nós. Mas agora, nessa parte mais profunda da caverna, havia uma diferença súbita que transcendia completamente qualquer explicação – uma diferença de natureza básica assim como de simples qualidade, e evidenciando uma degradação tão profunda e calamitosa da habilidade artística que *nada* no ritmo de declínio observado até então poderia ter nos levado a esperar.

Aquele trabalho novo e degenerado era bruto, berrante, e seus detalhes careciam inteiramente de delicadeza. Era escareado com uma profundidade exagerada em faixas que seguiam a mesma linha geral dos esparsos cartuchos das seções anteriores, mas a altura dos relevos não alcançava o nível da superfície geral. Danforth foi da opinião de que se tratava de um entalhe sobreposto – uma espécie de palimpsesto formado após a obliteração de um desenho anterior. Sua natureza era inteiramente decorativa e convencional, e consistia de espirais e ângulos toscos que seguiam mais ou menos a tradição matemática quintil dos Anciões; contudo, mais parecia uma paródia do que uma perpetuação daquela tradição. Não conseguíamos parar de pensar que algum elemento sutil, mas profundamente alienígena, fora acrescentado à sensibilidade estética subjacente à técnica – um elemento alienígena, aventou Danforth, que fora responsável pela obviamente trabalhosa substituição. Era semelhante, contudo perturbadoramente dissemelhante, àquilo que passáramos a reconhecer como a arte dos Anciões; e eu era acometido por persistentes lembranças de coisas híbridas, como as canhestras esculturas do império de Palmira confeccionadas à maneira romana. Que outros haviam recentemente observado aquela faixa de entalhes foi sugerido pela presença de uma pilha usada de lanterna caída no chão, em frente a um dos desenhos mais característicos.

Já que não podíamos nos dar ao luxo de gastar muito tempo investigando, retomamos o avanço após uma olhada superficial, embora com frequência lançássemos luz sobre as paredes para verificar se outras mudanças na decoração haviam se desenvolvido. Não percebemos nada nesse sentido, embora os entalhes estivessem em pontos bastante separados, devido às numerosas entradas de túneis laterais de chão plano. Vimos e ouvimos uma quantidade menor de pinguins, mas pensamos sentir uma vaga suspeita de um coro infinitamente distante deles em algum lugar profundo dentro da terra. O odor novo e inexplicável era abominavelmente forte e não pudemos detectar pista quase alguma daquele outro odor inominável. Baforadas de vapor visíveis adiante indicavam contrastes crescentes de temperatura e a proximidade relativa dos penhascos do mar sem sol do grande abismo. Então, de maneira totalmente inesperada, vimos certas obstruções no chão encerado à frente – obstruções que com certeza absoluta não eram pinguins – e ligamos nossa outra lanterna, depois de nos certificarmos de que os objetos estavam inteiramente imóveis.

XI

Mais uma vez chego a um ponto em que seguir adiante é muito difícil. Eu já devia ter me tornado insensível; mas há algumas experiências e impressões que ferem fundo demais para que se possa sará-las, e apenas nos acrescentam uma sensibilidade tal que a simples lembrança é capaz de conjurar novamente todo o horror original. Vimos, como disse, certas obstruções no chão encerado à frente; e posso dizer também que nossas narinas foram assaltadas quase no mesmo instante por uma intensificação muito curiosa do estranho fedor dominante, agora claramente mesclado com a fetidez inominável daqueles outros que haviam passado antes de nós. A luz da segunda lanterna não deixou qualquer dúvida do que eram as obstruções, e ousamos nos aproximar delas somente porque podíamos ver, mesmo à distância, que não continham mais poder algum de infligir danos, como fora o caso dos seis espécimes semelhantes retirados das monstruosas tumbas com montículos em forma de estrela no acampamento do pobre Lake.

Estavam, na verdade, tão incompletos como a maioria dos que exumamos – embora ficasse claro, pela espessa poça verde-escura que os cercava, que a incompletude deles era infinitamente mais recente. Parecia haver apenas quatro deles, mas os boletins de Lake tinham sugerido que um número não inferior a oito formava o grupo que nos precedera. Encontrá-los naquele estado era completamente inesperado, e nos perguntamos que tipo monstruoso de conflito haveria ocorrido ali na escuridão.

Grupos de pinguins, quando atacados, retaliam selvagemente com seus bicos; e nossos ouvidos naquele momento se certificaram da existência de um viveiro muito além. Teriam aqueles outros perturbado o viveiro e dado ensejo a uma perseguição homicida? As obstruções não o sugeriam, pois os bicos dos pinguins contra os tecidos resistentes que Lake dissecara não poderiam explicar o dano terrível que o nosso olhar curioso estava começando a discernir. Ademais, os imensos pássaros cegos que víramos pareciam ser especialmente pacíficos.

Será que então houvera uma luta entre aqueles outros e os quatro ausentes eram os responsáveis? Se sim, onde estavam eles? Estariam próximos e poderiam representar uma ameaça imediata a nós? Lançamos um olhar ansioso para algumas das passagens laterais de chão plano ao continuarmos nossa aproximação lenta e francamente relutante. Seja lá qual tenha sido o conflito, era óbvio que ele fora a causa do alarme dos pinguins, fazendo-os partir em sua atípica perambulação. Deve, portanto, ter se originado nas proximidades daquele viveiro que ouvíamos à distância, no incalculável abismo mais para além, já que não havia sinais de que qualquer das aves costumasse ficar na área onde estávamos. Talvez, refletimos, tivesse ocorrido uma hedionda luta persecutória, com a parte mais fraca tentando voltar aos trenós guardados e sendo então exterminada pelos perseguidores. Era possível imaginar a contenda demoníaca entre entidades inomináveis e monstruosas, emergindo do abismo negro com grandes nuvens de pinguins grasnindo e correndo à frente deles.

Disse que nos aproximamos daquelas obstruções dispersas e incompletas devagar e com relutância. Quisessem os céus que jamais tivéssemos nos aproximado, e em vez disso corrido de volta para a superfície a toda velocidade, saindo daquele túnel blasfemo de chão liso e oleoso, de arte mural degenerada que macaqueava e zombava daqueles sobre os quais haviam triunfado – fugir antes que víssemos o que de fato vimos e que se inscrevesse a fogo em nossas mentes algo que jamais nos permitirá respirar com tranquilidade novamente!

Nossas duas lanternas estavam acesas sobre os objetos prostrados, de modo que logo percebemos o fator dominante de sua incompletude. Por mais estraçalhados, comprimidos, retorcidos e feridos que estivessem, o dano mais grave comum a todos era a decapitação completa. De cada um deles, a cabeça em forma de estrela-do-mar com tentáculos havia sido removida; chegando mais perto, vimos que o método de remoção parecia mais algum tipo infernal de laceração ou sucção do que qualquer método normal de corte. Seu fétido icor verde-escuro formava uma poça grande e crescente; mas seu fedor era em parte sobrepujado pelo fedor mais novo e mais estranho, aqui mais pungente do que em qualquer outro ponto de nosso caminho. Somente quando chegamos muito perto das obstruções estateladas pudemos atribuir a origem daquele segundo e inexplicável fedor a alguma fonte imediata – e no instante em que o fizemos Danforth, lembrando certas esculturas muito vívidas da história dos Anciões na era permiana, 150 milhões de anos atrás, expeliu um grito frenético, que ecoou histericamente por aquela arcaica passagem abobadada com os malignos entalhes de palimpsesto.

Por muito pouco não ecoei eu mesmo seu grito; eu também vira aquelas esculturas primevas e havia, com tremor, admirado a maneira com que o artista sem nome sugerira aquela hedionda cobertura viscosa encontrada em alguns Anciões mutilados e abatidos – aqueles que os aterradores shoggoths haviam, ao seu modo característico, dizimado e, através da sucção, reduzido a um estado de terrível decapitação, na grande guerra de ressubjugação. Eram esculturas infames e de pesadelo, mesmo quando contavam coisas passadas há muitas eras; pois os shoggoths e seus atos não deveriam ser vistos por seres humanos ou retratados por qualquer tipo de ser. O louco autor do *Necronomicon* tentara jurar, aflito, que nenhum deles nascera neste planeta e que somente sonhadores entorpecidos haviam chegado a sequer conceber sua existência. Um protoplasma informe capaz de macaquear e espelhar todas as formas e órgãos e processos vitais – aglutinações viscosas de células borbulhantes – esferoides borrachentos de quatro metros e meio, de uma plasticidade e maleabilidade infinitas – escravos de sugestões hipnóticas, construtores de cidades – mais e mais indóceis, e mais e mais inteligentes, e mais e mais anfíbios, e mais e mais capazes de arremedar – meu Deus! Que loucura fez até mesmo aqueles blasfemos Anciões se disporem a usar e esculpir tais coisas?

E agora, quando eu e Danforth vimos a gosma negra, de brilho recente e iridescência especular que viscosa se prendia àqueles corpos sem cabeça e fedia obscenamente com aquele odor novo e desconhecido cuja causa somente uma imaginação doente poderia conceber – pegava-se àqueles corpos e brilhava, em menor volume, em uma parte lisa da parede amaldiçoadamente retrabalhada, *em uma série de pontos agrupados* –, entendemos a natureza do medo cósmico até suas profundezas mais extremas. Não era medo daqueles quatro que faltavam – pois muito bem suspeitávamos que eles não fariam mais mal algum. Pobres diabos! Eles afinal não eram seres maus em si mesmos. Eram os homens de outra era e outra ordem de existência. A natureza lhes pregara uma peça diabólica – como fará com quaisquer outros que a loucura, a insensibilidade ou a crueldade humanas porventura desenterrem naquele deserto polar hediondamente morto ou adormecido – e aquela fora sua trágica volta ao lar.

Eles não haviam sido sequer selvagens – pois o que de fato fizeram? Aquele terrível despertar em meio ao frio de uma época desconhecida – talvez um ataque dos quadrúpedes peludos que latiam freneticamente, e uma atordoada defesa contra eles e os símios brancos também frenéticos, com as estranhas coisas lhes envolvendo os corpos, e os estranhos equipamentos... pobre Lake, pobre Gedney... e pobres Anciões! Cientistas até o fim – o que eles fizeram que nós não teríamos feito em seu lugar? Meu Deus, que inteligência, que persistência! Que capacidade de enfrentar o inacreditável, assim como a daqueles parentes e antepassados das esculturas, que haviam enfrentado coisas somente um pouco menos inacreditáveis! Radiados, vegetais, monstros, crias das estrelas – seja lá o que fossem, eram homens!

Eles haviam cruzado os picos congelados em cujos templos nas encostas haviam outrora adorado e perambulado entre os fetos arbóreos. Haviam deparado com a cidade deles, morta adormecida sob sua maldição, e lido seus últimos dias entalhados nas paredes, assim como nós fizéramos. Haviam tentado chegar até seus companheiros vivos nas míticas profundezas de escuridão que jamais tinham visto – e o que encontraram? Todo esse conjunto de coisas passava pelas mentes minha e de Danforth enquanto olhávamos daquelas formas decapitadas e cobertas de gosma para as repulsivas esculturas de palimpsesto e os diabólicos grupos de pontos de gosma fresca na parede ao lado delas – olhávamos e compreendíamos o que devia ter triunfado e sobrevivido lá embaixo, na ciclópica cidade aquática daquele abismo ensombrecido orlado por pinguins, de onde naquele momento uma sinistra névoa encrespada começara a subir palidamente, como que em resposta ao grito histérico de Danforth.

O choque de reconhecer aquela gosma monstruosa e aquela forma de decapitação nos congelara, nos transformara em imóveis estátuas mudas, e foi somente por meio de conversas posteriores que ficamos sabendo da total sintonia entre nossos pensamentos naquele momento. Pareceu que ficamos lá parados por eras, mas na verdade não devem ter sido mais do que dez ou quinze segundos. Aquela névoa odiosa e pálida se encrespava e avançava como se realmente guiada por uma massa mais remota que avançava – e então veio um som que subverteu grande parte do que acabáramos de concluir, e dessa forma quebrou o feitiço e nos permitiu correr como loucos, deixando para trás os pinguins confusos que grasniam, por nossa antiga trilha, de volta para a cidade, percorrendo corredores megalíticos afundados no gelo, até o grande círculo aberto, e subindo por aquela arcaica rampa em espiral, numa investida frenética e instintiva em busca do salutar ar livre e da luz do dia.

O novo som, como sugeri, subverteu grande parte do que concluíramos, pois se tratava do que a dissecção do pobre Lake nos levara a atribuir àqueles que julgáramos mortos. Era, Danforth me disse depois, exatamente o que ele havia captado, numa forma infinitamente abafada, quando naquele ponto para além da curva da via acima do nível glacial; e certamente tinha uma semelhança chocante com os silvos do vento que ambos ouvíramos em torno das elevadas cavernas das montanhas. Correndo o risco de parecer pueril, acrescentarei também outra coisa; no mínimo por causa da maneira surpreendente com que as impressões de Danforth corresponderam as minhas. É claro que foram as leituras em comum que nos prepararam para fazer a interpretação, embora Danforth tenha feito alusão a certas ideias estranhas sobre fontes insuspeitas e proibidas às quais Poe talvez tivesse acesso ao escrever o seu *Arthur Gordon Pym* um século atrás. Os leitores se lembrarão de que naquele conto fantástico há uma palavra de significado desconhecido, mas terrível e prodigioso, ligada à Antártica e gritada eternamente pelos pássaros gigantescos de um branco de neve espectral, do coração daquela região maligna. "*Tekeli-li! Tekeli-li!*" Isso, posso confessar, foi exatamente o que pensamos ter ouvido ser transmitido por aquele som repentino atrás da névoa branca que avançava – aquele insidioso silvo musical que percorria uma gama singularmente vasta de notas musicais.

Estávamos a toda velocidade antes que três notas ou sílabas fossem enunciadas, embora soubéssemos que a rapidez dos Anciões permitiria que qualquer sobrevivente da chacina que porventura houvesse se alarmado com o grito e estivesse em nosso encalço nos alcançasse num instante se realmente quisesse fazê-lo. Tínhamos uma vaga esperança, contudo, de que uma conduta não agressiva e uma demonstração de racionalidade afim pudessem fazer com que uma criatura como aquela nos poupasse, caso fôssemos capturados, pelo menos por curiosidade científica. Afinal, se uma criatura daquelas não tinha que temer pela própria vida, não teria motivo para nos fazer mal. Sendo impraticável naquele momento a ideia de nos escondermos, usamos a lanterna para uma breve olhada para trás, sem interromper a corrida, e percebemos que a névoa se rarefazia. Será que veríamos, por fim, um espécime vivo e intacto daqueles outros? Mais uma vez ouvimos aquele insidioso silvo musical – "*Tekeli-li! Tekeli-li!*".

Então, percebendo que realmente nos distanciávamos do perseguidor, ocorreu-nos que a entidade pudesse estar ferida. Contudo, não podíamos correr o risco, visto que era óbvio que ela se aproximava em resposta ao grito de Danforth, e não em fuga de alguma outra entidade. O intervalo decorrido entre uma coisa e outra fora curto demais para permitir dúvidas quanto a isso. Quanto a onde estaria aquele pesadelo menos concebível e menos pronunciável – aquela fétida montanha jamais vista de protoplasma que cuspia gosma, cuja raça conquistara o abismo e mandara exploradores de terra para se contorcer pelos túneis das colinas e reesculpi-los – para isso não tínhamos resposta; e causou-nos genuína dor deixar aquele Ancião, provavelmente aleijado – talvez um sobrevivente solitário –, à mercê de ser recapturado e sofrer um destino inominável.

Agradeço aos céus por não termos relaxado em nossa fuga. A névoa escrespada espessara-se novamente e seguia em frente com mais velocidade; ao passo que os pinguins perdidos atrás de nós grasniam e gritavam e mostravam sinais de um pânico realmente surpreendente, tendo em vista sua perplexidade relativamente pequena quando Danforth e eu passamos por eles. Uma vez mais ouvimos aquele silvo sinistro, rico em notas musicais – "*Tekeli-li! Tekeli-li!*". Tínhamos nos enganado. A coisa não estava ferida; havia simplesmente parado ao encontrar os corpos de seus parentes mortos e a infernal inscrição de gosma acima deles. Jamais saberíamos o que era aquela mensagem demoníaca – mas aquelas covas no acampamento de Lake haviam mostrado a grande importância que os seres atribuíam aos seus mortos. A lanterna, usada de maneira perdulária, revelava agora a nossa frente a grande caverna aberta onde vários caminhos convergiam, e ficamos felizes de deixar aquelas mórbidas esculturas de palimpsesto – que quase podíamos sentir até quando mal podíamos ver – para trás.

Outra ideia que a chegada à caverna nos inspirou foi a possibilidade de despistar o perseguidor naquele atordoante entroncamento de grandes galerias. Havia vários dos pinguins cegos e albinos no espaço aberto, e parecia claro que o seu medo da entidade que se aproximava era extremo a ponto de ser inexplicável. Se naquele momento diminuíssemos a intensidade das lanternas até o mínimo necessário para a orientação no percurso, mantendo o foco estritamente a nossa frente, os assustados grasnidos e movimentos das aves gigantes na obscuridade poderiam abafar o som de nossos passos, encobrir nosso verdadeiro trajeto e de alguma forma criar uma pista falsa. Em meio à névoa agitada e espiralante, o piso entulhado e sem brilho do túnel principal além daquele ponto, diferindo dos outros túneis morbidamente encerados, dificilmente formaria um rastro acusador; nem mesmo, até onde podíamos conjecturar, para aqueles aparelhos sensoriais que comentei, que faziam os Anciões parcialmente, ainda que de maneira imperfeita, independentes de luz em situações de emergência. Na verdade, estávamos um pouco apreensivos com a possibilidade de, em nossa pressa, nos perdermos. Pois tínhamos decidido, é claro, percorrer o caminho direto para a cidade morta, já que as consequências de nos perdermos naqueles desconhecidos alvéolos dos contrafortes seriam impensáveis.

O fato de que sobrevivemos e chegamos à superfície é prova o bastante de que a coisa realmente tomou uma galeria errada enquanto nós providencialmente pegamos a certa. Os pinguins sozinhos não poderiam ter nos salvado, mas em conjunto com a bruma parecem tê-lo feito. Foi um presente do destino que deu aos vapores espiralantes a espessura certa na hora certa, pois eles o tempo todo variavam e ameaçavam desaparecer. De fato, sumiram por um segundo logo antes de sairmos pelo túnel, com aquelas nauseantes redecorações, para a caverna; de modo que realmente tivemos um primeiro e único vislumbre parcial da entidade perseguidora ao lançarmos um último olhar, desesperado de medo, para trás antes de diminuirmos a luz da lanterna e de nos misturarmos com os pinguins na esperança de ludibriar o perseguidor. Se o destino que nos encobriu foi benigno, aquele que nos deu o vislumbre parcial foi infinitamente o oposto; pois àquele lampejo de visão parcial pode ser atribuída uma metade inteira do horror que desde então nos assombra.

O que exatamente nos motivou a olhar para trás mais uma vez talvez não tenha sido nada mais do que o instinto imemorial que a caça tem de avaliar a natureza e o progresso de seu caçador; ou talvez tenha sido uma tentativa instintiva de responder a uma pergunta subconsciente levantada por um de nossos sentidos. Em meio à fuga, com todas as nossas aptidões voltadas para o problema de como escapar, não tínhamos condição de observar e analisar detalhes; contudo, ainda assim, nossas células cerebrais latentes devem ter estranhado a mensagem levada até elas por nossas narinas. Compreendemos depois o que aconteceu – a nossa fuga daquela fétida cobertura de gosma sobre aquelas obstruções decapitadas e a aproximação coincidente da entidade perseguidora não nos haviam trazido a substituição de fedores que a lógica exigiria. Perto das coisas mortas, aquele odor novo e recentemente inexplicável dominara por inteiro; mas naquele momento devia ter dado lugar, em grande parte, à fetidez inominável associada àqueles outros. Isso não ocorrera – pois, em vez disso, o fedor mais novo e menos suportável estava agora praticamente puro, e tornava-se, de maneira venenosa, cada vez mais insistente a cada segundo.

Então olhamos para trás – ao mesmo tempo, ao que parece; embora sem dúvida o movimento incipiente de um tenha impelido a imitação do outro. Ao fazê-lo, ligamos ambas as lanternas na potência máxima contra a névoa naquele momento enfraquecida; ou por um puro anseio primitivo de ver tudo o que pudéssemos ou em um esforço menos primitivo, mas igualmente inconsciente, de cegar a entidade antes de enfraquecer nossa luz e fugir por entre os pinguins no centro do labirinto logo adiante. Ato infeliz! Nem o próprio Orfeu, ou a mulher de Ló, pagaram muito mais caro por olhar para trás. E mais uma vez ouvimos aquele chocante silvo de grande nuança musical – "*Tekeli-li! Tekeli-li!*".

É melhor ter a sinceridade – ainda que eu não possa suportar ser inteiramente direto – de declarar o que vimos; embora à época tenhamos sentido que aquilo não deveria ser confessado sequer de um para o outro. As palavras que chegam ao leitor nunca poderão nem mesmo sugerir o horror absoluto do que vimos. Aquilo aleijou nossas consciências de modo tão completo que me espanto de ter-nos restado a sensatez residual de enfraquecer a luz das lanternas como planejado e tomar o túnel correto em direção à cidade morta. O puro instinto deve nos ter guiado – talvez melhor do que a razão poderia; porém, se foi isso que nos salvou, pagamos um preço alto. De razão certamente havia-nos restado muito pouco. Danforth estava completamente desequilibrado, e a primeira coisa de que me lembro do restante da jornada foi ouvi-lo entoar frivolamente uma expressão histérica na qual somente eu, em toda a humanidade, poderia ter encontrado outra coisa que não uma louca irrelevância. Reverberou em ecos de falsete por entre os grasnidos dos pinguins; reverberou pelas abóbadas adiante, e – graças a Deus – pelas agora vazias abóbadas atrás de nós. É impossível que ele tenha começado a cantar de imediato – senão, não estaríamos vivos e correndo desabaladamente. Estremeço ao pensar no que poderia ter nos causado uma simples fração de diferença em suas reações nervosas.

"South Station Under – Washington Under – Park Street Under – Kendall – Central – Harvard..." O pobre companheiro entoava as conhecidas estações do metrô Boston-Cambridge que atravessava nossa pacífica terra natal, a milhares de quilômetros de distância, na Nova Inglaterra; contudo, para mim, o ritual não era irrelevante e tampouco nostálgico. Continha apenas horror, mas eu sabia sem erro que monstruosa e nefanda analogia o havia sugerido. Havíamos esperado, ao olhar para trás, ver uma terrível entidade se movimentando de uma maneira inacreditável, se as névoas estivessem ralas o bastante; mas daquela entidade tínhamos formado uma ideia clara. O que de fato vimos – pois as névoas estavam, de fato, malignamente rarefeitas – foi algo bem diferente e imensuravelmente mais hediondo e detestável. Era a absoluta e objetiva corporificação da "coisa que não deveria existir" do romancista fantástico; e seu análogo mais próximo dentro do reino do compreensível é um vasto trem de metrô em movimento, como se vê da plataforma de uma estação – a grande frente negra avultando como um colosso, saída de uma distância subterrânea infinita, constelada por luzes de cores estranhas e preenchendo o túnel prodigioso como um pistão preenche um cilindro.

Mas não estávamos numa plataforma de uma estação. Estávamos nos trilhos, adiante, enquanto a multifária coluna pesadelesca de fétida iridescência negra exsudava avançando colada à cavidade de quatro metros e meio de altura, atingindo uma velocidade calamitosa e impelindo diante de si uma nuvem espiral, que se espessava mais uma vez, feita do pálido vapor do abismo. Era uma coisa terrível, indescritível, maior do que qualquer trem de metrô – um amontado informe de bolhas protoplásmicas, levemente luminoso e com miríades de olhos temporários se formando e se dissolvendo como pústulas de luz esverdeada em toda a sua frente, que tomava por inteiro o túnel ao avançar sobre nós, esmagando os pinguins desesperados e deslizando sobre o chão brilhoso que aquilo e sua raça haviam de forma tão sinistra varrido de todos os detritos. Ainda vinha aquele grito hediondo e espúrio – "*Tekeli-li! Tekeli-li!*" e por fim lembramos que os demoníacos shoggoths – que haviam recebido dos Anciões tudo – vida, mente e estruturas plásticas de órgãos – e não tendo linguagem a não ser a que os grupos de pontos exprimiam – *também não tinham voz, exceto pelo arremedo das inflexões de seus antigos mestres.*

XII

Danforth e eu lembramos de emergir no grande hemisfério esculturado e de percorrer nossa trilha de retorno através das salas e corredores ciclópicos da cidade morta; contudo, esses são apenas fragmentos de sonho, que não envolvem memória de volição, dos detalhes ou da exaustão física. Era como se flutuássemos em um mundo nebuloso ou dimensão desprovida de tempo, causalidade e orientação. A cinzenta meia-luz do dia no enorme espaço circular nos deu um pouco de sobriedade; mas não chegamos perto daqueles trenós e sua carga, e tampouco olhamos novamente para o cão e o pobre

Gedney. Eles têm para si um estranho e titânico mausoléu, e espero que o fim deste planeta os encontre ainda imperturbados.

Foi enquanto nos esforçávamos para subir a colossal rampa em espiral que pela primeira vez sentimos a terrível exaustão e a falta de fôlego que a corrida pelo ar rarefeito do platô nos havia causado; mas nem mesmo o medo de desmaiar poderia ter nos feito parar antes de chegarmos ao acostumado reino da superfície de céu e sol. Havia algo de vagamente apropriado em como partimos daquelas épocas enterradas; pois ao serpearmos ofegantes pelo caminho, subindo pelo cilindro de dezoito metros de cantaria primeva, vislumbramos ao nosso lado um cortejo ininterrupto de esculturas heroicas realizadas com a técnica primeira e não decaída da raça morta – um adeus que nos davam os Anciões, escrito há 50 milhões de anos.

Finalmente emergimos cambaleantes no topo e nos vimos sobre um grande monte de blocos tombados, com as paredes curvadas de construções de pedra mais altas se erguendo para o oeste e os agourentos picos das grandes montanhas visíveis para além das estruturas mais deterioradas em direção ao leste. O baixo sol antártico da meia-noite espiava vermelho do horizonte ao sul, através de fendas nas ruínas irregulares, e a terrível idade e morte da cidade de pesadelo pareceram ainda mais nítidas em contraste com elementos relativamente conhecidos e familiares, como os aspectos da paisagem polar. O céu acima era uma massa turbulenta e opalescente de tênues vapores de gelo, e o frio agarrava nossos órgãos vitais. Fatigados, descansando as mochilas de equipamentos às quais havíamos por instinto nos agarrado durante a fuga desesperada, abotoamos de novo os trajes para a acidentada descida do monte e a caminhada pelo labirinto de pedra ancestral até os contrafortes, onde o aeroplano esperava. Sobre o que nos fizera fugir da escuridão dos secretos e arcaicos abismos da terra, nada dissemos.

Em menos de um quarto de hora havíamos encontrado a íngreme encosta que levaria aos contrafortes – o provável terraço antigo – pela qual havíamos descido, e pudemos ver a massa escura do nosso grande avião em meio às esparsas ruínas sobre a encosta ascendente adiante. A meio caminho da subida em direção ao objetivo, fizemos um pequeno intervalo para recuperar o fôlego, e nos viramos para olhar de novo para o fantástico emaranhado paleógeno de incríveis formas de pedras abaixo de nós – uma vez mais delineadas misticamente contra um oeste desconhecido. Nisso, vimos que o céu adiante havia perdido a nebulosidade da manhã; os inquietos vapores de gelo tendo subido para o zênite, onde seus contornos zombeteiros pareciam prestes a se fixar em algum desenho bizarro que temiam tornar exatamente definido ou final.

Lá se revelava no derradeiro horizonte branco por trás da grotesca cidade uma tênue e delicada linha de pináculos violeta, cujas altitudes que faziam lembrar pontas de agulhas avultavam como um sonho contra a luzente cor rósea do céu ocidental. Na direção dessa cintilante margem inclinava-se o velho planalto, o curso deprimido do antigo rio cortando-o como uma faixa irregular de sombra. Por um segundo suspiramos admirados com a espectral beleza cósmica da paisagem, e depois um vago horror começou a se infiltrar em nossas almas. Pois aquela distante linha violeta não podia ser outra coisa que não as terríveis montanhas da terra proibida – os mais altos picos da Terra e centro do mal terreno; hospedeiros de horrores inomináveis e de segredos arqueanos; objetos de preces e temores daqueles que receavam entalhar seu significado; jamais pisados por nenhum ser vivo terreno, mas visitados pelos sinistros raios, e emissores de estranhos feixes luminosos que atravessam as planícies na noite polar – acima de qualquer dúvida o arquétipo desconhecido daquela temida Kadath no Deserto Gelado para além do abominável Leng, ao qual ímpias lendas primevas aludem com ambiguidade. Fomos os primeiros seres humanos a vê--los – e peço a Deus que sejamos os últimos.

Se os mapas e figuras entalhados naquela cidade pré-humana contassem a verdade, as crípticas montanhas violetas não poderiam estar a uma distância muito menor do que quinhentos quilômetros; porém, sua essência obscura e delicada não se projetava com menor nitidez acima daquela margem remota e nevada, como a orla serrilhada de um monstruoso planeta alienígena prestes a ascender para céus desconhecidos. Sua altura, então, deve ser tremenda e para além de qualquer comparação – levando-as a tênues estratos atmosféricos habitados somente por aparições gasosas sobre as quais ousados aviadores mal sobreviveram para contar em sussurros depois de quedas inexplicáveis. Olhando para elas, pensei com nervosismo em certas alusões esculpidas ao objeto que o grande rio antigo levara até a cidade desde suas escarpas amaldiçoadas – e me perguntei o quanto de razão e o quanto de insensatez haveria nos temores dos Anciões que as entalharam com tanta reticência. Lembrei de como a extremidade norte daquelas montanhas deve chegar perto do litoral na terra de Queen Mary, onde naquele mesmo instante a expedição de Sir Douglas Mawson estava sem dúvida trabalhando, a menos de 1.600 quilômetros de distância; e desejei que nenhum destino maligno desse a Sir Douglas e seus homens um vislumbre do que poderia jazer além da cordilheira litorânea que os protegia. Tais pensamentos davam a medida de minha condição superexcitada naquele momento – e Danforth parecia estar em ainda pior estado.

Contudo, muito antes de passarmos pela grande ruína em forma de estrela e chegar ao avião, nossos temores haviam se transferido para a cordilheira menor, mas ainda assim imensa, que teríamos de cruzar no caminho de volta. Daqueles contrafortes as encostas negras e cobertas por ruínas erguiam-se de maneira nítida e hedionda contra o leste, mais uma vez nos lembrando daquelas estranhas pinturas asiáticas de Nicholas Roerich; e quando pensamos nos execráveis alvéolos no interior deles, nas temíveis entidades amorfas que, se retorcendo fetidamente, poderiam ter aberto caminho inclusive até os mais altos pináculos ocos, não pudemos enfrentar sem pânico a perspectiva de mais uma vez cruzar aquelas inquietantes entradas de cavernas voltadas para o céu, onde o vento fazia sons como os de um maligno flauteado de rica musicalidade. Para piorar tudo, vimos nítidos resquícios de névoa em torno de vários dos picos – como o pobre Lake deve ter visto no início da viagem, quando cometeu aquele erro sobre o vulcanismo – e lembramos com um calafrio daquela névoa análoga da qual acabáramos de escapar; dela e do blasfemo abismo pai de horrores de onde vinham todos aqueles vapores.

Tudo estava bem com o avião, e desajeitadamente vestimos as pesadas peles de voo. Danforth deu a partida no motor sem problemas, e fizemos uma decolagem bastante suave por sobre a cidade de pesadelo. Abaixo de nós, a cantaria ciclópica primeva se espraiava como quando a vimos pela primeira vez – há tão pouco tempo, mas que nos parecia tão infinitamente longo – e começamos a ganhar altitude e a fazer curvas para testar se o vento permitiria que cruzássemos a passagem. Nas altitudes mais elevadas por força haveria graves turbulências, já que as nuvens de poeira de gelo do zênite da cordilheira faziam coisas fantásticas de todo tipo; mas a 7 mil metros, a altitude necessária para a passagem, a pilotagem era perfeitamente viável. Ao chegar perto dos picos protuberantes, os estranhos silvos do vento mais uma vez se tornaram explícitos, e pude perceber as mãos de Danforth tremerem nos controles. Embora meu amadorismo fosse total, naquele momento me ocorreu que eu talvez guiaria o avião melhor do que ele por aquela perigosa passagem entre pináculos; e quando sugeri por gestos que trocássemos de assento e eu o substituísse nos controles, Danforth não protestou. Tentei reunir toda minha habilidade e autocontrole e encarei o pedaço de céu avermelhado distante entre os paredões da passagem – me forçando a ignorar as baforadas de vapor no topo das montanhas e desejando que eu tivesse meus ouvidos tapados com cera como os marinheiros de Ulisses na ilha das Sereias para manter longe de minha consciência aquele perturbador flauteado.

Mas Danforth, não tendo mais que pilotar e como que regido por uma selvagem excitação nervosa, não conseguia ficar quieto. Eu o sentia virando-se e remexendo-se para olhar para trás, para ver a terrível cidade que se distanciava, para frente, em busca daqueles picos infestados de cavernas e parasitados por cubos, para os lados, para observar o mar sombrio de contrafortes nevados e lotados de baluartes, e para o alto, para aquele céu fervilhante e com nuvens grotescas. Foi então, quando eu tentava pilotar com segurança através da passagem, que seus gritos loucos nos deixaram à beira do desastre ao estilhaçar meu autocontrole, fazendo com que eu me atrapalhasse aos controles por um instante. Um segundo depois minha resolução triunfou e nós cruzamos a passagem com segurança – temo, porém, que Danforth jamais volte a ser o que era.

Eu disse que Danforth se recusou a me contar que horror final o fez berrar de maneira tão insana – um horror que, tenho a triste certeza, foi o principal responsável pelo seu atual colapso nervoso. Conversamos fragmentariamente, gritando por causa do silvo do vento e do zumbido do motor, quando chegamos ao lado seguro da cordilheira e enquanto mergulhávamos devagar em direção ao acampamento, mas o principal conteúdo da conversa foram as promessas de manter segredo que fizéramos enquanto nos preparávamos para sair da cidade de pesadelo. Certas coisas, tínhamos concordado, não deviam ser conhecidas e discutidas com leviandade pelos outros – e eu não falaria delas agora se não fosse pela necessidade de impedir a expedição Starkweather-Moore, e possíveis outras, a qualquer custo. É absolutamente necessário, para a paz e a segurança da humanidade, que certas profundezas dos recessos negros, mortos e inexplorados da Terra sejam deixadas em paz a fim de que anomalias adormecidas não despertem para uma nova vida e de que pesadelos de blasfema sobrevivência não serpenteiem viscosos para fora de seus covis negros, em busca de novos e maiores triunfos.

Tudo que Danforth insinuou foi que o horror derradeiro tratava-se de uma miragem. Não foi, ele afirma, nada ligado aos cubos e cavernas daquelas ecoantes, vaporosas, verminosamente alveoladas montanhas da loucura que cruzamos; mas um único e fantástico vislumbre demoníaco, por entre as turbulentas nuvens do zênite, do que jazia além daquelas outras montanhas violeta a oeste, que os Anciões haviam evitado e temido. É muito provável que a coisa tenha sido uma pura ilusão nascida das tensões pelas quais havíamos passado e da verdadeira embora não compreendida miragem da cidade transmontana morta avistada perto do acampamento de Lake, no dia anterior; mas foi tão real para Danforth que ele sofre dela até hoje.

Em raras ocasiões, Danforth sussurrou coisas desconexas e irresponsáveis sobre "o poço negro", "a borda da caverna", os "protoshoggoths", "os sólidos de cinco dimensões, sem janelas", "o cilindro inominável", "o antigo fanal", "Yog-Sothoth", "a geleia branca primeva", "a cor vinda do espaço", "as asas", "os olhos na escuridão", "a escada da lua", "o original, o eterno, o imorredouro" e outros conceitos bizarros; mas quando tem perfeita posse das faculdades repudia tudo isso e o atribui as suas peculiares e macabras leituras de anos passados. Danforth, de fato, é famoso por ser um dos poucos a ter ousado ler do início ao fim aquela cópia infestada de vermes do *Necronomicon,* guardada a sete chaves na biblioteca da faculdade.

As partes mais altas do céu, ao cruzarmos a cordilheira, estavam, é verdade, muito vaporosas e turbulentas e, embora eu não tenha visto o zênite, posso muito bem imaginar que seus torvelinhos de poeira de gelo talvez tenham assumido formas estranhas. A imaginação, sabendo com que vividez cenas distantes podem ser às vezes refletidas, refratadas e ampliadas por tais camadas de nuvens inquietas, pode facilmente ter fornecido o resto – e, é claro, Danforth não aludiu a nenhum desses horrores específicos antes que sua memória pudesse se mesclar com as leituras passadas. Ele jamais poderia ter captado tanta coisa num breve vislumbre.

Na hora, seus gritos se ativeram à repetição de uma única e insana palavra, de uma fonte muito bem conhecida:
"*Tekeli-li! Tekeli-li!*"

A CASA MALDITA

I

Nem mesmo os mais extremos horrores costumam ser isentos de ironia. Às vezes ela entra diretamente na composição dos eventos, já em outras tem relação apenas com sua posição fortuita entre pessoas e lugares. Esse segundo tipo é exemplificado de maneira esplêndida por um caso da antiga cidade de Providence, onde no fim dos anos 40 Edgar Allan Poe costumava pernoitar enquanto empreendia sua malsucedida corte à talentosa poetisa sra. Whitman. Poe costumava parar na Mansion House em Benefit Street – o velho Golden Ball Inn rebatizado, cujo teto abrigou Washington, Jefferson e Lafayette – e sua caminhada favorita levava ao norte, pela mesma rua, até a casa da sra. Whitman e ao cemitério de St. John na encosta, cuja extensão oculta de lápides do século XVIII guardava para ele um fascínio especial.

Ora, a ironia é a seguinte. Nessa caminhada, tantas vezes repetida, o maior mestre mundial do terrível e do bizarro era obrigado a passar por uma casa em particular, no lado leste da rua; uma estrutura lúgubre e antiquada, empoleirada na encosta lateral que ascendia abruptamente, com um grande jardim em desarranjo datando de uma época em que a região era, em parte, campo aberto. Ao que parece ele jamais escreveu ou falou sobre ela, e tampouco há qualquer evidência de que sequer a tenha notado. Ainda assim, aquela casa, para as duas pessoas de posse de uma certa informação, equivale ou supera em horror a mais louca fantasia do gênio que tantas vezes passou por ela sem de nada saber, e permanece lá como uma austera afronta, um símbolo de tudo o que é impronunciavelmente hediondo.

A casa era – e, a propósito, ainda é – de um tipo que atrai a atenção dos curiosos. Originalmente uma construção de fazenda ou algo próximo disso, seus contornos eram os tradicionais da Nova Inglaterra em meados do século XVIII – o tipo próspero, de telhado pontiagudo, com dois andares, sótão sem trapeira e o portal georgiano e o revestimento das paredes internas ditados pelo progresso do gosto à época. Era voltada para o sul, com uma extremidade do frontão enterrada nas janelas inferiores, na colina ascendente a leste, e a outra exposta até os alicerces, no lado que dava para a rua. Sua construção, mais de um século e meio atrás, seguira a gradação e o nivelamento da estrada naquela área específica; pois a Benefit Street – de início chamada de Back Street – fora assentada como uma sinuosa via entre os cemitérios dos primeiros colonos e tornada mais reta apenas quando a remoção dos corpos para o North Burial Ground tornou factível cortar caminho pelos velhos jazigos de famílias.

No começo, a parede oeste era separada da estrada por um íngreme gramado de mais ou menos seis metros de extensão; mas um alargamento da rua na época da revolução tomou a maior parte do espaço interposto, expondo os alicerces de modo que foi preciso erguer uma parede de tijolos para o porão, dando à cave profunda uma fachada para a rua, com porta e duas janelas acima do solo, perto da nova linha de transporte público. Quando a calçada foi construída, um século atrás, o que restava do espaço que separava a casa da rua foi removido; e Poe, em suas caminhadas, deve ter visto somente uma íngreme ascensão de tijolos cinza pálidos rente à calçada e encimada, a uma altura de três metros, pela antiga massa de cascalho da casa propriamente dita.

O terreno como o de uma fazenda se estendia muito pela parte de trás da casa, subindo a encosta, chegando quase até a Wheaton Street. O espaço sul da casa, adjacente à Benefit Street, ficava, é claro, muito acima do nível da calçada de então, formando um terraço limitado por um alto muro de pedra úmida e musgosa perfurado por um íngreme lance de degraus estreitos, que levavam para dentro, por entre superfícies como de cânion, até a região mais alta de um sórdido gramado, paredes de tijolos com infiltrações e jardins malcuidados cujos cântaros desmantelados de cimento, tachos enferrujados caídos dos tripés feitos com gravetos nodosos e parafernálias semelhantes realçavam a porta da frente castigada pelo clima, com sua claraboia quebrada, pilastras jônicas apodrecidas e frontão triangular comido por vermes.

O que ouvi em minha juventude sobre a casa maldita foi apenas que uma quantidade alarmante de pessoas morriam lá. Isso, me disseram, foi o motivo de os primeiros donos terem se mudado cerca de vinte anos depois de construírem o lugar. Estava claro que era um lugar insalubre, talvez por causa da umidade e dos crescimentos de fungos no porão, do cheiro doentio que dominava, das correntes de ar frio nos corredores ou da qualidade da água do poço e da bomba. Isso tudo já era bastante ruim, e era apenas nisso que as pessoas que eu conhecia acreditavam. Somente os cadernos de meu tio antiquário, dr. Elihu Whipple, me revelaram por fim as conjecturas mais sinistras e vagas que compunham uma aura de folclore entre os velhos criados e as pessoas humildes; conjecturas que nunca circularam muito longe do próprio local e que estavam em grande parte esquecidas quando Providence se transformou numa metrópole com uma inconstante população moderna.

O fato, em termos gerais, é que a casa nunca foi considerada, pela maior parte da comunidade, como "assombrada" em qualquer sentido concreto. Não se contavam histórias de correntes sendo arrastadas no chão, lufadas de ar frio, luzes que se apagavam ou rostos na janela. Os mais radicais às vezes diziam que a casa era "azarada", mas não passava disso. O fato realmente indiscutível era que uma proporção assustadora de pessoas morria ali; ou, mais exatamente, *morrera* ali, já que, após alguns acontecimentos peculiares havia mais de sessenta anos, a construção fora abandonada devido à total impossibilidade de alugá-la. Essas pessoas não foram todas liquidadas de repente por uma causa específica; parecia, na verdade, que sua vitalidade era corroída de maneira insidiosa, de modo que cada uma morria mais cedo de qualquer tendência à debilidade que talvez tivesse em sua natureza. E aqueles que não morreram apresentaram, com intensidades diversas, um tipo de anemia ou definhamento, e às vezes um declínio das faculdades mentais, que evidenciava a insalubridade da construção. As casas vizinhas, deve-se acrescentar, pareciam de todo livres da qualidade nociva.

Disso eu tinha conhecimento antes que as insistentes perguntas que eu fazia levassem meu tio a me mostrar as anotações que por fim nos fizeram empreender nossa hedionda investigação. Na minha infância, a casa maldita estava vazia, com árvores velhas, mortas, retorcidas e terríveis, grama alta e estranhamente pálida e disformes ervas daninhas de pesadelo no alto pátio escalonado onde os pássaros nunca se deixavam ficar. Nós, crianças, costumávamos invadir o lugar, e ainda lembro do terror juvenil que senti não só diante da estranheza mórbida daquela vegetação sinistra, mas da atmosfera e do odor espectrais da casa dilapidada, por cuja porta da frente, destrancada, muitas vezes entrávamos em busca de arrepios. As janelas de vidraças pequenas estavam em sua maioria quebradas, e um ar inominável de desolação pairava acerca do revestimento das paredes, em estado precário, das venezianas internas vacilantes, do papel de parede descascado e do gesso que desmoronava, das escadarias frágeis e dos fragmentos de móveis danificados que ainda restavam. A poeira e as teias de aranha acrescentavam seu toque do terrível; e era realmente corajoso o menino que subisse, sem ser obrigado, a escada que levava ao sótão, uma grande área com vigas, iluminada somente por pequenas janelas cintilantes nas extremidades do frontão e repleta de um amontoado de escombros de baús, cadeiras e rodas de fiar que os anos infinitos ali passados haviam amortalhado e adornado, resultando em formas monstruosas e infernais.

Mas o sótão não era, apesar de tudo, a parte mais terrível da casa. Era o úmido e viscoso porão que de alguma forma causava em nós a mais violenta repulsa, mesmo não sendo subterrâneo no lado da rua e estando separado da tumultuada calçada apenas por uma porta fina e uma parede de tijolos atravessada por uma janela. Não sabíamos o que fazer: assombrá-lo como espectros fascinados ou evitá-lo por bem de nossa sanidade e nossas almas. Para começo de conversa, o mau cheiro da casa lá era mais forte e, em segundo lugar, não gostávamos das excrescências brancas fungosas que vez por outra brotavam com o clima chuvoso do verão no chão de terra dura. Aqueles fungos, com uma semelhança grotesca com a vegetação do pátio lá fora, tinham uma forma realmente horrível; paródias detestáveis de agáricos e cachimbos indianos, de um tipo que jamais víramos em nenhuma outra situação. Eles apodreciam rápido e num dado estágio se tornavam levemente fosforescentes, de modo que os que passavam por ali à noite às vezes falavam de fogos de bruxa brilhando por trás das vidraças quebradas das janelas que deixavam o fedor escapar.

Nós nunca – nem mesmo em nossas mais radicais empolgações com o dia das bruxas – visitamos esse porão à noite, mas em algumas de nossas visitas diurnas conseguíamos detectar a fosforescência, especialmente quando o dia estava escuro e chuvoso. Havia também uma coisa mais sutil, que muitas vezes acreditávamos detectar – uma coisa muito estranha que era, no entanto, não mais do que meramente evocativa. Refiro-me a uma espécie de padrão esbranquiçado, como que de nuvem, no chão de terra – um vago e cambiante depósito de mofo ou salitre que às vezes pensávamos poder distinguir por entre as esparsas excrescências fungosas perto da imensa lareira da cozinha do porão. De vez em quando nos ocorria que aquela mancha tinha uma semelhança fantástica com uma figura humana duplicada, embora em geral tal semelhança não existisse, e muitas vezes não houvesse qualquer depósito esbranquiçado. Numa certa tarde chuvosa, quando essa ilusão parecia fenomenalmente forte e quando, além disso, eu imaginara ter vislumbrado uma espécie de exalação fina, amarelada e cintilante subindo do desenho nitroso até a grande abertura da lareira, conversei com meu tio sobre o assunto. Ele sorriu ao ouvir aquele estranho delírio, mas pareceu que seu sorriso tinha um quê de recordação. Tempos depois, ouvi que uma noção semelhante aparecia em algumas das loucas e antigas histórias populares – uma noção que aludia também a formas macabras e lupinas desenhadas pela fumaça da grande chaminé e estranhos contornos desenhados por algumas das sinuosas raízes das árvores que invadiam o porão através das pedras soltas dos alicerces.

II

Só em minha idade adulta meu tio me mostrou as anotações e informações que havia coletado a respeito da casa maldita. O dr. Whipple era um médico à moda antiga, sensato, conservador e, apesar de todo seu interesse pelo local, não incentivaria os pensamentos de um jovem na direção do anormal. Sua própria opinião, que postulava apenas que a construção e o local da casa tinham qualidades especialmente insalubres, em nada dizia respeito ao anormal; mas ele percebera que a mesma qualidade pitoresca que havia excitado seu interesse na mente de um menino de grande imaginação formaria todos os tipos de associações imaginativas horripilantes.

O doutor não se casara; era um cavalheiro de cabelos brancos, sem barba, à moda antiga, e um historiador local de destaque, que muitas vezes entrara em debates com guardiões polêmicos da tradição, como Sidney S. Rider e Thomas W. Bicknell. Ele vivia com um mordomo em uma propriedade rural georgiana, com aldravas e escada com corrimão de ferro, equilibrada de maneira sinistra na subida íngreme da North Court Street, ao lado do antigo tribunal e casa colonial de tijolos onde seu avô – um primo daquele famoso marinheiro de um navio corsário, o capitão Whipple, que incendiou a escuna armada de Sua Majestade, *Gaspee*, em 1772 – havia votado na legislatura em 4 de maio de 1776 pela independência da colônia de Rhode Island em relação à Inglaterra. Em torno dele, na úmida biblioteca de teto baixo, com o apainelamento branco embolorado, uma estrutura ornamental com elaborados entalhes sobre o console da lareira e janelas de vidraças pequenas escurecidas por trepadeiras, estavam as relíquias e registros de sua antiga família, entre os quais havia muitas alusões vagas à casa maldita de Benefit Street. Aquele local problemático não está muito distante – pois a Benefit corre, no sentido dos morros, logo acima do tribunal, ao lado da íngreme colina pela qual subiram os primeiros assentamentos.

Quando, ao fim, meus insistentes pedidos e meu amadurecimento extraíram de meu tio a reserva de histórias folclóricas que eu buscava, uma crônica bastante estranha me foi apresentada. Por mais que parte das histórias fosse prolixa, cheia de estatísticas e tediosas genealogias, havia no centro delas uma linha contínua de um obstinado e taciturno horror, e de uma malignidade sobrenatural, que me impressionou ainda mais do que havia impressionado ao bom doutor. Acontecimentos distintos se encaixavam uns nos outros de maneira sinistra, e detalhes à primeira vista irrelevantes continham uma abundância de possibilidades hediondas. Uma nova e incandescente curiosidade cresceu em mim, comparada à qual a minha curiosidade de menino era débil e incipiente. A primeira revelação levou a uma pesquisa meticulosa, e por fim àquela busca palpitante que se mostrou tão desastrosa para mim e os meus. Pois meu tio acabou por insistir em juntar-se à busca que eu havia iniciado, e depois de uma certa noite naquela casa ele não voltou comigo. Sinto-me solitário sem a companhia daquele homem gentil, em cujos muitos anos de vida havia apenas honra, virtude, bom gosto, benevolência e erudição. Construí uma urna de mármore em sua memória no cemitério de St. John – o lugar que Poe amava –, o bosque escondido de salgueiros gigantescos no monte, onde tumbas e lápides se amontoam tranquilamente entre o antigo vulto da igreja e as casas e muros de Benefit Street.

A história da casa, começando com um labirinto de datas, não revelou qualquer indício sinistro, quer sobre sua construção, quer sobre a próspera e honrosa família que a construiu. Contudo, desde o início uma mácula de desgraça, logo assumindo um significado agourento, ficara evidente. O registro de meu tio, compilado com esmero, começava com a construção da estrutura, em 1763, e seguia o tema com uma quantidade anormal de detalhes. A casa maldita, ao que parecia, teve como seus primeiros habitantes William Harris e sua esposa, Rhoby Dexter, com seus filhos, Elkanah, nascido em 1755, Abigail, em 1757, William Jr., nascido em 1759, e Ruth, em 1761. Harris era um mercante e marujo de destaque no comércio da Índia Ocidental, ligado à firma de Obadiah Brown e seus sobrinhos. Após a morte de Brown em 1761, a nova firma de Nicholas Brown & Co. nomeou-o comandante do brigue *Prudence*, construído em Providence, de 120 toneladas, o que permitiu a ele erigir o novo domicílio que desejava desde o casamento.

O lugar escolhido por ele – uma parte recém-alinhada da nova e elegante Back Street, que corria ao longo do monte acima do apinhado bairro Cheapside – era tudo o que poderia desejar, e a construção fez juz ao local. Foi o melhor que uma fortuna modesta poderia proporcionar, e Harris apressou-se para se mudar para a casa antes que nascesse o quinto filho que a família esperava. Essa criança, um menino, chegou em dezembro, mas nasceu morta. Nenhuma criança nasceria viva naquela casa pelos 150 anos seguintes.

No mês de abril seguinte as crianças ficaram doentes, e Abigail e Ruth morreram antes do fim do mês. O dr. Job Ives diagnosticou o problema como algum tipo de febre infantil, embora outros tenham declarado tratar-se mais de um simples definhamento ou declínio. De qualquer forma, parecia ser contagioso, pois Hannah Bowen, uma de dois criados, morreu dele em junho. Eli Liddeason, o outro criado, reclamava sempre de fraqueza e teria voltado para a fazenda de seu pai, em Rehoboth, não fosse por um inesperado relacionamento com Mehitabel Pierce, que foi contratada para suceder Hannah. Ele morreu no ano seguinte – um ano deveras triste, já que marcado pela morte do próprio William Harris, debilitado como estava pelo clima da Martinica, onde seu trabalho o mantivera por grandes períodos durante a década anterior.

A viúva Rhoby Harris jamais se recuperou do choque pela morte de seu marido, e o falecimento de seu primogênito, Elkanah, dois anos depois, foi o golpe final contra sua lucidez. Em 1768, caiu vítima de uma forma suave de insanidade e ficou dali em diante confinada ao andar superior da casa; sua irmã solteira mais velha, Mercy Dexter, foi morar lá para assumir o comando da família. Mercy era uma mulher simples e ossuda de grande força, mas sua saúde declinou a olhos vistos desde que lá chegou. Era muito devotada a sua desventurada irmã e tinha uma afeição especial por seu único sobrinho sobrevivente, William, que de uma criança robusta havia se transformado num rapaz doentio, comprido e magro. Nesse ano, Mehitabel morreu e o outro criado, Preserved Smith, foi embora sem fornecer qualquer explicação que fizesse sentido – ou, pelo menos, contando somente algumas histórias loucas e dizendo que não gostava do cheiro do lugar. Por algum tempo Mercy foi incapaz de contratar novos criados, já que as sete mortes e o caso de loucura, todos tendo ocorrido no intervalo de um ano, haviam começado a fazer circular o conjunto de boatos contados ao pé da lareira que depois veio a se tornar tão bizarro. Por fim, contudo, ela contratou novos criados de fora da cidade; Ann White, uma mulher soturna daquela parte de North Kingstown hoje conhecida como a comarca de Exeter, e um competente homem de Boston chamado Zenas Low.

Foi Ann White quem primeiro deu uma forma definida às fofocas sinistras. Mercy deveria ter sabido que não seria boa ideia contratar alguém da região de Nooseneck Hill, pois aquela diminuta roça distante era então, como é hoje, lugar das superstições mais desagradáveis. Já em 1892, uma comunidade de Exeter exumou um cadáver e queimou ritualmente seu coração, de maneira a impedir certas supostas aparições daninhas à paz e à saúde públicas, e pode-se imaginar as opiniões e sentimentos nessa região em 1768. A língua de Ann era ativa e perniciosa, e dentro de poucos meses Mercy a despediu, colocando em seu posto uma leal e afável mulher aguerrida chamada Maria Robbins, vinda de Newport.

Enquanto isso a pobre Rhoby Harris, em sua loucura, deu voz a sonhos e fantasias da espécie mais hedionda. Às vezes seus gritos eram insuportáveis, e por longos períodos proferia guinchos de horror que tornaram necessário que seu filho fosse morar por algum tempo com uma parente, Peleg Harris, na Presbyterian-Lane, perto do novo prédio da faculdade. O garoto parecia melhorar depois dessas visitas, e se Mercy fosse tão sábia quanto era bem-intencionada teria deixado que ele fosse morar de vez com Peleg. Sobre qual exatamente era o conteúdo dos gritos da sra. Harris em seus surtos de violência a tradição hesita em falar; ou melhor, fornece relatos tão extravagantes que se anulam pelo simples absurdo. Certamente soa absurdo ouvir que uma mulher que aprendera somente os rudimentos do francês muitas vezes gritasse durante horas numa forma vulgar e coloquial daquela língua, ou que a mesma pessoa, sozinha e mantida sob observação, reclamasse histericamente de uma coisa de olhar fixo que lhe mordia e mastigava.

Em 1772, o criado Zenas morreu e, quando a sra. Harris recebeu a notícia, gargalhou demonstrando uma alegria chocante que de modo algum lhe era normal. No ano seguinte ela própria morreu, e foi enterrada no North Burial Ground, ao lado de seu marido.

Quando da irrupção dos conflitos com a Grã-Bretanha em 1775, William Harris, apesar de seus exíguos dezesseis anos e de sua constituição frágil, conseguiu alistar-se no Exército de Observação, sob o comando do general Greene; e daí em diante desfrutou de uma ascensão regular de prestígio e saúde. Em 1780, como capitão das forças de Rhode Island em Nova Jersey, sob o comando do coronel Angell, conheceu e se casou com Phebe Hetfield, de Elizabethtown, a qual trouxe para Providence após sua dispensa honrosa no ano seguinte.

O retorno do jovem soldado não deu início a um período de felicidade perfeita. A casa, é verdade, ainda estava em boas condições, e a rua fora alargada e tivera seu nome alterado de Back Street para Benefit Street. Mas a constituição outrora robusta de Mercy Dexter sofrera uma triste e peculiar decadência, transformando-a numa figura corcunda e patética de voz inexpressiva e palidez desconcertante – qualidades compartilhadas em alto grau pela única criada que restara, Maria. No outono de 1782, Phebe Harris deu à luz uma filha morta, e no dia 15 de maio seguinte Mercy Dexter deixou sua vida profícua, austera e virtuosa.

William Harris, afinal convencido por completo da natureza radicalmente insalubre daquela moradia, tomou medidas para abandoná-la e fechá-la para sempre. Obtendo um alojamento temporário para si mesmo e sua esposa no recém-inaugurado Golden Ball Inn, providenciou a construção de uma casa nova e melhor em Westminster Street, numa área da cidade em franco desenvolvimento, do outro lado da Great Bridge. Lá, em 1785, seu filho Dutee nasceu; e lá a família morou até que as novas expansões do comércio a obrigassem a cruzar o rio mais uma vez e ir para trás do morro, para a Angell Street, no mais novo distrito residencial de East Side, onde o falecido Archer Harris construiu sua suntuosa mas hedionda mansão de teto francês, em 1876. Tanto William quanto Phebe sucumbiram à epidemia de febre amarela de 1797, mas Dutee foi criado por seu parente Rathbone Harris, filho de Peleg.

Rathbone era um homem prático e alugou a casa de Benefit Street apesar do desejo de William de que continuasse vazia. Ele considerava uma obrigação para com seu tutelado fazer o melhor uso de toda a propriedade do menino, e tampouco se importava com as mortes e doenças que causaram tantas mudanças de inquilinos, ou com a aversão sempre crescente com que a casa era em geral vista. É provável que ele tenha sentido apenas irritação quando, em 1804, a autoridade municipal ordenou que ele fumigasse o lugar com enxofre, alcatrão e resina de cânfora por causa das mortes tão faladas de quatro pessoas, presumia-se que causadas pela epidemia de febre que à época arrefecia. Eles disseram que o lugar tinha um cheiro febril.

O próprio Dutee pouco se importava com a casa, pois quando cresceu se tornou marinheiro de um corsário particular e serviu com distinção no *Vigilant*, sob o comando do capitão Cahoone, na guerra de 1812. Ele voltou ileso, se casou em 1814 e tornou-se pai naquela noite memorável de 23 de setembro de 1815, quando uma grande ventania fez com que as águas da baía inundassem mais que meia cidade e fez uma corveta alta flutuar por um grande trecho da Westminster Street, com seus mastros quase batendo às janelas dos Harris, numa afirmação simbólica de que o novo menino, Welcome, era o filho de um marinheiro.

Welcome não sobreviveu a seu pai, mas viveu para perecer gloriosamente em Fredericksburg, no ano de 1862. Nem ele nem seu filho Archer viam na casa maldita mais do que um estorvo quase impossível de alugar – talvez por causa do bolor e do cheiro doentio de coisa velha e malcuidada. De fato, ela jamais foi alugada depois de uma série de mortes que culminou em 1861 e que a agitação da guerra contribuiu para legar à obscuridade. Carrington Harris, o último da linhagem masculina, via a casa, até que eu lhe narrasse minha experiência, como um simples centro abandonado e um tanto pitoresco de histórias folclóricas. Ele tinha planos de demolir a casa e construir um prédio de apartamentos no lugar, mas depois de meu relato decidiu permitir que continuasse de pé, mandou instalar um encanamento e a alugou. Ele tampouco encontrou, até agora, qualquer dificuldade em arranjar inquilinos. O horror se foi.

III

Pode-se muito bem imaginar com que violência fui afetado pelos anais dos Harris. Naquele registro contínuo me parecia estar encubado um mal inexorável, superior a qualquer elemento ou força da Natureza de que eu tivesse conhecimento; um mal claramente ligado à casa, e não à família. Essa impressão foi confirmada pelo leque, menos sistemático, de uma miscelânea de informações coletadas por meu tio – lendas transcritas das fofocas dos criados, recortes dos jornais, cópias de certificados de óbitos assinados por seus colegas de profissão e afins. Não é possível fazer referência a todos esses dados, posto que meu tio era um antiquário incansável e nutria um profundo interesse pela casa maldita; mas posso descrever vários pontos dominantes que merecem destaque devido a sua recorrência em muitos relatos de fontes diversas. Por exemplo, a fofoca dos criados era praticamente unânime em atribuir ao bolorento e malcheiroso *porão* da casa uma vasta supremacia na influência maligna. Alguns criados – Anne White em especial – se recusavam a usar a cozinha do porão, e ao menos três lendas bem definidas tratavam dos estranhos contornos semi-humanos ou diabólicos formados pelas raízes das árvores e manchas de mofo naquela parte da casa. Tais narrativas me interessaram profundamente por causa do que eu vira em minha juventude, mas senti que boa parte do significado havia sido, em cada um dos casos, em grande parte obscurecida por acréscimos advindos da reserva comum de histórias de assombração da região.

Ann White, com a superstição típica dos nascidos em Exeter, disseminara a história mais extravagante, e ao mesmo tempo mais coerente, alegando que devia haver enterrado sob a casa um daqueles vampiros – os mortos que retêm sua forma corporal e se alimentam do sangue ou do hálito dos vivos –, cujas hediondas legiões libertam suas aparições ou espíritos de rapina durante a noite. Para destruir um vampiro é preciso, dizem as avós, exumá-lo e queimar seu coração, ou ao menos trespassar esse órgão com uma estaca; e a insistência tenaz de Ann para que se fizesse uma busca sob o porão fora um dos principais fatores que contribuíram para sua demissão.

Suas histórias, contudo, obtiveram grande público e eram aceitas com maior facilidade, pois a casa de fato estava situada sobre um pedaço de terra outrora usado como cemitério. Para mim, o interesse das histórias estava menos nessa circunstância do que na maneira peculiarmente apropriada com que se harmonizavam com alguns outros elementos – a queixa de Preserved Smith ao ir embora, o criado que havia precedido Ann e que dela nunca ouvira falar, de que alguma coisa "sugava seu ar" durante a noite; os certificados de óbito das vítimas da febre de 1804, assinados pelo dr. Chad Hopkins, mostrando que todos os quatro falecidos, de maneira inexplicável, não tinham sangue em seus corpos; e as passagens obscuras dos devaneios da pobre Rhoby Harris, reclamando dos dentes afiados de uma presença semivisível de olhar embotado.

Embora eu seja livre de superstições infundadas, tais coisas me causaram uma sensação estranha, que foi intensificada por dois recortes de jornal de datas muito distantes, tratando de mortes na casa maldita – um do *Providence Gazette and Country Journal*, de 12 de abril de 1815, e o outro do *Daily Transcript and Chronicle*, de 27 de outubro de 1845 – cada um deles detalhando uma circunstância estarrecedoramente pavorosa cuja repetição era notável. Parece que em ambos os casos a pessoa moribunda, em 1815 uma amável velhinha chamada Stafford, e em 1845 uma professora de ginásio na meia-idade de nome Eleazar Durfee, transfigurou-se de maneira horrível, encarando com um olhar embotado e tentando morder a garganta do médico responsável. Ainda mais misterioso, porém, foi o caso final que pôs termo ao aluguel da casa – uma série de mortes por anemia, precedidas por uma loucura progressiva na qual o paciente atentava astutamente contra a vida de seus parentes, fazendo-lhes incisões no pescoço ou no pulso.

Isso se deu em 1860 e 1861, quando meu tio acabara de abrir seu consultório médico; e antes de partir para a guerra ele ouviu muitos relatos sobre o caso de seus colegas de profissão mais velhos. A coisa realmente inexplicável foi a maneira com que as vítimas – pessoas que de nada sabiam, pois a casa malcheirosa e amaldiçoada por muitos agora não podia ser alugada a mais ninguém – balbuciavam maldições em francês, uma língua que não poderiam de modo algum ter estudado em qualquer profundidade. Isso fazia lembrar da pobre Rhoby Harris quase um século antes, e de tal forma comoveu meu tio que ele começou a coletar dados históricos sobre a casa após ouvir, algum tempo depois de haver retornado da guerra, o relato de primeira mão dos doutores Chase e Whitmarsh. Com efeito, pude ver que meu tio refletira profundamente sobre o assunto e que meu próprio interesse o alegrou – um interesse imparcial e solícito que permitiu a ele discutir comigo assuntos dos quais outras pessoas teriam apenas rido. Sua imaginação não fora tão longe quanto a minha, mas ele sentiu que o lugar era extraordinário em suas potencialidades imaginativas e digno de atenção como uma fonte de inspiração no campo do grotesco e do macabro.

De minha parte, estava disposto a encarar a questão toda com profunda seriedade e comecei de pronto não só a estudar as evidências, como também a acumular a maior quantidade de novas evidências que me fosse possível. Conversei muitas vezes com o idoso Archer Harris, então proprietário da casa, antes de sua morte em 1916; e obtive dele e de sua irmã solteira ainda viva, Alice, corroboração autêntica de todas as informações da família que meu tio coletara. Quando, porém, perguntei a eles qual ligação com a França ou com a língua daquele país a casa poderia ter, eles se confessaram tão perplexos e ignorantes quanto eu. Archer não sabia de nada, e tudo o que a srta. Harris pôde dizer foi que uma antiga alusão sobre a qual seu avô, Dutee Harris, ouvira poderia ter esclarecido a questão em alguma medida. O velho marinheiro, que sobrevivera à morte de seu filho Welcome na guerra por dois anos, não conhecia diretamente a lenda, mas lembrava que sua mais antiga babá, a velha Maria Robbins, parecia obscuramente consciente de algo que poderia ter dado um estranho significado aos desvarios em francês de Rhoby Harris, que ela tantas vezes ouvira durante os últimos dias daquela infeliz mulher. Maria estivera na casa maldita de 1769 até a remoção da família, em 1783, e vira Mercy Dexter morrer. Certa vez fez alusão, para a criança Dutee, a uma circunstância um tanto peculiar dos últimos momentos de vida de Mercy, mas ele logo esqueceu o que ouvira, exceto que se tratava de algo estranho. A neta, ademais, lembrava até mesmo disso com dificuldade. Ela e seu irmão não estavam tão interessados na casa quanto o filho de Archer, Carrington, o atual proprietário, com o qual conversei após minha experiência.

Havendo extraído da família Harris todas as informações que ela podia fornecer, voltei minha atenção aos antigos registros e escrituras da cidade, com um empenho mais alerta do que meu tio vez por outra demonstrara no mesmo trabalho. Eu desejava uma história abrangente do local desde o próprio assentamento em 1626 – ou até mesmo de antes, se alguma lenda dos índios Narragansett pudesse ser descoberta para fornecer as informações. Descobri, no começo, que a terra fora parte da longa faixa de lote habitacional concedida originalmente a John Throckmorton; uma das muitas faixas semelhantes que começavam na Town Street ao lado do rio e que se estendiam até depois da colina, terminando em uma linha que corresponde aproximadamente à moderna Hope Street. O lote de Throckmorton depois havia sido, é claro, subdividido em muitas partes; e me dediquei com muita diligência à tarefa de rastrear aquela seção pela qual a Back ou Benefit Street veio a passar depois. Havia sido, como os rumores de fato indicaram, o cemitério dos Throckmorton; mas ao examinar os registros com maior cuidado descobri que as covas tinham sido todas transferidas há muito tempo para o North Burial Ground, na Pawtucket West Road.

Então de repente deparei – por um raro golpe de sorte, visto que não estava no acervo principal de registros e poderia ter facilmente passado despercebido – com algo que me incitou a avidez mais profunda, por se encaixar tão bem com várias das fases mais estranhas do caso. Era o registro de um arrendamento, em 1697, de um pequeno trato de terra a um Etienne Roulet e esposa. Enfim o elemento francês aparecera – e também um outro elemento de horror, mais profundo, que o nome conjurava dos mais negros recessos de minhas leituras estranhas e heterogêneas – e estudei febrilmente os mapas da localidade – como fora antes que a Back Street fosse cortada e parcialmente alinhada entre 1747 e 1758. Descobri o que já de certa forma esperava, que no local em que hoje estava a casa maldita os Roulet tinham construído seu cemitério atrás de uma cabana de andar térreo mais sótão e que nenhum registro de transferência de covas existia. O documento, com efeito, terminava de modo muito confuso; e fui forçado a esquadrinhar tanto a Sociedade Histórica de Rhode Island quanto a biblioteca Shepley antes de conseguir encontrar uma porta local que seria destrancada pelo nome de Etienne Roulet. Ao fim, eu realmente encontrei algo; algo de um significado de tal forma vago mas monstruoso que passei de imediato a examinar o porão da própria casa maldita com um detalhismo novo e cheio de animação.

Ao que parecia, os Roulet haviam chegado em 1696 de East Greenwich, abaixo da costa ocidental da baía de Narragansett. Eram huguenotes de Caude e tinham deparado com uma grande resistência antes que os membros do conselho municipal permitissem que eles se assentassem na cidade. A impopularidade os perseguira em East Greenwich, para onde haviam ido em 1686, após a revogação do Édito de Nantes, e os rumores diziam que a causa da antipatia ia muito além do simples preconceito racial e de nacionalidade e das disputas de terra que envolviam outros colonos franceses com os ingleses em rivalidades que nem mesmo o governador Andros conseguia aplacar. Mas seu protestantismo ardoroso – ardoroso demais, diziam alguns à boca pequena – e seu óbvio sofrimento quando foram praticamente expulsos do vilarejo na baía despertaram a solidariedade dos fundadores da cidade. Aqui, os estrangeiros encontraram um refúgio; e o moreno Etienne Roulet, menos predisposto à agricultura do que à leitura de livros estranhos e a desenhar diagramas estranhos, recebeu um cargo administrativo no depósito do píer de Pardon Tillinghast, bem ao sul, na Town Street. No entanto, houvera depois disso algum tipo de tumulto – talvez quarenta anos mais tarde, depois da morte do velho Roulet – e ninguém parece ter ouvido falar nessa família desde então.

Por mais de um século, ao que parecia, os Roulet permaneceram bastante vivos na memória e eram tema frequente das conversas, mencionados como incidentes dramáticos na pacata vida de um porto marítimo da Nova Inglaterra. O filho de Etienne, Paul, um sujeito grosseiro cuja conduta errática provavelmente dera azo ao tumulto que exterminou a família, era, mais do que todos, tema de especulações; e embora Providence nunca tenha partilhado dos pânicos relativos à bruxaria de seus vizinhos puritanos as velhas esposas insinuavam abertamente que as preces dele não eram ditas na hora correta e tampouco voltadas para o objeto apropriado.

Tudo isso havia sem dúvida formado a base da lenda conhecida pela velha Maria Robbins. Que relação possuía com os desvarios em francês de Rhoby Harris e outros habitantes da casa maldita, somente a imaginação ou descobertas futuras poderiam determinar. Eu me perguntava quantos daqueles que tinham conhecimento das lendas se aperceberam daquela ligação adicional com o terrível que minhas vastas leituras me haviam proporcionado; aquele item fatídico nos anais do horror mórbido, que conta da criatura *Jacques Roulet, de Claude*, que em 1598 foi condenado à morte como um endemoniado mas posteriormente salvo da fogueira pelo parlamento de Paris e confinado em um hospício. Ele fora encontrado num bosque, coberto de sangue e fragmentos de carne, pouco depois que um menino fora morto e despedaçado por dois lobos. Um dos lobos foi visto fugindo ileso do local. Uma ótima história, é claro, para contar ao pé da lareira, contendo uma estranha implicação relativa a nome e lugar; mas concluí que o fato não poderia ser de conhecimento geral dos mexeriqueiros de Providence. Caso fosse, a coincidência de nomes acabaria por gerar alguma ação drástica e amedrontada – com efeito, será que alguns poucos boatos sobre o caso não teriam precipitado o tumulto derradeiro que varreu os Roulet da cidade?

Eu agora visitava o lugar amaldiçoado com assiduidade crescente; estudando a doentia vegetação do jardim, examinando todas as paredes da construção e esquadrinhando cada centímetro do chão de terra do porão. Por fim, com a permissão de Carrington Harris, inseri uma chave na porta em desuso que abria do porão direto para a Benefit Street, preferindo ter um acesso mais imediato ao mundo exterior do que as escadas mal iluminadas, o vestíbulo do andar térreo e a porta da frente proporcionavam. Lá, onde a morbidez espreitava com maior intensidade, busquei e vasculhei durante longas tardes, enquanto a luz solar se filtrava pelas janelas com teias de aranha, e uma sensação de segurança irradiava da porta destrancada que me colocava a apenas alguns metros da plácida calçada do lado de fora. Meus esforços não foram recompensados por nenhuma novidade – somente o mesmo bolor deprimente e as sugestões idem de odores repugnantes e contornos nitrosos no chão – e imagino que muitos transeuntes devam ter me observado com curiosidade pelas vidraças quebradas.

Depois de muito tempo, por sugestão de meu tio, decidi visitar o local à noite; e numa meia-noite tempestuosa corri o lume de uma lanterna elétrica pelo chão bolorento, com suas formas sinistras e fungos retorcidos e semifosforescentes. O lugar me deprimira de maneira muito curiosa aquela noite, e eu estava para ir embora quando vi – ou acreditei ter visto – entre os depósitos esbranquiçados uma definição particularmente nítida da "forma amontoada" da qual eu suspeitara desde criança. Sua nitidez era estarrecedora e sem precedentes – e ao observá-la me pareceu ver novamente a exalação fina, amarelada e cintilante que me assustara naquela tarde chuvosa de muitos anos atrás.

Acima da mancha antropomórfica de bolor perto da lareira ela se evolava; um vapor sutil, doentio, quase luminoso que ao pairar tremulante naquela umidade pareceu gerar vagas e chocantes sugestões de forma, que aos poucos se desfaziam numa decadência nebulosa e passavam para a escuridão da grande chaminé, deixando atrás de si um rastro de fetidez. Foi verdadeiramente horrível, e ainda mais por causa do que eu conhecia sobre o lugar. Recusando-me a fugir, observei o vapor desvanecer – e nisso senti que ele estava, por sua vez, me encarando cheio de cobiça, com olhos mais imaginados do que vistos. Quando contei a meu tio, ele ficou num estado de grande excitação; e após uma tensa hora de meditação chegou a uma decisão drástica e definitiva. Pesando em sua mente a importância da questão e o significado de nosso envolvimento com ela, ele insistiu que nós dois examinássemos – e se, possível, destruíssemos – o horror da casa por uma noite ou noites de uma vigília agressiva em dupla naquele porão bolorento e assolado por fungos.

IV

Na quarta-feira, 25 de junho de 1919, após enviarmos a devida comunicação a Carrington Harris, sem incluir conjecturas a respeito do que esperávamos encontrar, meu tio e eu levamos para a casa maldita duas cadeiras de acampamento e um catre dobrável, em conjunto com alguns equipamentos científicos de maior peso e complexidade. Estes nós colocamos no porão durante o dia, vedando as janelas com papel e planejando retornar ao cair da noite para a nossa primeira vigília. Tínhamos trancado a porta que dava do porão para o andar térreo; e tendo a chave da porta que dava do porão para a rua podíamos deixar nossos equipamentos caros e frágeis – que obtivéramos em segredo e a um custo muito alto – por quantos dias precisássemos estender as vigílias. Planejávamos sentar em companhia um do outro até bem tarde da noite e então montar guardas de um até o alvorecer por períodos de duas horas, eu primeiro e depois meu companheiro; o membro inativo descansaria no catre.

A liderança natural com que meu tio obteve os instrumentos dos laboratórios da Brown University e do Arsenal da Cranston Street e instintivamente assumiu a direção de nossa empreitada foi uma ilustração maravilhosa das reservas de vitalidade e flexibilidade de um homem 81 anos. Elihu Whipple vivera de acordo com as leis de higiene que ensinara enquanto médico, e não fosse pelo que aconteceu depois estaria aqui ainda hoje, em pleno viço. Somente duas pessoas têm alguma ideia do que realmente aconteceu – Carrington Harris e eu. Fui obrigado a contar para Harris, pois ele era o dono da casa e merecia saber o que havia saído dela. E também havíamos falado com ele antes de nossa missão e senti, após a partida de meu tio, que ele compreenderia e me ajudaria a dar algumas explicações públicas vitalmente necessárias. Ele ficou muito pálido, mas concordou em me ajudar e chegou à conclusão de que agora seria seguro alugar a casa.

Afirmar que não estávamos nervosos naquela chuvosa noite de vigília seria um exagero ao mesmo tempo tosco e ridículo. Não estávamos, como já disse, tomados, em nenhum sentido, por superstições infantis, mas os estudos científicos e a reflexão haviam nos ensinado que o universo conhecido de três dimensões corresponde a uma fração minúscula de todo o cosmo de substância e energia. Naquele caso, uma preponderância avassaladora de evidências, de uma grande quantidade de fontes autênticas, apontava para a existência continuada de certas forças de imenso poder e, da perspectiva humana, de uma malignidade excepcional. Dizer que realmente acreditávamos em vampiros ou lobisomens seria uma declaração de abrangência leviana. Deve-se dizer, sim, que não estávamos preparados para negar a possibilidade de certas modificações, desconhecidas e não classificadas, de força vital e matéria rarefeita, cuja existência no espaço tridimensional é muito infrequente, devido à sua ligação mais íntima com outras unidades espaciais, mas ainda assim próximas o suficiente da fronteira de nossa própria para fornecer manifestações ocasionais que nós, por falta de um posto de observação adequado, talvez jamais possamos compreender.

Em suma, parecia a meu tio e a mim que uma série irrefutável de fatos apontava para alguma influência que subsistia na casa maldita, atribuível a um ou outro dos desagradáveis colonos franceses de dois séculos atrás e ainda operando através de leis excepcionais e desconhecidas de movimento atômico e eletrônico. Que a família de Roulet possuíra uma afinidade anormal por esferas remotas do ser – esferas negras que em pessoas normais causam apenas repulsa e terror –, o registro histórico da família parecia provar. Será, então, que os tumultos registrados naquela longínqua década de 1730 não haviam posto em operação certos padrões cinéticos no mórbido cérebro de um ou mais deles – em especial do sinistro Paul Roulet – que, de alguma maneira obscura, sobrevivera aos corpos assassinados e enterrados pela multidão e que continuava a funcionar em algum espaço de múltiplas dimensões, de acordo com as linhas de força originais, determinadas por um ódio frenético contra a comunidade invasora?

Isso não era, com certeza, uma impossibilidade física ou bioquímica, não à luz de uma ciência nova, que inclui as teorias da relatividade e do movimento intra-atômico. É possível imaginar com facilidade um núcleo alienígena de substância ou energia, informe ou não, mantido vivo por subtrações imperceptíveis ou intangíveis da força vital ou dos tecidos e fluidos corporais de outros seres cuja forma de vida é mais palpável, nos quais penetra e com cujo tecido às vezes se mescla por inteiro. Talvez seja ativamente hostil, ou determinado somente por motivos cegos de autopreservação. De qualquer modo, tal monstro deve ser, por força, quando visto da perspectiva de nossa situação estrutural, uma anomalia e um invasor, cuja extirpação constitui um dever essencial de todo homem que não seja um inimigo da vida, da boa saúde e da sanidade do mundo.

O que nos deixou perplexos foi nossa total ignorância a respeito da aparência que a coisa poderia ter aos nossos olhos. Nenhuma pessoa sã jamais a vira, e poucos já a haviam sentido com clareza. Talvez fosse energia pura – uma forma etérea, e não do reino da substância – ou parcialmente material; alguma massa desconhecida e críptica de plasticidade, capaz de atingir ao bel-prazer certas aproximações nebulosas dos estados sólido, líquido, gasoso, ou sutilmente desprovidos de partículas. A mancha antropomórfica de mofo no chão, a forma do vapor amarelado e o arqueamento das raízes das árvores em algumas das velhas histórias – tudo isso indicava ao menos uma conexão remota e reminiscente com a forma humana; mas não seria possível afirmar, com nenhum grau de certeza, o quanto essa semelhança poderia ser característica ou permanente.

Tínhamos pensado em duas armas para combatê-la; um tubo de Crookes grande e feito sob medida, acionado por poderosas baterias recarregáveis e equipado com telas e refletores especiais, caso a coisa se mostrasse intangível e vulnerável apenas a radiações de éter de grande poder de destruição; e dois lança-chamas militares do tipo usado na guerra mundial, caso a coisa se mostrasse parcialmente material e suscetível à destruição mecânica – pois, como os capiaus supersticiosos de Exeter, estávamos preparados para queimar o coração dela, se coração houvesse para ser queimado. Pusemos todos esses aparelhos de agressão no porão, em locais estratégicos com relação ao catre e às cadeiras, e ao ponto diante da lareira onde o bolor havia tomado formas estranhas. Aquela sugestiva mancha, aliás, mal estava visível quando posicionamos os móveis e instrumentos, e também quando retornamos ao cair daquela noite, para a vigília propriamente dita. Por um momento, de certa forma duvidei ter visto alguma vez a mancha assumir contornos mais definidos – mas então lembrei das lendas.

Nossa vigília no porão começou às dez da noite, horário de verão, e em seu decorrer não encontramos qualquer potencial de manifestações pertinentes. Um brilho fraco e filtrado advindo dos postes de luz fustigados pela chuva lá fora e uma débil fosforescência dos execráveis fungos do lado de dentro iluminavam as pedras gotejantes das paredes, das quais todos os vestígios de cal tinham desaparecido; o chão de terra batida, úmido, fétido e com manchas de mofo, com seus fungos obscenos; os restos apodrecidos do que haviam sido bancos, cadeiras e mesas, e outros móveis mais informes; as tábuas pesadas e vigas imensas que sustentavam o andar térreo acima de nós; a decrépita porta de tábuas que levava a despensas e cômodos embaixo de outras partes da casa; a escada de pedra aos pedaços com um corrimão de madeira estragado; e a rústica e cavernosa lareira de tijolos enegrecidos onde fragmentos de ferro oxidado revelavam a presença de antigos ganchos, cães de lareira, espeto e suporte, e uma portinhola para o forno holandês – iluminavam essas coisas, e nossos ascéticos catre e cadeiras de acampamento, e os pesados e complexos aparelhos de destruição que tínhamos comprado.

Como em minhas explorações anteriores, deixamos a porta para a rua destrancada, de modo que um caminho direto e prático de fuga pudesse permanecer aberto em caso de manifestações que estivessem além de nossos poderes. Acreditávamos que nossa presença noturna continuada evocaria qualquer entidade maligna que se ocultasse por ali e que, estando preparados, poderíamos liquidar a coisa com um dos meios à disposição, assim que fosse identificada e a tivéssemos observado o suficiente. Não fazíamos ideia de quanto tempo seria necessário para evocar e aniquilar a coisa. Ocorreu-nos, também, que a empreitada não era de modo algum segura, pois era impossível dizer com qual força a coisa poderia aparecer. Mas concluímos que a aposta valia o risco e embarcamos nela sozinhos e sem hesitar, conscientes de que buscar ajuda externa só faria nos expor ao ridículo e talvez contrariasse o nosso objetivo. Era esse o nosso estado de espírito enquanto conversávamos – até tarde da noite, quando a sonolência cada vez maior de meu tio me fez lembrá-lo de ir deitar-se para suas duas horas de sono.

Alguma coisa parecida com medo me fez ficar arrepiado enquanto fiquei lá sentado, sozinho, na madrugada – digo sozinho pois quem senta ao lado de quem dorme está realmente sozinho; talvez mais sozinho do que consegue perceber. Meu tio respirava pesado, suas profundas inalações e expirações acompanhadas pela chuva lá fora e pontuadas por um outro som enervante de uma goteira distante no lado de dentro – pois a casa era de uma umidade repulsiva até mesmo em tempo seco e, naquela tempestade, parecia realmente um pântano. Estudei a cantaria antiga e frouxa das paredes à luz dos fungos e dos débeis raios de luz que se esgueiravam da rua para dentro, pela janela telada; e uma vez, quando a atmosfera repugnante do lugar parecia prestes a me dar náuseas, abri a porta e olhei de um lado para outro da rua, regalando os olhos com a visão de coisas conhecidas e as narinas com ar puro. Ainda não ocorrera nada que recompensasse minha vigilância, e bocejei repetidas vezes, a fadiga superando minha apreensão.

Então, meu tio se revirando no sono chamou minha atenção. Ele se virara inquieto no catre várias vezes na segunda metade da primeira hora, mas agora respirava com uma irregularidade incomum, de vez em quando soltando um suspiro que continha mais do que algumas das qualidades do gemido de alguém que sufocava. Iluminei-o com a lanterna e vi seu rosto virado para o outro lado; então, me levantando e indo até o outro lado do catre, mais uma vez liguei a luz para ver se ele parecia sentir alguma dor. O que vi me inquietou da maneira mais surpreendente, já que se tratava de algo relativamente banal. Deve ter sido apenas a associação de qualquer circunstância fortuita com a natureza sinistra da nossa missão e do lugar em que estávamos, pois a circunstância em si mesma não era de modo algum assustadora ou anômala. Era apenas que a expressão facial de meu tio, perturbada, sem dúvida, pelos sonhos estranhos incitados pela nossa situação, traía uma agitação considerável que não parecia de modo algum característica dele. Sua expressão normal era de uma calma benevolente e refinada, ao passo que agora diversas emoções pareciam lutar dentro dele. Penso, no todo, que foi essa *diversidade* o que mais me perturbou. Meu tio, ao resfolegar e se revirar numa perturbação crescente, e com olhos que haviam agora começado a se abrir, parecia ser não um, mas muitos homens, e passava uma peculiar impressão de estar diferente de si mesmo.

De repente, ele começou a resmungar, e não gostei da aparência de sua boca e dentes quando ele começou a falar. As palavras foram no início indiscerníveis, e então – com um susto tremendo – reconheci algo nelas que me encheu de um medo frio até que eu lembrasse de como era ampla a educação de meu tio e das intermináveis traduções que fizera de artigos antropológicos e de ciência antiquária na *Revue de Deux Mondes*. Pois o venerável Elihu Whipple estava murmurando em francês, e as poucas expressões que pude discernir pareciam relacionadas com os mitos mais sombrios que ele vertera da famosa revista de Paris.

Logo gotas de suor começaram a irromper na testa do adormecido, e ele levantou abruptamente, semiacordado. A confusão de francês transformou-se em um grito em inglês, e a voz roufenha berrou, agitada: "Meu fôlego, meu fôlego!". Então despertou por completo e, com um abrandamento da expressão facial, que voltava ao estado normal, meu tio tomou minha mão e começou a relatar um sonho cujo núcleo de significado eu podia apenas imaginar, sentindo uma espécie de reverência.

Ele houvera, disse, passado de uma série bastante comum de imagens oníricas a uma cena cuja estranheza não tinha relação com nenhuma de suas leituras. Era algo desse mundo, mas de fora dele – uma umbrosa confusão geométrica na qual se podia ver elementos de coisas conhecidas, nas combinações mais desconhecidas e perturbadoras. Havia sugestões de figuras estranhamente desordenadas sobrepostas umas às outras; um arranjo no qual os fundamentos do tempo e também do espaço pareciam dissolver-se e mesclar-se da maneira mais ilógica. Naquele caleidoscópio de imagens fantasmagóricas havia alguns instantâneos, se é que se pode dizer assim, de uma clareza singular mas de heterogeneidade inexplicável.

Numa hora meu tio acreditou estar deitado num fosso aberto com desleixo, com uma multidão de rostos raivosos emoldurados por cachos de cabelo desordenados e chapéus tricornes fechando a cara para ele. Depois lhe pareceu estar no interior de uma casa – uma casa antiga, pelo visto –, mas os detalhes e habitantes mudavam a toda hora e ele nunca podia ter certeza dos rostos e dos móveis, ou até mesmo do próprio cômodo, já que as portas e janelas pareciam estar num estado de fluxo tão grande quanto os objetos supostamente mais móveis. Foi estranho – abominavelmente estranho – e meu tio falou quase com vergonha, como se esperasse não ser acreditado, quando declarou que dos rostos estranhos muitos exibiam, inquestionavelmente, as características da família Harris. E durante todo o sonho havia uma sensação pessoal de sufocamento, como se alguma presença difusa houvesse se espalhado por sobre seu corpo e buscado se apoderar dos seus processos vitais. Estremeci ao pensar naqueles processos vitais, desgastados como estavam por 81 anos de funcionamento contínuo, entrando em conflito com forças desconhecidas que poderiam muito bem pôr medo no mais jovem e forte dos organismos; mas no momento seguinte me ocorreu que sonhos são apenas sonhos e que aquelas visões desconfortáveis não poderiam ser mais, na pior das hipóteses, do que a reação de meu tio às investigações e às expectativas que nos últimos tempos vinham ocupando por inteiro as nossas mentes.

Conversar com ele, também, logo começou a dispersar meu sentimento de estranheza; e com o tempo cedi aos bocejos e fui dormir o meu turno. Meu tio parecia muito alerta e gostou que agora fosse sua vez de vigiar, mesmo tendo sido despertado pelo pesadelo bem antes que se completassem as duas horas combinadas. Logo sucumbi ao sono e fui imediatamente assombrado por sonhos do tipo mais perturbador. Senti, em minhas visões, uma solidão cósmica e abissal; com hostilidade vindo de todos os lados em alguma prisão na qual eu jazia confinado. Parecia que eu estava amarrado e amordaçado, e que era provocado por gritos ecoantes de multidões longínquas, que tinham sede do meu sangue. O rosto de meu tio me apareceu, com associações menos agradáveis do que no mundo da vigília, e lembro de muitos conflitos e tentativas de fugir, sempre em vão. Não foi um sono agradável, e por um segundo não lamentei o guincho ecoante que perfurou as barreiras do sonho e me lançou num despertar ríspido e assustado, no qual todos os objetos reais diante de meus olhos se destacavam com uma clareza e uma realidade que não eram naturais.

V

Eu estivera deitado com o rosto virado para longe da cadeira de meu tio, de maneira que, naquele lampejo repentino do despertar, vi somente a porta da rua, a janela mais ao norte, e a parede e o chão e o teto na direção norte do cômodo, todos fotografados com uma vividez mórbida em meu cérebro, numa luz mais brilhante do que a luminosidade dos fungos ou a luz que vinha da rua poderiam proporcionar. Não era uma luz forte, nem sequer relativamente forte; decerto passava longe de ser forte o bastante para se ler um livro normal. Mas lançou uma sombra de mim e do catre sobre o chão, e tinha uma força amarelada e penetrante que sugeria coisas mais potentes do que a mera luminosidade. Isso eu percebi com uma nitidez insalubre, apesar do fato de que dois de meus outros sentidos haviam sido atacados com violência. Pois em meus ouvidos soavam as reverberações daquele grito chocante, enquanto minhas narinas se enojavam com o fedor que enchia o lugar. Minha mente, tão alerta quanto os sentidos, reconheceu a presença do gravemente insólito; e quase automaticamente saltei de pé e girei para apanhar os aparelhos de destruição que havíamos deixado apontados para a mancha bolorosa na frente da lareira. Ao girar, temi pelo que veria; pois o grito fora na voz de meu tio, e eu não sabia contra qual ameaça teria que defender a ele e a mim.

Mas, ainda assim, o que vi era pior do que meus temores. Há horrores para além dos horrores, e aquele era um daqueles núcleos de toda hediondez imaginável que o cosmos guarda para descarregar contra alguns poucos infelizes e amaldiçoados. Da terra infestada de fungos subia um vaporoso fogo-fátuo, amarelo e enfermiço, que borbulhava e chegava a uma altura gigantesca, com vagos contornos meio humanos e meio monstruosos, através dos quais pude ver a chaminé e a lareira atrás. Era todo olhos – vorazes e zombeteiros –, e a cabeça rugosa como que de inseto se dissolvia no topo, formando um fino fluxo de névoa que se encrespava putridamente e por fim desaparecia chaminé acima. Digo que vi essa coisa, mas foi apenas examinando de maneira consciente minhas memórias que consegui detectar com clareza sua detestável aproximação de forma. Na hora, foi para mim somente uma nuvem de hediondez fungosa, fervilhante e de tênue fosforescência, circunvagando e dissolvendo numa plasticidade abominável o objeto em que minha atenção estava concentrada. Esse objeto era meu tio – o venerando Elihu Whipple – que, com feições que decaíam e se enegreciam, me olhava de soslaio e balbuciava algo para mim, e estendia garras gotejantes para me rasgar na fúria que fora causada por aquele horror.

Foi a imersão na rotina o que me impediu de enlouquecer. Eu fizera treinamentos de modo a me preparar para o momento crucial, e o que me salvou foi colocar cegamente em prática aquilo que eu treinara. Reconhecendo que o mal borbulhante era uma substância invulnerável à matéria e à química material, e portanto ignorando o lança-chamas que avultava a minha esquerda, liguei o fluxo do tubo de Crookes e mirei naquela cena de blasfêmia imortal as mais fortes radiações de éter que a arte humana é capaz de extrair dos espaços e fluidos da natureza. Houve uma névoa azulada e uma crepitação frenética, e a fosforescência amarelada tornou-se mais indistinta. Mas percebi que a indistinção foi causada apenas pelo contraste e que as ondas da máquina não surtiram efeito algum.

Então, em meio àquele espetáculo demoníaco, vi um novo horror que trouxe gritos aos meus lábios e me mandou aos trancos e barrancos na direção daquela porta destrancada para a rua tranquila, indiferente a quais horrores anormais eu soltava no mundo e ao que os homens poderiam pensar de mim. Naquela mescla indistinta de azul e amarelo a forma de meu tio havia começado a se liquefazer de maneira nauseante, liquefação cuja natureza escapa a qualquer descrição e que impôs sobre seu rosto que desaparecia tais mudanças de identidade que só um louco poderia conceber. Ele foi, ao mesmo tempo, um demônio e uma multidão, um ossuário e uma procissão. Iluminado pelos raios mesclados e inconstantes, aquele rosto gelatinoso assumiu uma dezena – uma vintena – uma centena – de aspectos, com um sorriso arreganhado ao afundar no chão em um corpo que derretia como sebo assemelhando-se de modo caricatural a estranhas legiões, mas ao mesmo tempo não estranhas.

Vi as feições da linhagem dos Harris, homens e mulheres, adultos e crianças, e outras feições de velho e de jovem; embrutecidas e refinadas, conhecidas e desconhecidas. Por um segundo cintilou uma falsificação degradada de uma miniatura da pobre louca Rhoby Harris, que eu vira no School of Design Museum, e noutro momento pensei ter visto a imagem ossuda de Mercy

Dexter, de acordo com o que eu dela lembrava, a partir de uma pintura na casa de Carrington Harris. Foi uma cena de terror inconcebível; perto do fim, quando uma curiosa mistura de imagens de criados e bebês bruxuleou perto do chão bolorento onde uma poça de gordura esverdeada se espalhava, pareceu que as feições mutáveis lutavam umas com as outras e esforçavam-se para formar contornos como os do rosto bom de meu tio. Gosto de pensar que ele ainda existia naquele momento e que tentou me dar adeus. Parece-me que solucei um adeus de minha própria garganta ressequida enquanto cambaleava até a rua, com um fino fluxo de gordura me seguindo pela porta até a calçada encharcada pela chuva.

O restante dos acontecimentos é indistinto e monstruoso. Não havia ninguém na rua encharcada, e no mundo inteiro não havia ninguém a quem eu ousasse contar. Caminhei sem objetivo para o sul, passando College Hill e o Ateneu, pela Hopkins Street, e cruzando a ponte para o bairro comercial, onde os prédios altos pareciam me proteger como os objetos materiais modernos protegem o mundo dos antigos e deletérios portentos. Então um alvorecer cinza surgiu úmido do leste, acentuando os contornos da colina arcaica e seus picos veneráveis e me atraindo para onde meu trabalho terrível ainda estava inacabado. E no final eu fui, molhado, sem chapéu e entorpecido sob a luz matinal, e entrei naquela repulsiva porta de Benefit Street, que eu deixara entreaberta e ainda oscilava de modo críptico, à vista de todos os habitantes que circulavam por ali e com os quais eu não ousaria falar.

A gordura sumira, pois o chão bolorento era poroso. E em frente à lareira não havia vestígio da gigantesca forma duplicada em nitrato. Olhei para o catre, as cadeiras, os instrumentos, o chapéu que eu esquecera ali e o amarelecido chapéu de palha de meu tio. Meu atordoamento estava em seu grau mais elevado, e eu mal conseguia lembrar o que era sonho e o que era realidade. Então a racionalidade começou a voltar aos poucos, e eu soube que testemunhara coisas mais horríveis do que as que concebera em sonho. Sentado, tentei conjecturar, tanto quanto me era permitido pelos limites da sanidade, o que havia acontecido e como eu poderia pôr fim ao horror, se de fato tinha sido real. Matéria não parecia ter sido, tampouco éter, nem qualquer outra coisa concebível pela mente de um mortal. O que, então, se não alguma *emanação* exótica; algum vapor vampiresco como aquele de que falavam os capiaus de Exeter, que se ocultaria em certos cemitérios? Senti que devia seguir aquela pista, e mais uma vez olhei para o chão diante da lareira, onde o mofo e o nitrato haviam assumido formas estranhas. Depois de dez minutos cheguei a uma conclusão e, tomando meu chapéu, parti para casa, onde tomei um banho, comi e pedi por telefone uma picareta, uma pá, uma máscara antigás de fabricação militar e seis garrafões de ácido sulfúrico, todos os quais deviam ser entregues na manhã seguinte na porta do porão da casa maldita, em Benefit Street. Depois disso, tentei dormir; e, não conseguindo, passei o tempo lendo e escrevendo versos inanes para contrabalançar meu estado de espírito.

Às onze da manhã do dia seguinte comecei a cavar. Fazia sol, e isso me deixou contente. Eu ainda estava sozinho, pois por mais que temesse o horror desconhecido que buscava temia mais ainda contar a alguém. Contei a Harris mais tarde, pois era absolutamente necessário e porque ele ouvira histórias estranhas de velhos que o dispuseram um pouco a acreditar. Ao remexer a fétida terra negra defronte à lareira, a pá fazendo com que um viscoso icor amarelo brotasse dos fungos brancos que eu cortava, as noções incertas sobre o que eu encontraria me fizeram estremecer. Alguns segredos do subterrâneo não são bons para a humanidade, e me pareceu que aquele era um deles.

Minha mão tremia a olhos vistos, mas ainda assim continuei a cavar; depois de um tempo, de pé no grande buraco que eu abrira. Com o aprofundamento do buraco, que tinha cerca de dois metros quadrados, o cheiro maligno se intensificou; e perdi qualquer dúvida de que era iminente o contato com a coisa infernal cujas emanações vinham amaldiçoado a casa por mais de um século e meio. Perguntei-me que aspecto teria – qual seria sua forma e substância e a que tamanho poderia ter crescido durante as longas eras em que sugou vidas. Por fim saí do buraco e espalhei a terra amontoada, e então posicionei os imensos garrafões de ácido em volta e próximos de dois lados, de modo que, quando necessário, eu pudesse esvaziá-los inteiros no buraco, em rápida sucessão. Depois disso, acumulei a terra apenas nos outros dois lados, trabalhando com mais vagar e pondo a máscara antigás quando o odor cresceu. Estar próximo a uma coisa inominável que jazia no fundo de um fosso quase me fez desfalecer.

De repente a pá bateu em algo mais macio do que a terra. Estremeci e fiz menção de sair do buraco, cuja borda agora batia em meu pescoço. Então a coragem voltou e cavei ainda mais à luz da lanterna elétrica que trouxera. A superfície que desencavei era píscea e vítrea – uma espécie de geleia coagulada semipútrida, com insinuações de translucidez. Raspei ainda mais e vi que a coisa tinha forma. Havia uma greta em que uma parte da substância estava dobrada. A área exposta era imensa e mais ou menos cilíndrica; como uma colossal chaminé azul-branca, macia, dobrada em dois, sua parte maior com cerca de meio metro de diâmetro. Continuei a raspar, e então bruscamente saltei para fora do buraco e para longe da coisa asquerosa; num frenesi destampei e emborquei os pesados garrafões, precipitando seu conteúdo corrosivo, um após o outro, naquele abismo sepulcral e sobre aquela anomalia inconcebível cujo titânico *cotovelo* eu vira.

O ofuscante turbilhão de vapor amarelo esverdeado que se ergueu como tempestade daquele buraco à medida que o ácido caía aos borbotões jamais me sairá da memória. Por toda a colina as pessoas contam do dia amarelo, quando emanações virulentas e horríveis se ergueram do lixo fabril jogado no rio Providence, mas sei bem o quanto estão enganados sobre a fonte. Contam, também, do rugido hediondo que na mesma hora subiu de alguns canos de água ou gás defeituosos sob a terra – mas novamente eu poderia corrigi-los, se ousasse. Foi indizivelmente chocante, e não entendo como consegui sobreviver. Com efeito, desmaiei depois de esvaziar o quarto garrafão, que tive de manejar depois que as emanações haviam começado a penetrar a máscara; mas quando me recuperei vi que o buraco não emitia mais novos vapores.

Esvaziei os dois últimos garrafões sem obter qualquer resultado perceptível, e depois de algum tempo senti que seria seguro recolocar a terra no fosso. O crepúsculo chegou antes que eu terminasse, mas o medo fora embora dali. A umidade era menos fétida, e todos os fungos estranhos haviam definhado até virar um tipo de pó acinzentado inofensivo, que errava como cinza pelo chão. Um dos terrores mais profundos da terra perecera para sempre; e, se existe inferno, ele recebeu finalmente o espírito demoníaco de uma coisa profana. E, ao compactar a última pá de terra, deixei cair a primeira das muitas lágrimas com que prestei uma sincera homenagem à amada memória de meu tio.

Na primavera seguinte, não nasceram mais gramas pálidas e estranhas ervas daninhas no jardim com patamares da casa maldita, e pouco depois Carrington Harris alugou o local. Continua sendo espectral, mas sua estranheza me fascina e encontrarei, mesclado com meu alívio, um estranho lamento quando ela for demolida para dar lugar a uma loja espalhafatosa ou um prédio de apartamentos ordinário. As áridas e velhas árvores do jardim começaram a dar maçãs pequenas e doces, e no ano passado os pássaros fizeram ninhos em seus ramos retorcidos.

OS SONHOS NA CASA DA BRUXA

Se os sonhos foram a causa da febre ou se foi a febre a causa dos sonhos, Walter Gilman não sabia. Por trás de tudo se esgueirava o horror sinistro e pustulento da cidade antiga e da bolorenta e ímpia mansarda do frontão onde ele escrevia e estudava e pelejava com números e fórmulas quando não estava se revirando na diminuta cama de ferro. Seus ouvidos estavam se tornando sensíveis a um nível sobrenatural e intolerável, e ele havia há muito tempo parado o relógio barato do console da lareira, cujo tique-taque havia começado a lhe parecer uma trovoada de artilharia. À noite, a sutil agitação da cidade negra lá fora, as carreiras sinistras dos ratos nas divisórias bichadas e o estralejar de vigas ocultas na casa centenária bastavam para dar-lhe uma sensação de estridente pandemônio. A escuridão sempre fervilhava de sons inexplicados – e ainda assim ele às vezes tremia de medo de que os ruídos que ouvia se aquietassem e ele pudesse ouvir uns outros ruídos, mais suaves, ruídos que, ele suspeitava, se ocultavam por trás dos outros.

Ele estava naquela cidade imutável e assombrada por lendas, Arkham, com seus amontoados de mansardas que oscilam e arqueiam sobre sótãos onde bruxas se esconderam dos homens do rei, nos velhos e sombrios dias da província. Tampouco havia algum local naquela cidade mais embebido de memórias macabras do que o quarto sob o frontão que o abrigava – pois aquela casa e aquele cômodo haviam também abrigado a velha Keziah Mason, cuja fuga da prisão de Salem afinal ninguém soube explicar. Isso foi em 1692 – o carcereiro enlouquecera e balbuciara sobre uma coisa pequena, peluda, de presas brancas, que saiu correndo da cela de Keziah e nem mesmo Cotton Mather soube explicar as linhas curvas e os ângulos inscritos nas paredes cinza de pedra com algum fluido vermelho e grudento.

Talvez Gilman não devesse ter estudado com tanto afinco. O cálculo não euclidiano e a física quântica já bastam para desafiar qualquer cérebro; e quando se os mistura com folclore, e se tenta descobrir um estranho panorama de realidade multidimensional por trás das sugestões mórbidas dos contos góticos e das loucas histórias sussurradas ao pé da lareira, não se pode esperar permanecer inteiramente livre de tensões mentais. Gilman viera de Haverhill, mas foi somente depois de entrar na faculdade em Arkham que começou a fazer conexões entre sua matemática e as lendas fantásticas da magia antiga. Algo no ar da vetusta cidade influenciou obscuramente sua imaginação. Os professores da Miskatonic pediram a ele que diminuísse o ritmo, e por opção própria reduziram seu currículo em diversas ocasiões. Além disso, tinham impedido que ele consultasse os questionáveis livros antigos que tratavam de segredos proibidos, guardados a sete chaves em um cofre na biblioteca da universidade. Mas todas essas precauções chegaram tarde demais, de modo que Gilman recebeu algumas sugestões terríveis do temido *Necronomicon* de Abdul Alhazred, do fragmentário *Livro de Eibon* e do proibido *Unaussprechlichen Kulten* de Von Junzt, que pôde correlacionar com suas fórmulas abstratas sobre as propriedades do espaço e a ligação entre dimensões conhecidas e desconhecidas.

Ele sabia que seu quarto ficava na velha Casa da Bruxa – fora esse, na verdade, o motivo de tê-lo escolhido. Havia muitas informações nos registros de Essex

County sobre o julgamento de Keziah Mason; e o que ela confessara, sob pressão, ao tribunal de Oyer e Terminer, fascinou Gilman de modo inexplicável. Ela falara ao juiz Hathorne sobre linhas e curvas que poderiam ser lidas de maneira a apontar direções que transporiam os limites do espaço em direção a outros espaços mais para além, e deixara implícito que tais linhas e curvas eram usadas com frequência em certas reuniões de meia-noite no vale negro da pedra branca, depois de Meadow Hill e na ilha despovoada do rio. Ela falara também do Homem Negro, do juramento feito por ela e de seu novo nome secreto, Nahab. Ela então desenhara aqueles símbolos na parede de sua cela e desaparecera.

Gilman acreditava em coisas estranhas sobre Keziah e sentira uma estranha empolgação ao saber que sua moradia continuava de pé, depois de mais de 235 anos. Quando ouviu o que se sussurrava às escondidas em Arkham sobre a presença persistente de Keziah na velha casa e nas ruas estreitas; sobre as marcas irregulares de dentes humanos deixadas em certas pessoas enquanto dormiam, naquela casa e em outras; sobre os gritos como de criança ouvidos perto da noite de Walpurgis e do festival de Todos os Santos; sobre o fedor muitas vezes percebido no sótão da velha casa após aquelas temidas datas festivas; e sobre a coisa pequena, peluda e de dentes afiados que assombrava a bolorenta construção e a cidade, e esfregava o focinho de uma maneira peculiar nas pessoas nas horas escuras antes da alvorada, ele decidiu viver no local, a todo custo. Era fácil conseguir um quarto; pois a casa era impopular, difícil de alugar, e há muito tempo oferecia hospedagem barata. Gilman não poderia dizer o que esperava encontrar por lá, mas sabia que queria estar na casa em que alguma circunstância havia, de modo mais ou menos repentino, dado a uma velha medíocre do século XVII um entendimento de profundezas matemáticas inalcançáveis talvez até pelas mais modernas investigações de Planck, Heisenberg, Einstein e Willem de Sitter.

Ele examinou as paredes de madeira e gesso em busca de vestígios de desenhos crípticos em cada ponto acessível onde o papel de parede havia descascado, e em uma semana conseguiu obter para si o quarto leste do sótão, onde se afirmava que Keziah praticara seus feitiços. O quarto desde o início esteve vazio – pois ninguém jamais se dispôs a ficar lá por muito tempo –, mas o senhorio polonês criara um certo receio de alugá-lo. Contudo, absolutamente nada aconteceu a Gilman até mais ou menos a época da febre. Nenhuma Keziah fantasma flutuara pelos vestíbulos e câmaras sombrios, nenhuma criatura pequena e peluda se esgueirara para dentro de seu lúgubre ninho para lhe esfregar o focinho e nenhum registro dos sortilégios da bruxa recompensou sua busca incessante. Ele às vezes fazia caminhadas por emaranhados obscuros de vielas de chão de terra e com cheiro de mofo, onde espectrais casas marrons de idade desconhecida se inclinavam e oscilavam e o espiavam perversas e zombeteiras através de janelas estreitas de vidraças pequenas. Ele sabia que ali coisas estranhas ocorreram no passado, e havia uma leve insinuação por trás da superfície de que talvez nem tudo daquele passado monstruoso – ao menos nos becos mais escuros, mais estreitos e sinuosamente retorcidos – tivesse perecido por completo. Ele também remou duas vezes até a infame ilha do rio, e fez um esboço dos singulares ângulos descritos pelas fileiras perpendiculares de pedras cinza tomadas de musgo, cuja origem era muito obscura e se perdia no tempo.

O quarto de Gilman era de bom tamanho, mas de forma bizarramente irregular; a parede norte se inclinava visivelmente para dentro, da extremidade exterior para o interior, ao passo que o teto baixo se inclinava um pouco para baixo, na mesma direção. Exceto por um óbvio buraco de rato e dos sinais de outros buracos tapados, não havia acesso – e tampouco alguma pista de um antigo meio de acesso – ao espaço que deve ter existido entre a parede inclinada e a parede reta exterior, no lado norte da casa, embora observando da rua se pudesse ver o lugar em que uma janela fora fechada com tábuas, em alguma data muito remota. O sótão acima do teto – cujo chão devia ser inclinado – era também inacessível. Quando Gilman subiu por uma escada até o desvão nivelado cheio de teias de aranha acima do restante do sótão, encontrou vestígios de uma antiga abertura, muito bem vedada por velhas tábuas e pregada pelos robustos pregos de madeira típicos da carpintaria colonial. Por mais que insistisse, contudo, não conseguiu convencer o impassível senhorio a deixá-lo investigar qualquer um desses dois espaços fechados.

Com o passar do tempo, seu fascínio pela parede e pelo teto irregular do quarto que ocupava aumentou, pois ele começou a enxergar, nos estranhos ângulos, um significado matemático que parecia oferecer algumas pistas vagas a respeito de seu propósito. A velha Keziah, refletiu, talvez tivesse motivos excelentes para morar em um quarto com ângulos estranhos; pois não fora justo através de certos ângulos que ela afirmara ter vencido as fronteiras do mundo espacial que conhecemos? Seu interesse aos poucos abandonou os vazios desconhecidos por trás das superfícies inclinadas, pois agora parecia que o propósito daquelas superfícies dizia respeito ao lado em que ele já se encontrava.

O início da meningite e dos sonhos foi no começo de fevereiro. Por algum tempo, ao que parece, os curiosos ângulos do quarto de Gilman vinham surtindo um efeito estranho, quase hipnótico, sobre ele e, com o avanço do sombrio inverno, ele se viu encarando com cada vez mais atenção o canto em que o teto que se inclinava para baixo encontrava-se com a parede que se inclinava para dentro. Nesse período, a incapacidade de se concentrar nos estudos formais foi algo que o preocupou bastante, sendo suas apreensões sobre as provas de meio de ano extremamente agudas. Mas o sentido hipersensibilizado da audição não era menos irritante. A vida se tornara uma insistente e quase que insuportável cacofonia, e havia também aquela impressão constante e aterrorizante de *outros* sons – talvez de regiões além da vida – que vibravam no limite mesmo da audição. Dos ruídos concretos, o dos ratos nas antigas divisórias era o pior. Às vezes o som de suas patas arranhando o chão parecia não apenas furtivo, como também intencional. Quando vinha de além da parede inclinada ao norte, era mesclado com uma espécie de crepitar seco – e, quando vinha do sótão fechado há mais de século acima do teto inclinado, Gilman sempre se preparava como quem espera a vinda de algum horror que apenas aguardava o momento ideal para descer e devorá-lo por completo.

Os sonhos eram algo que escapava em muito dos limites da sanidade, e Gilman sentiu que eles deviam ser um resultado conjunto de seus estudos na matemática e dos contos folclóricos. Ele estivera refletindo demais sobre as vagas regiões que, diziam suas fórmulas, deviam existir para além das três dimensões que conhecemos e sobre a possibilidade de que a velha Keziah Mason – guiada por alguma influência que escapava a todas as conjecturas – houvesse de fato encontrado o portal para aquelas regiões. Os registros amarelados do município, que continham o depoimento dela e os de seus acusadores, sugeriam de modo abominável a existência de coisas para além da experiência humana – e as descrições do rápido e pequeno objeto peludo que cumpria o papel de seu companheiro eram de um realismo deveras meticuloso, apesar de seus detalhes fantásticos.

Esse objeto – não maior do que um rato de bom tamanho e chamado pelos habitantes da cidade pelo excêntrico nome de "Brown Jenkin" – parecia ter sido fruto de um caso extraordinário de ilusão popular por afinidade, pois em 1692 nada menos do que onze pessoas testemunharam ter visto de relance a criatura. Havia boatos recentes, também, semelhantes entre si num nível estarrecedor e desconcertante. As testemunhas diziam que a coisa tinha pelos longos e a forma de um rato, mas que seu rosto barbado e de dentes afiados era iniquamente humano, e que suas patas eram como mãozinhas humanas. A coisa servia de mensageira entre a velha Keziah e o demônio e se alimentava do sangue da bruxa – que sugava como um vampiro. Sua voz era uma espécie de casquinada abominável, e era capaz de falar todas as línguas. De todas as monstruosidades bizarras dos sonhos de Gilman, nada o enchia de pânico e náusea mais intensos que aquele híbrido blasfemo e diminuto, cuja imagem bruxuleava por seu sonho em uma forma mil vezes mais abominável do que qualquer coisa que sua mente deduzira na vigília, a partir dos registros antigos e do que se dizia à boca pequena nos dias atuais.

Os sonhos de Gilman consistiam, em grande parte, de mergulhos por abismos infinitos de um crepúsculo de cor inexplicável, com um som estarrecedoramente caótico; abismos cujas propriedades materiais e gravitacionais e cuja relação com seu ser Gilman não saberia sequer começar a explicar. Ele não caminhava ou escalava, voava ou nadava, rastejava ou se retorcia;

sempre experimentava, contudo, um tipo de movimentação parte voluntária e parte involuntária. Sua própria condição ele não sabia avaliar com clareza, pois a visão de seus próprios braços, pernas e torso parecia sempre cortada por algum desarranjo estranho da perspectiva; mas ele sentia que sua organização física e suas aptidões eram de algum modo maravilhosamente transmutadas e projetadas obliquamente – embora não sem uma certa relação grotesca com suas propriedades e suas proporções normais.

Os abismos não eram de modo algum vazios, estando repletos de massas de uma substância de coloração alienígena, dispostas em ângulos indescritíveis, algumas das quais pareciam ser orgânicas e outras inorgânicas. Alguns dos objetos orgânicos tendiam a despertar vagas memórias nas profundezas de sua mente, embora ele não conseguisse formar uma ideia consciente de a que se assemelhavam de modo zombeteiro, ou do que elas sugeriam. Nos sonhos posteriores, começou a discernir categorias distintas, nas quais os objetos orgânicos pareciam estar divididos e que pareciam envolver em cada caso uma espécie radicalmente diferente de padrão de conduta e de motivação básica. Dessas categorias, uma lhe parecia incluir objetos um pouco menos ilógicos e de movimentos um pouco menos desconexos do que os membros das outras categorias.

Todos os objetos – tanto orgânicos quanto inorgânicos – eram de todo impossíveis de descrever ou até mesmo de compreender. Gilman às vezes comparava as massas inorgânicas a prismas, labirintos, aglomerados de cubos e planos e a construções ciclópicas; e as coisas orgânicas lhe pareciam, alternadamente, grupos de bolhas, polvos, centopeias, efígies hindus vivas e arabescos intricados e semoventes, com uma espécie de animação ofídica. Tudo que ele via era pavoroso e o intimidava de modo indizível; e sempre que uma das entidades orgânicas aparentava, por seus movimentos, observá-lo, ele sentia um pavor extremo, hediondo, que geralmente o fazia acordar de susto. Sobre como as entidades orgânicas se moviam, ele também não sabia dizer, assim como não tinha conhecimento de como ele próprio o fazia. Com o tempo, Gilman observou ainda outro mistério – a tendência de certas entidades a aparecer de repente, vindas do espaço vazio, ou de desaparecer totalmente de maneira também repentina. O caos estrondoso e guinchante de sons que permeava os abismos estava para além de toda análise no que concernia a tom, timbre ou ritmo; mas parecia estar em sincronia com vagas modificações visuais em todos os objetos indefinidos, tanto orgânicos quanto inorgânicos. Gilman tinha uma sensação constante de temor de que a coisa se elevasse a algum grau intolerável de intensidade durante uma ou outra de suas flutuações obscuras e implacavelmente inevitáveis.

Mas não foi nesses vórtices de total alienação que ele viu Brown Jenkin. Aquele diminuto e chocante horror foi reservado para alguns sonhos mais leves e nítidos que o assolavam logo antes de cair nos mais profundos recessos do sono. Ele estaria deitado no escuro, tentando continuar acordado, quando um suave brilho bruxuleante parecia cintilar em volta do quarto centenário, iluminando, com uma bruma violeta, a convergência de planos inclinados que de forma tão insidiosa tomara conta de seu cérebro. O horror parecia emergir do buraco de rato no canto do quarto e ir na direção de Gilman com seus passinhos no chão vergado de tábuas largas, com uma avidez maligna na pequenina face humana barbada – mas, para seu alívio, o sonho sempre se desfazia antes que o objeto chegasse perto o bastante para encostar o focinho nele. Tinha caninos infernalmente longos e afiados. Gilman tentava tampar o buraco de rato todos os dias, mas toda noite os verdadeiros residentes das partições roíam a obstrução, fosse qual fosse. Certa vez Gilman fez com que o senhorio pregasse um pedaço de latão sobre o buraco, mas na noite seguinte os ratos roeram um novo buraco – e ao fazê-lo empurraram ou arrastaram para dentro do quarto um pequeno e esquisito fragmento de osso.

Gilman não comunicou sua febre ao médico, pois sabia que não poderia passar nas provas se fosse mandado para a enfermaria da faculdade, numa época em que cada instante era essencial para o estudo intensificado. Não obstante, ele foi reprovado em Cálculo D e em Psicologia Geral Avançada, embora não de maneira que destruísse as esperanças de recuperar o terreno perdido antes do fim do período. Era o mês de março quando o novo elemento entrou em seus sonhos preliminares e mais leves, e a forma quimérica de Brown Jenkin começou a ser acompanhada pelo nebuloso borrão que passou a se assemelhar cada vez mais com uma velha corcunda. Esse acréscimo o perturbou mais do que poderia explicar, mas por fim ele concluiu que ela parecia com uma velha encarquilhada com a qual ele havia realmente cruzado duas vezes no escuro emaranhado de vielas perto do cais abandonado. Nessas ocasiões, o jeito maligno e sardônico com que a megera, sem motivo aparente, o encarou quase o fez gelar de medo – em especial da primeira vez, quando um rato hipertrofiado saindo em disparada da boca escurecida de uma viela próxima o fizera lembrar irracionalmente de Brown Jenkin. Agora, percebeu ele, aqueles medos nervosos estavam sendo reproduzidos em seus sonhos desordenados.

Que a influência da velha casa fosse insalubre, Gilman não podia negar; mas alguns vestígios de seu interesse mórbido inicial ainda o prendiam ao lugar. Alegou que a febre era a única responsável pelas fantasias noturnas e que, quando o surto arrefecesse, ele ficaria livre das visões monstruosas. Tais visões, contudo, eram de uma vividez e de um poder de convencimento abomináveis e, sempre que acordava, restava nele uma vaga sensação de ter passado por muito mais coisas do que podia lembrar. Ele estava hediondamente certo de que, nos sonhos esquecidos, conversara tanto com Brown Jenkin quanto com a velha, e que eles instaram que Gilman os acompanhasse até algum lugar, onde encontrariam um terceiro ser, mais poderoso.

Perto do fim de março Gilman começou a ficar em dia com o estudo da matemática, mas os outros assuntos passaram a incomodá-lo cada vez mais. Ele estava adquirindo uma dom instintivo para a solução de equações de Riemann, e surpreendeu o professor Upham com sua compreensão de problemas de quarta dimensão, entre outros, que haviam desconcertado todo o resto da turma. Certa tarde houve uma discussão a respeito de possíveis curvaturas bizarras do espaço e de pontos teóricos de aproximação ou até mesmo contato entre a nossa parte do cosmos e várias outras regiões tão distantes como as estrelas mais longínquas dos próprios vórtices transgalácticos – ou até mesmo de distância tão fabulosa que seria medida pelas unidades cósmicas, concebidas experimentalmente, para além de todo o continuum espaço-tempo de Einstein. A abordagem desse tema por Gilman encheu todos de admiração, mesmo que alguns de seus exemplos hipotéticos fizessem crescer as sempre abundantes fofocas sobre sua excentricidade solitária e ansiosa. O que fez os estudantes balançarem a cabeça em aprovação foi a sensata teoria de que um homem seria capaz – dado um conhecimento matemático que, ele admitia, seria altissimamente improvável que um humano obtivesse – de sair deliberadamente da Terra para qualquer outro corpo celestial que pudesse estar em um de uma infinidade de pontos específicos da estrutura cósmica.

Tal viagem, disse, requereria somente dois estágios: primeiro, uma passagem para fora da esfera tridimensional que conhecemos e, segundo, uma passagem de volta para a esfera tridimensional em outro ponto, talvez de distância infinita. Que isso pudesse ser realizado sem que o indivíduo morresse era, em muitos casos, concebível. Qualquer ser de qualquer parte do espaço tridimensional com uma boa probabilidade sobreviveria na quarta dimensão; e a sobrevivência ao segundo estágio dependeria de qual parte alienígena do espaço tridimensional fosse escolhida para a reentrada. Os naturais de alguns planetas podem ter a capacidade de viver em alguns outros – até mesmo planetas pertencentes a outras galáxias, ou a faixas dimensionais semelhantes de outros *continua* de espaço-tempo – embora, é claro, deva haver quantidades imensas de corpos ou zonas espaciais mutuamente inabitáveis, ainda que matematicamente justapostas.

Era possível também que os habitantes de um dado reino dimensional sobrevivessem à entrada em muitos reinos, desconhecidos e incompreensíveis, de dimensões adicionais ou de multiplicidade indefinida – estejam elas dentro ou fora do continuum de espaço-tempo dado – e que o contrário fosse da mesma forma verdadeiro. Era uma questão especulativa, embora se pudesse ter uma certeza razoável de que o tipo de mutação requerido em uma passagem de qualquer plano dimensional dado para o plano mais elevado seguinte não seria algo destruidor da integridade biológica como a concebemos.

Gilman não pôde falar em termos explícitos sobre seus motivos para essa última suposição, mas o que de vago havia nisso foi mais do que compensado por sua clareza a respeito de outras questões de grande complexidade. O professor Upham gostou em especial de sua demonstração do parentesco entre a matemática mais avançada e certos capítulo da tradição mágica transmitidos através das eras desde uma origem de antiguidade inconcebível – humana ou pré-humana – cujo conhecimento do cosmos e de suas leis era superior ao nosso.

Por volta do dia 1º de abril, Gilman ficou consideravelmente preocupado, pois sua lenta febre não arrefeceu. Ele também ficou perturbado pelo que alguns de seus companheiros de moradia disseram a respeito de seu sonambulismo. Parecia que ele costumava se ausentar do quarto e que o estralejar de seu chão em certas horas da noite era ouvido pelo homem que morava no quarto de baixo. Esse sujeito também disse ouvir os passos de pés calçados na noite; mas Gilman tinha certeza de que ele devia estar errado quanto a isso, visto que os sapatos e também outras peças de roupa estavam sempre nos mesmos lugares pela manhã. Era possível se ter todo tipo de ilusões aurais naquela casa velha e mórbida – acaso o próprio Gilman não tinha agora certeza de ouvir, mesmo à luz do dia, outros ruídos além do arranhar dos ratos, vindos dos vazios negros atrás da parede inclinada e acima do teto inclinado? Seus ouvidos, de uma sensibilidade patológica, começaram a atentar para sutis ruídos de passos no sótão lacrado há tempos imemoriais acima do quarto, e às vezes a ilusão de tais ruídos passava uma agoniante impressão de realidade.

Contudo, ele sabia que realmente se tornara um sonâmbulo; pois duas vezes seu quarto fora encontrado vazio durante a noite, embora com todas as roupas em seus lugares. Disso ele fora assegurado por Frank Elwood, o único colega de estudos cuja pobreza obrigava a morar naquela casa sórdida e impopular. Elwood estivera estudando durante a madrugada e, ao subir para pedir ajuda numa equação diferencial, deparou com um quarto vazio. Fora muito presunçoso da parte dele abrir a porta destrancada depois de não ouvir qualquer resposta às batidas, mas estava muito necessitado da ajuda e achou que seu anfitrião não se zangaria de ser acordado com cutucões gentis. Em nenhuma das ocasiões, contudo, Gilman fora encontrado lá – e, quando informado disso, indagou-se sobre por onde teria perambulado, descalço e vestindo apenas a roupa de dormir. Resolveu que investigaria a questão caso os relatos de seu sonambulismo continuassem e pensou em aspergir farinha no chão do corredor para ver que direção seus passos indicariam. A porta era o único meio concebível de saída, pois não havia apoio possível para os pés do lado de fora da janela estreita.

No decorrer de abril os ouvidos de Gilman, aguçados pela febre, foram perturbados pelas preces lamurientas de um homem supersticioso, um consertador de teares chamado Joe Mazurewicz, que alugava um quarto no andar térreo. Mazurewicz contara longas e prolixas histórias sobre o fantasma da velha Keziah e a coisa peluda de presas afiadas que afocinhava, e disse ser assombrado de forma tão extrema às vezes que somente seu crucifixo de prata – que lhe fora presenteado para esse fim pelo padre Iwanicki, da igreja de São Estanislau – conseguia lhe trazer alívio. Ele agora estava rezando porque o Sabá das Bruxas se avizinhava. A véspera de maio era a noite de Walpurgis, quando o mal mais negro do inferno vagava pela terra e todos os escravos de satã se reuniam para atos e rituais inomináveis. Era sempre uma época muito ruim em Arkham, mesmo que as boas pessoas da avenida Miskatonic e das ruas High e Saltonstall fingissem nada saber do assunto. Haveria feitos malignos – e uma criança ou duas provavelmente desapareceriam. Joe sabia dessas coisas, pois sua avó do interior ouvira histórias da avó dela. O bom nessa época era rezar e ter o rosário em mãos. Há três meses Keziah e Brown Jenkin não apareciam no quarto de Joe, tampouco no de Paul Choynski, e em nenhum outro lugar – e não queria dizer boa coisa quando eles ficavam sumidos daquele jeito. Alguma coisa deviam estar aprontando.

Gilman fez uma visita ao consultório do médico no dia 16 de abril e ficou surpreso ao descobrir que sua temperatura não estava tão alta como temia. O médico o interrogou duramente e aconselhou que consultasse um especialista em nervos. Pensando bem, ele ficou feliz de não ter consultado o ainda mais inquisitivo médico da faculdade. O velho Waldron, que já impusera limite as suas atividades antes, o teria obrigado a tirar um descanso – algo impossível agora que ele estava tão perto de obter grandes resultados com suas equações. Gilman com certeza estava perto da fronteira entre o universo conhecido e a quarta dimensão, e quem poderia dizer até que ponto ele poderia chegar?

Mas mesmo enquanto tais pensamentos lhe ocorriam perguntava-se sobre a fonte daquela estranha confiança. Será que aquela arriscada impressão de iminência vinha das fórmulas nas folhas que ele preenchia dia após dia? Os passos suaves, furtivos, imaginários no sótão lacrado acima eram enervantes. E agora também havia uma sensação crescente de que alguém constantemente o persuadia a fazer algo terrível, algo que ele não podia fazer. E quanto ao sonambulismo? Aonde ele às vezes ia à noite? E o que era aquela débil insinuação de som que de vez em quando parecia se infiltrar no caos enlouquecedor de sons identificáveis, até mesmo em plena luz do dia e estando ele inteiramente acordado? Seu ritmo não correspondia a coisa alguma na Terra, com exceção talvez da cadência de um ou dois cantos sabáticos inomináveis, e às vezes ele temia que correspondesse a certos atributos do vago guinchar ou rugir daqueles abismos de sonho inteiramente alienígenas.

Os sonhos, enquanto isso, estavam se tornando atrozes. Na fase preliminar, mais leve, a velha maligna tinha agora uma nitidez diabólica, e Gilman sabia que era a mesma que o havia assustado nos bairros pobres. As costas encurvadas, nariz longo e queixo encarquilhado eram inconfundíveis, e as vestes marrons informes eram iguais às que ele lembrava. A expressão no rosto da velha era de malignidade e exultação hediondas e, quando ele acordou, conseguiu lembrar de uma voz coaxante que persuadia e ameaçava. Ele devia encontrar o Homem Negro, e ir com eles todos até trono de Azathoth no centro do Caos absoluto. Foi o que ela disse. Ele devia assinar com o próprio sangue o livro de Azathoth e tomar um novo nome secreto, agora que suas pesquisas independentes haviam chegado tão longe. O que o impediu de acompanhar a velha, Brown Jenkin e o outro até o trono do Caos onde as finas flautas silvam de maneira demente foi o fato de que ele vira o nome "Azathoth" no *Necronomicon*, e sabia que se referia a um mal primevo horrível demais para ser descrito.

A velha sempre aparecia do nada perto do canto onde a inclinação para baixo encontrava a inclinação para dentro. Ela parecia se materializar num ponto mais próximo do teto que do chão, e a cada noite ficava um pouco mais próxima e mais nítida antes que o sonho se transformasse. Brown Jenkin também sempre estava um pouquinho mais perto no fim do sonho, e suas presas de um branco amarelado cintilavam de maneira abominável naquela etérea fosforescência violeta. Suas abomináveis casquinadas agudas aderiam cada vez mais à mente de Gilman, e ele pela manhã lembrava de como a coisa pronunciara as palavras "Azathoth" e "Nyarlathotep".

Nos sonhos mais profundos, tudo estava igualmente mais nítido, e Gilman sentiu que os abismos crepusculares que o cercavam eram os da quarta dimensão. Aquelas entidades orgânicas cujos movimentos pareciam menos obviamente sem sentido e sem motivação deviam ser projeções de formas de vida do nosso próprio planeta, inclusive de seres humanos. O que os outros eram em sua própria esfera ou esferas dimensionais ele não ousava tentar especular. Duas das coisas que se moviam de um jeito que parecia menos sem sentido – uma agregação bastante grande de bolhas iridescentes oblongamente esferoidais e um poliedro muito menor, de cores desconhecidas e cujos ângulos exteriores se modificavam em rápida sucessão – pareciam reparar nele e segui-lo, ou flutuar a sua frente enquanto ele mudava de posição entre os titânicos prismas, labirintos, aglomerações de cubos e planos e semiedifícios; enquanto isso, os vagos guinchos e rugidos ficavam cada vez altos, como se se aproximassem de algum clímax monstruoso de intensidade absolutamente insuportável.

Durante a noite entre os dias 19 e 20 de abril, o novo desdobramento aconteceu. Gilman movia-se meio involuntariamente pelos abismos crepusculares, com a massa de bolhas e o pequeno poliedro flutuando a sua frente, quando percebeu os ângulos, de regularidade anormal, formados pelas extremidades de certos aglomerados gigantescos de prismas ali perto. No instante seguinte ele não estava mais no abismo e sim de pé e trêmulo numa escarpa rochosa banhada por uma intensa e difusa luz verde. Estava descalço e vestia pijamas e, quando tentou andar, descobriu que mal conseguia erguer os pés. Um vapor espiralante ocultava tudo de sua visão, exceto um limitado raio do terreno escarpado, e tremeu ao pensar nos sons que poderiam emergir daquele vapor.

Então viu as duas formas rastejando com dificuldade em sua direção – a velha e a pequena coisa peluda. A megera com esforço ficou de joelhos e conseguiu cruzar os braços de uma maneira singular, enquanto Brown Jenkin apontava em uma certa direção com uma pata dianteira horrivelmente antropomórfica, que erguia com dificuldade evidente. Estimulado por um impulso não originado dele mesmo, Gilman arrastou-se para frente, seguindo um curso determinado pelo ângulo dos braços da velha e pela direção que indicava a pata da pequena monstruosidade, e antes de completar três passos trôpegos estava de volta nos abismos crepusculares. Formas geométricas fervilhavam ao derredor e ele despencou vertiginosamente por uma extensão infinita. Por fim, acordou em sua cama na mansarda de ângulos insanos da velha casa espectral.

Não teve disposição para nada naquela manhã e faltou a todas as aulas. Alguma atração desconhecida puxava seus olhos para uma direção ao que parecia despropositada, pois ele não conseguia parar de encarar um certo ponto vazio do chão. No decorrer do dia o foco de seus olhos que nada viam mudou de direção, e ao meio-dia ele conseguira controlar o impulso de encarar o vazio. Por volta das duas horas saiu para o almoço e, enquanto ziguezagueava pelos caminhos estreitos da cidade, percebeu que virava sempre para o sudeste.

Somente com esforço conseguiu parar em uma cafeteria da Church Street, e depois de comer sentiu a atração desconhecida com ainda mais força.

Teria enfim de consultar um especialista em nervos – talvez aquilo estivesse relacionado com o sonambulismo –, mas enquanto isso poderia ao menos tentar romper o mórbido feitiço com as próprias forças. Certamente ainda conseguia caminhar na direção contrária à da força que o atraía; então, com grande determinação, partiu na direção contrária e se arrastou por vontade própria em direção ao norte, pela Garrison Street. Ao chegar na ponte sobre o rio Miskatonic suava frio e agarrou-se ao gradil de ferro enquanto virava o olhar rio acima, pousando-o sobre a infame ilha cujas linhas regulares de antigas pedras eretas avultavam taciturnamente à luz do sol vespertino.

Então ele levou um susto. Pois havia um ser vivo claramente visível naquela ilha desolada, e um segundo olhar o informou de que se tratava, com certeza, da velha estranha cuja sinistra aparência se imiscuíra de forma tão desastrosa em seus sonhos. A grama alta perto dela também se mexia, como se algum outro ser vivo estivesse rastejando no chão. Quando a velha começou a se voltar na direção de Gilman, ele fugiu da ponte a toda velocidade, buscando o abrigo das labirínticas vielas da zona portuária da cidade. Embora a ilha estivesse distante, Gilman sentiu que um mal monstruoso e invencível fluía do olhar sardônico daquela antiga e encurvada figura trajada de marrom.

A atração para o sudeste ainda estava ativa, e somente com uma determinação tremenda Gilman conseguiu se arrastar para dentro da velha casa e subir as frágeis escadas. Ficou sentado por horas, ocioso e em silêncio, com os olhos voltando-se aos poucos para o ocidente. Por volta das seis horas, seus ouvidos aguçados captaram as preces lamurientas de Joe Mazurewicz dois andares abaixo, e em desespero ele apanhou o chapéu e saiu para as ruas que o crepúsculo dourava, permitindo que a força, que agora o atraía direto para o sul, o carregasse para onde fosse. Uma hora depois, a escuridão o encontrou nos campos abertos para além de Hangman's Brook, com as cintilantes estrelas da primavera brilhando adiante. O impulso de caminhar aos poucos se transformava numa necessidade de saltar misticamente espaço adentro, e ele de repente se apercebeu da localização exata da fonte da atração.

Era no céu. Um ponto exato entre as estrelas o dominava e convocava. Ao que parece, era um ponto em algum lugar entre Hidra e Argo Navis, e sentiu que fora atraído por ele desde que acordara pouco depois do amanhecer. Durante a manhã, a atração vinha de debaixo dos pés; à tarde foi subindo para sudeste, e agora estava mais ou menos no sul, mas indo para oeste. O que significava aquele novo fenômeno? Estaria enlouquecendo? Por quanto tempo duraria? Mais uma vez reunindo suas forças, Gilman deu meia-volta e se arrastou de volta para a casa velha e sinistra.

Mazurewicz o esperava na porta, e parecia ao mesmo tempo ansiar e hesitar em murmurar alguma nova superstição. Era sobre a luz da bruxa. Joe saíra para festejar na noite anterior – era o Dia do Patriota em Massachusetts – e voltara para casa depois de meia-noite. Olhando da rua para o alto da casa, achou de início que não havia luz na janela de Gilman; mas viu então o suave brilho violeta lá dentro. Ele queria alertar o cavalheiro sobre aquele brilho, pois todos em Arkham sabiam que era a luz de bruxa de Keziah que brincava perto de Brown Jenkin e do fantasma da própria velha. Ele não mencionara isso antes, mas agora precisava contar, pois significava que Keziah e seu companheiro de longos dentes estavam assombrando o jovem cavalheiro. Algumas vezes ele, Paul Choynski e o senhorio Dombrowski acreditaram ter visto aquela luz vazando pelas fendas do sótão lacrado acima do quarto do jovem cavalheiro, mas concordaram todos em não falar nada sobre o assunto. Contudo, seria melhor para o cavalheiro se mudar para um outro quarto e arranjar um crucifixo com um bom padre, como o padre Iwanicki.

Enquanto o homem divagava, Gilman sentiu um pânico inominável agarrá-lo pela garganta. Ele sabia que Joe devia estar meio bêbado quando chegou em casa na noite anterior, mas ainda assim essa menção a uma luz violeta na janela da mansarda era de um significado temível. Era um brilho bruxuleante daquele tipo que sempre brincava em torno da velha e da pequena coisa peluda naqueles sonhos mais leves e nítidos que prefaciavam o mergulho em abismos desconhecidos, e a ideia de que uma segunda pessoa, acordada, fosse capaz de ver a luminescência onírica estava totalmente além de uma compreensão sã. Contudo, de onde aquele sujeito tirara ideia tão estranha? Será que ele não só andava pela casa enquanto dormia, mas falava também? Não, disse Joe, isso não – mas ele precisava ver isso. Talvez Frank Elwood pudesse dizer-lhe alguma coisa, embora ele detestasse ter de perguntar.

Febre – sonhos extravagantes – sonambulismo – ilusões de sons – uma força que o atraía a um ponto no céu – e agora a suspeita de que ele, como louco, falava durante o sono! Ele tinha que parar de estudar, consultar um especialista em nervos e cuidar muito bem de si. Quando subiu para o segundo andar, parou na porta de Elwood, mas viu que o jovem estava fora. Com relutância, continuou até seu quarto na mansarda e sentou-se no escuro. Seu olhar ainda era atraído para o sul, mas ele também percebeu que ouvia com atenção, buscando algum som no sótão fechado acima e de certa forma imaginando que uma maligna luz violeta vazava por uma rachadura infinitesimal no teto baixo e inclinado.

Naquela noite, enquanto Gilman dormia, a luz violeta irrompeu sobre ele com maior intensidade, e a velha bruxa e a pequena coisa peluda – se aproximando mais do que nunca – zombaram dele com guinchos inumanos e gestos diabólicos. Ficou alegre ao despencar pelos abismos crepusculares com seu vago rugido, embora ser perseguido por aquela aglomeração iridescente de bolhas e por aquele pequeno poliedro caleidoscópico fosse assustador e irritante. Então veio a transformação, quando vastos planos convergentes de uma substância que aparentava ser viscosa assomaram acima e abaixo dele – uma mudança que terminou em um lampejo de delírio e no resplendor de uma luz desconhecida e alienígena na qual o amarelo, o carmesim e o anil estavam louca e inextricavelmente mesclados.

Ele estava meio deitado em um elevado terraço com balaustradas fantásticas, acima de uma selva infinita de bizarros e incríveis picos, planos equilibrados, domos, minaretes, discos horizontais empoleirados em pináculos e incontáveis formas de insanidade ainda maior – algumas de pedra, outras de metal – que cintilavam magnificamente no clarão mesclado e quase abrasador de um céu policromático. Olhando para cima, Gilman viu os três estupendos discos de chamas, cada um com seu próprio matiz, e a alturas diferentes acima de um horizonte curvo infinitamente distante de montanhas baixas. Por trás dele, fileiras de terraços mais elevados avultavam em direção ao céu até onde os olhos podiam ver. A cidade abaixo se estendia até os limites da visão, e ele desejou que dela não brotasse som algum.

O chão calçado do qual se levantou com facilidade era feito duma pedra estriada e polida, que foi incapaz de identificar, e os ladrilhos eram cortados em formas de ângulos bizarros que lhe pareceram não tanto assimétricas quanto baseadas em alguma simetria alienígena cujas leis ele não tinha como compreender. A balaustrada batia no peito, era delicada e ornamentada de maneira fantástica, e ao longo do parapeito havia, dispostas a curtos intervalos, pequenas figuras de desenho grotesco e acabamento requintado. Elas, assim como toda a balaustrada, pareciam ser feitas do mesmo tipo de metal cintilante cuja cor não se podia adivinhar naquele caos de fulgores mesclados; e a natureza das figuras desafiava toda e qualquer conjectura. Representavam algum objeto em forma de barril com cristas, finos braços horizontais que se abriam em leque como os raios de uma roda a partir de um aro central, e com calombos ou bulbos verticais projetando-se do topo e da base do barril. Cada um dos bulbos era o centro de um sistema de cinco longos e achatados braços que se adelgaçavam triangularmente, dispostos em volta deles como os braços de uma estrela-do-mar – quase horizontais, mas curvando-se levemente para longe do barril central. A base do bulbo inferior era fundida com o longo parapeito, o ponto de contato sendo tão delicado que várias imagens haviam se desprendido e não estavam mais lá. As figuras tinham cerca de onze centímetros de altura, e os braços pontudos lhes davam um diâmetro máximo de cerca de seis centímetros.

Quando Gilman ficou de pé, sentiu quentes demais os ladrilhos sob os pés descalços. Estava totalmente sozinho, e a primeira coisa que fez foi caminhar até a balaustrada e observar, tonto, a infinita e ciclópica cidade quase seiscentos metros abaixo. Ao prestar atenção no que ouvia, acreditou poder discernir uma confusão rítmica de débeis silvos musicais, variando dentro de uma ampla gama tonal, que subia das estreitas ruas abaixo; e desejou poder observar os habitantes do local. A vista lhe causou vertigens depois de algum tempo, e ele teria caído no chão caso não tivesse por instinto se agarrado à lustrosa balaustrada. Sua mão direita caiu numa das imagens protuberantes, o toque parecendo dar-lhe um pouco de equilíbrio. A pressão, no entanto, foi demasiada para a delicadeza exótica da obra de metal, e a imagem pontuda destacou-se com um estalo sob o peso da mão. Ainda um tanto entorpecido, continuou a segurá-la enquanto a outra mão agarrava um espaço vazio do parapeito liso.

Mas agora seus ouvidos hipersensíveis perceberam algo por atrás, e ele voltou-se para mirar o terraço plano. Viu, aproximando-se dele com suavidade, embora sem uma furtividade evidente, cinco figuras, duas das quais eram a velha sinistra e o pequeno animal peludo de grandes presas. Foram as outras três que o fizeram desmaiar – pois eram seres vivos com cerca de dois metros e meio de altura, cujas formas eram idênticas às imagens pontudas da balaustrada, e que se propeliam por meio de um movimento sinuoso como de aranha de seu conjunto inferior de braços de estrela-do-mar.

Gilman acordou em sua cama, encharcado por um suor frio e com uma sensação de formigamento no rosto, nas mãos e nos pés. Pulando de pé, lavou-se e vestiu-se numa pressa frenética, como se fosse necessário sair da casa o mais rápido possível. Não sabia aonde desejava ir, mas sentiu que uma vez mais teria de sacrificar as aulas. A estranha atração àquele ponto no céu entre

Hidra e Argo arrefecera, mas uma outra atração, ainda mais forte, a substituíra. Ele agora se sentia compelido a ir para o norte – para o norte, infinitamente. Temia cruzar a ponte da qual se podia avistar a ilha desolada no Miskatonic, então foi até a ponte da Peabody Avenue. Muitas vezes tropeçava, pois seus olhos e ouvidos estavam acorrentados a um ponto extremamente elevado no céu azul sem nuvens.

Depois de cerca de uma hora, conseguiu se controlar melhor e viu que estava longe da cidade. Por toda sua volta se estendia o vazio negro dos charcos de sal, enquanto a estreita estrada adiante levava para Innsmouth – aquela cidade antiga e semideserta que o povo de Arkham, curiosamente, tanto relutava em visitar. Embora a atração para o norte não tivesse diminuído, resistiu a ela como resistira à anterior, e por fim descobriu que quase podia equilibrar uma contra a outra. Caminhando com lerdeza de volta para a cidade e parando para tomar café numa leiteria, arrastou-se para dentro da biblioteca pública e folheou distraído as revistas menos sérias. Lá encontrou alguns amigos, que comentaram como ele parecia estranhamente bronzeado, mas Gilman nada lhes contou sobre a caminhada. Às três da tarde, almoçou num restaurante, observando enquanto isso que a atração ou se tornara mais fraca ou havia se dividido. Depois, matou tempo num cinema barato, revendo um filme bobo repetidas vezes, sem prestar qualquer atenção.

Por volta de nove da noite, vagou na direção de casa e topou com o velho casarão. Joe Mazurewicz choramingava preces ininteligíveis, e Gilman apressou-se até o quarto da mansarda, sem parar para ver se Elwood estava em casa. Foi quando acendeu a fraca luz elétrica que veio o choque. De imediato percebeu que havia alguma coisa sobre a mesa que não devia estar lá, e uma segunda olhada não deixou qualquer margem para dúvida. Deitada de lado – pois sem apoio não podia ficar de pé – estava a exótica imagem pontuda que no sonho monstruoso ele quebrara da balaustrada fantástica. Nenhum detalhe estava faltando. O centro em forma de barril com suas cristas, os finos braços que abriam em leque, os bulbos em cada uma das extremidades e os achatados braços de estrela-do-mar que se curvavam levemente para fora, saindo daqueles bulbos – tudo isso estava presente. À luz elétrica a cor parecia ser um tipo de cinza iridescente, estriado de verde, e Gilman pôde ver, em meio ao horror e estarrecimento, que um dos bulbos terminava numa quebra denteada, que correspondia ao seu antigo ponto de adesão ao parapeito do sonho.

Foi somente a tendência a permanecer num estupor atordoado que o impediu de gritar. A fusão entre sonho e realidade era mais do que ele podia suportar. Ainda atordoado, apanhou a coisa pontuda e cambaleou escada abaixo, até os aposentos do senhorio Dombrowski. As preces chorosas do supersticioso consertador de teares ainda ressoavam pelos vestíbulos bolorentos, mas Gilman agora não se incomodava com elas. O senhorio estava em casa, e o saudou com simpatia. Não, ele nunca vira aquela coisa e não sabia nada sobre ela. Mas sua esposa dissera ter encontrado uma coisa estranha de latão em uma das camas enquanto arrumava os quartos ao meio-dia, e talvez se tratasse daquilo. Dombrowski a chamou e ela veio com seu andar bamboleante. Sim, era aquilo mesmo. Ela a encontrara na cama do jovem cavalheiro – no lado próximo da parede. Achara aquilo muito estranho, mas, é claro, o jovem cavalheiro tinha muitas coisas estranhas em seu quarto – livros, bibelôs, quadros e anotações em papéis. Ela com certeza nada sabia sobre aquilo.

Então Gilman galgou as escadas mais uma vez, num estado de grande perturbação mental, convencido de que ou ainda estava sonhando ou seu sonambulismo atingira extremos inacreditáveis e o levara a depredar lugares desconhecidos. Onde havia conseguido aquela coisa bizarra? Não se lembrava de tê-la visto em nenhum museu de Arkham. Devia ter sido de algum lugar, contudo; e a visão da coisa no momento em que a quebrava dormindo deve ter causado a estranha imagem onírica do terraço com balaustrada. No dia seguinte, faria algumas pesquisas bastante discretas – e talvez consultasse o especialista em nervos.

Enquanto isso, tentaria vigiar seu sonambulismo. Ao subir as escadas e atravessar o vestíbulo da mansarda, espargiu um pouco da farinha que havia tomado emprestada – confessando francamente o seu objetivo – do senhorio. Tinha parado, no caminho, na porta de Elwood, mas vira tudo escuro lá dentro. Entrando em seu quarto, colocou a coisa pontuda sobre a mesa e deitou-se, em estado de completa exaustão física e mental, não parando sequer para mudar de roupa. No sótão fechado acima do teto inclinado pensou poder ouvir um leve ruído de patinhas andando e arranhando, mas estava desorientado demais até mesmo para se incomodar com aquilo. Aquela atração críptica para o norte novamente se tornava muito forte, embora parecesse agora vir de um ponto mais baixo no céu.

Na ofuscante luz violeta do sonho, a velha e a coisa peluda de presas longas apareceram mais uma vez, e com uma nitidez maior do que a de qualquer outra ocasião anterior. Desta vez, eles de fato chegaram até ele, e Gilman sentiu as garras atrofiadas da megera o agarrarem. Foi puxado para fora da cama e jogado no espaço vazio, e por um momento ouviu um rugido rítmico e viu a informidade crepuscular de vagos abismos fervilhando a sua volta. Mas aquele momento foi muito breve, pois logo ele se encontrava num espaço pequeno e tosco sem janelas, com vigas e tábuas grosseiras subindo até formarem um pico logo acima de sua cabeça e com um curioso chão inclinado sob os pés. De pé, nivelados naquele chão, havia estantes cheias de livros de vários níveis de antiguidade e desintegração, e no centro uma mesa e um banco, ambos, ao que parecia, presos ao chão. Pequenos objetos de forma e natureza desconhecidas estavam enfileirados nos topos das estantes, e na flamejante luz violeta Gilman pensou ver um equivalente da imagem pontuda que o havia intrigado de maneira tão horrível. À esquerda o chão desaparecia abruptamente, abrindo-se num negro abismo triangular do qual, após ouvir um alarido seco que durou apenas um instante, logo subiu a odiosa coisinha peluda com as presas amarelas e rosto humano com barba.

A bruxa de sorriso maligno ainda se agarrava a ele, e para além da mesa estava uma figura que ele jamais vira – um homem alto, magro, de cor nigérrima mas sem o mais leve sinal de feições negroides, inteiramente desprovido de cabelo e barba, e tendo por única vestimenta um robe informe feito de algum pesado tecido preto. Seus pés estavam ocultados pela mesa e pelo banco, mas ele devia estar calçado, já que se ouvia um clique toda vez que mudava de posição. O homem não falou, e não tinha qualquer vestígio de expressão em suas feições pequenas e comuns. Tudo o que fez foi apontar para um livro de tamanho prodigioso que jazia aberto sobre a mesa enquanto a bruxa forçava uma imensa pena cinzenta na mão direita de Gilman. Envolvendo tudo aquilo havia uma atmosfera sombria de medo intensamente enlouquecedor, que chegou ao clímax quando a coisa peluda escalou pelas roupas do sonhador até chegar-lhe aos ombros e depois desceu por seu braço esquerdo, enfim mordendo-o com força no pulso, logo abaixo do punho da manga. Enquanto o sangue jorrava dessa ferida, Gilman caiu desmaiado.

Acordou na manhã do dia 22 sentindo dor no pulso esquerdo e viu que o punho de sua manga estava com uma mancha marrom de sangue seco. Suas memórias eram muito confusas, mas o incidente com o homem negro no cômodo desconhecido destacava-se com vividez. Os ratos provavelmente o tinham mordido durante o sono, dando origem ao clímax daquele sonho aterrorizante. Ao abrir a porta, viu que a farinha no chão do corredor estava como a deixara, com exceção das imensas pegadas do sujeito grosseiro que morava no outro lado da mansarda. Então dessa vez ele não tivera uma crise de sonambulismo. Mas algo teria de se fazer a respeito daqueles ratos. Trataria do assunto com o senhorio. Mais uma vez tentou tapar o buraco na base da parede inclinada, inserindo ali um castiçal que parecia ter o tamanho certo. Havia um apito horrível em seus ouvidos, como se fossem os ecos residuais de algum ruído horroroso escutado nos sonhos.

Enquanto se lavava e trocava de roupa, tentou lembrar o que sonhara depois da cena no cômodo de luz violeta, mas nada de definido se cristalizou em sua mente. Aquela cena devia corresponder ao sótão lacrado acima, que começara a atacar sua imaginação com tanta violência, mas as impressões ulteriores eram tênues e indistintas. Algumas sugestões dos indefinidos abismos crepusculares e de abismos ainda maiores e mais negros além deles – abismos dos quais estavam ausentes todas as aproximações cristalizadas de forma. Ele fora levado até lá pelo aglomerado de bolhas e pelo pequeno poliedro que sempre o seguiam; mas eles, assim como o próprio Gilman, dissolveram-se em filetes de névoa leitosa, de tênue luminosidade, naquele vazio mais remoto de escuridão absoluta. Alguma outra coisa seguira na frente – um filete maior que vez por outra se condensava em inomináveis aproximações de forma – e ele sentiu que o progresso deles não se dera em linha reta, mas que seguira as curvas e espirais alienígenas de algum vórtice etéreo que obedecia a leis desconhecidas pela física e pela matemática de qualquer cosmos concebível. Por fim, houvera um vestígio de imensas sombras saltitantes, de um pulsar monstruoso e semiacústico e do rarefeito e monótono silvo de uma flauta invisível – mas isso foi tudo. Gilman concluiu que ele obtivera essa última noção do que lera no *Necronomicon* sobre a entidade imbecil Azathoth, que governa todo tempo e espaço sentado em um trono negro, rodeado por coisas estranhas, no centro do Caos.

Quando o sangue foi lavado, a ferida no pulso revelou-se bastante leve, e Gilman ficou intrigado com a localização dos dois pequenos furos. Ocorreu-lhe que não havia sangue no lençol em que dormira – o que era muito estranho, tendo em vista a quantidade encontrada na pele e no punho da manga. Será que ele sonambulara dentro do próprio quarto e que o rato o mordera enquanto se encontrava sentado em alguma cadeira ou parado em alguma posição menos racional? Procurou em todos os cantos por manchas ou respingos castanhos, mas não encontrou nenhum. Teria, pensou, que espalhar farinha dentro do quarto também, e não só da porta para fora – ainda que, afinal, não precisasse de novas provas do próprio sonambulismo. Sabia que havia caminhado – e o que devia fazer agora era dar fim àquilo. Tinha que pedir ajuda a Frank Elwood. Naquela manhã as estranhas atrações do espaço pareciam mais fracas, embora houvessem sido substituídas por uma outra sensação, ainda mais inexplicável. Era um impulso vago e insistente de voar para longe de sua situação atual, mas não continha uma sugestão sequer da direção específica para a qual desejava voar. Ao apanhar a estranha imagem pontuda sobre a mesa, sentiu a atração mais antiga, para o norte, crescer um pouco; mas, mesmo assim, esta era totalmente sobrepujada pela ânsia mais nova e mais estarrecedora.

Levou a imagem pontuda até o quarto de Elwood, preparando-se para suportar os choramingos do consertador de teares, que subiam do andar térreo. Elwood estava em casa, graças a Deus, e pareceu agitado, ocupado com alguma coisa. Tinha tempo para conversar um pouco antes de sair para o café da manhã e a faculdade, então Gilman com pressa fez um relato dos sonhos e temores recentes. O anfitrião foi muito solidário, e concordou que era preciso fazer alguma coisa. Elwood ficou chocado com a fisionomia tensa e emaciada de sua visita, e notou o estranho bronzeado de aspecto anormal que havia gerado comentários de outras pessoas na semana anterior. Não havia muito, porém, que ele pudesse dizer. Não vira Gilman em qualquer expedição sonambúlica e não fazia ideia do que poderia ser aquela curiosa imagem. Tinha, contudo, ouvido o franco-canadense que morava logo abaixo de Gilman conversando com Mazurewicz certa noite. Estavam dizendo um ao outro como temiam profundamente a chegada da noite de Walpurgis, que seria dali a poucos dias; e trocavam comentários bondosos sobre o pobre e condenado jovem cavalheiro. Desrochers, o rapaz que morava abaixo de Gilman, falara do ruído de passos à noite, de pés tanto calçados quanto descalços, e sobre a luz violeta que vira certa noite quando se esgueirara, temeroso, para espiar pelo buraco da fechadura de Gilman. Ele não ousou espiar, contou a Mazurewicz, depois de vislumbrar aquela luz pelas frestas em volta da porta. Não só vira a luz como também ouvira conversas sussurradas – e quando começou a descrevê-las, sua voz baixou até tornar-se um sussurro inaudível.

Elwood não podia imaginar o que tinha feito aquelas criaturas supersticiosas começarem a fofocar, mas supunha que suas imaginações haviam sido estimuladas, por um lado, pelas horas da noite que Gilman passava acordado, as caminhadas e conversas sonolentas e, por outro, pela proximidade da noite de Walpurgis, tradicionalmente temida. Que Gilman falava enquanto dormia não havia dúvidas, e fora, estava óbvio, das espionagens de Desrochers pelo buraco da fechadura que a noção ilusória da luz violeta onírica tinha surgido e se espalhado. Aquelas pessoas simples logo imaginavam ter visto qualquer coisa estranha sobre a qual tinham ouvido falar. Quanto a um plano de ação – seria melhor que Gilman se mudasse para o quarto de Elwood e evitasse dormir sozinho. Elwood, se estivesse acordado, o acordaria toda vez que ele começasse a falar ou se levantar durante o sono. Gilman também devia procurar logo o especialista. Enquanto isso, levariam a imagem pontuda para os vários museus e para certos professores, buscando identificá-la e dizendo que fora encontrada em uma lata de lixo da rua. E também Dombrowski tinha que providenciar o envenenamento daqueles ratos nas paredes.

Animado pelo companheirismo de Elwood, Gilman compareceu às aulas naquele dia. Impulsos estranhos ainda agiam sobre ele, mas Gilman conseguia rechaçá-los com um sucesso considerável. Durante um tempo livre, mostrou a estranha imagem a vários professores, todos os quais demonstraram um grande interesse, embora nenhum pudesse jogar qualquer luz sobre sua natureza ou origem. Naquela noite, Gilman dormiu em um sofá que Elwood fizera o senhorio levar ao quarto do segundo andar, e pela primeira vez em semanas teve um sono sem qualquer sonho inquietante. Mas o estado febril persistia, e os choramingos do consertador de teares continuaram a ser uma influência enervante.

Nos dias seguintes, Gilman desfrutou de uma liberdade quase perfeita das manifestações mórbidas. Ele não havia, contou Elwood, manifestado qualquer tendência de falar ou se levantar durante o sono e, enquanto isso, o senhorio estava colocando veneno de rato em todos os cantos. O único elemento perturbador foi a conversa entre os estrangeiros supersticiosos, cujas imaginações haviam se excitado ao mais alto grau. Mazurewicz estava sempre tentando fazê-lo arranjar um crucifixo, e finalmente empurrou um em suas mãos, que disse ter sido benzido pelo bom padre Iwanicki. Desrochers também teve algo a dizer – com efeito, insistiu ter ouvido passos furtivos no quarto agora vago acima dele, na primeira e segunda noites que Gilman passou fora de lá. Paul Choynski pensou ter ouvido ruídos nos corredores e nas escadas à noite, e alegou que alguém tentara de leve abrir sua porta, e a sra. Dombrowski jurou ter visto Brown Jenkin pela primeira vez desde o Dia de Todos os Santos. Mas tais relatos ingênuos não podiam significar muita coisa, e Gilman deixou que o crucifixo metálico barato pendesse à toa de uma maçaneta do armário de seu anfitrião.

Por três dias Gilman e Elwood visitaram os museus locais, tentando identificar a estranha imagem pontuda, mas sempre sem sucesso. Em todos os lugares, porém, despertava enorme interesse, pois a absoluta estranheza da coisa era um desafio tremendo à curiosidade científica. Um dos pequenos braços que se abriam como leque foi arrancado e submetido a uma análise química, e o resultado é discutido até hoje nos círculos acadêmicos. O professor Ellery encontrou platina, ferro e telúrio na estranha liga; mas misturados com estes havia no mínimo três outros elementos detectáveis, de alto peso atômico, que a química foi de todo incapaz de classificar. Não somente não conseguiram fazê-los corresponder a qualquer elemento conhecido como também não puderam inseri-los nos lugares vazios reservados para os elementos previstos no sistema periódico. O mistério até hoje não foi resolvido, embora a imagem esteja em exibição no museu da Miskatonic University.

Na manhã do dia 27 de abril, um novo buraco de rato apareceu no quarto em que Gilman estava hospedado, mas Dombrowski fechou-o com latão durante o dia. O veneno não estava surtindo muito efeito, pois os ruídos de patinhas que corriam e arranhavam dentro das paredes não diminuíram quase em nada. Elwood ficou fora até tarde naquela noite, e Gilman esperou acordado por ele. Não queria dormir sozinho num quarto – ainda mais porque acreditava ter vislumbrado no crepúsculo do início da noite a velha repelente cuja imagem se transferira de modo tão horrível para seus sonhos. Ele se perguntou quem seria ela, e que coisa estivera perto dela raspando a lata de metal num monte de lixo, na entrada de um pátio sórdido. A megera parecera tê-lo notado e espiado dum jeito maligno – embora isso talvez não passasse de imaginação sua.

No dia seguinte, ambos os jovens se sentiam muito cansados e sabiam que dormiriam como pedras quando a noite chegasse. Ao cair da noite discutiram sonolentos os estudos matemáticos que haviam absorvido Gilman de maneira tão completa e talvez prejudicial e especularam sobre a ligação com a magia e o folclore antigos, que parecia tão sinistramente provável. Falaram da velha Keziah Mason, e Elwood concordou que Gilman tinha boas bases científicas para considerar que ela talvez houvesse deparado com informações estranhas e significativas. Os cultos secretos aos quais aquelas bruxas pertenciam muitas vezes guardavam e transmitiam segredos surpreendentes de eras primevas e esquecidas; e não era de modo algum impossível que Keziah tivesse realmente dominado a arte de cruzar portais dimensionais. A tradição enfatiza a inutilidade de barreiras materiais para deter os movimentos de uma bruxa; e quem pode dizer o que há por trás das velhas histórias sobre voos de vassoura pela noite?

Se um estudante moderno de matemática seria um dia capaz de obter poderes semelhantes por meio somente da pesquisa da matéria, ainda não estava claro. O sucesso na empreitada, acrescentou Gilman, poderia causar situações perigosas e inconcebíveis; pois quem poderia prever as condições que permeavam uma dimensão adjacente, mas normalmente inacessível? Por outro lado, as possibilidades pitorescas eram imensas. O tempo podia não existir em certos cinturões do espaço, e entrar e permanecer num cinturão assim talvez permitisse a preservação indefinida da vida e da idade; jamais sofrer metabolismo ou deterioração orgânicos, exceto por pequenas quantidades incorridas durante visitas ao plano de origem, ou a planos semelhantes. Seria possível, por exemplo, passar a uma dimensão intemporal e emergir nalgum período remoto da história do planeta, sem nada envelhecer.

Seria difícil conjecturar com algum grau de certeza a possibilidade de alguém um dia conseguir fazê-lo. As lendas antigas são obscuras e ambíguas, e ao longo da história todas as tentativas de cruzar aberturas proibidas parecem ser complicadas por alianças estranhas e terríveis com seres e mensageiros de fora. Havia a figura imemorial do representante ou mensageiro de poderes ocultos e terríveis – o "Homem Negro" do culto das bruxas, e o "Nyarlathotep" do *Necronomicon*. Havia, também, o problema impenetrável dos mensageiros ou intermediários inferiores – os semianimais e bizarros híbridos que as lendas retratam como companheiros das bruxas. Quando Gilman e Elwood se recolheram, com sono demais para continuar a conversa, ouviram Joe Mazurewicz entrar aos tropeções na casa, um tanto bêbado, e tremeram ao ouvir a insanidade desesperada de suas preces chorosas.

Naquela noite Gilman viu a luz violeta mais uma vez. No sonho, ouvira ruídos, dentro das partições, de coisas sendo arranhadas e roídas e acreditou ter percebido alguém mexendo de maneira desajeitada no trinco. Viu então a velha e a pequena coisa peluda avançando em sua direção pelo chão acarpetado. O rosto da bruxa estava iluminado por uma euforia inumana, e a pequena coisa mórbida de dentes amarelos casquinou enquanto apontava para a forma de Elwood, que dormia um sono pesado no sofá do outro lado do quarto. Uma paralisia de medo refreou todas as tentativas de gritar por socorro. Como acontecera uma vez antes, a hedionda megera segurou Gilman pelos ombros, arrancando-o da cama e jogando-o no espaço vazio. Mais uma vez a infinitude dos guinchantes abismos crepusculares passou por ele num lampejo, mas no segundo seguinte ele sentiu estar numa viela escura, lamacenta e desconhecida, de odores fétidos, com as paredes apodrecidas de casas velhas assomando de cada lado.

Adiante estava o homem negro de robe que ele vira no cômodo pontiagudo do outro sonho, ao passo que, de uma distância menor, a velha fazia gestos e esgares imperiosos. Brown Jenkin se esfregava, com uma espécie de espírito brincalhão e afetuoso, nos tornozelos do homem negro, que a lama negra em grande parte ocultava. Havia uma entrada escura aberta à direita, na direção da qual o negro apontou em silêncio. Para dentro desta a velha com seus esgares encarava, arrastando Gilman atrás de si pela manga do pijama. Havia escadas de cheiro maligno que estalavam de modo nada auspicioso e sobre as quais a velha parecia irradiar uma suave luz violeta; e por fim uma porta no patamar de uma escada. A megera remexeu no trinco e abriu a porta, gesticulando para que Gilman esperasse, e desapareceu no vão escuro.

Os ouvidos hipersensíveis do jovem captaram um hediondo grito estrangulado, e logo a bruxa saiu do cômodo trazendo uma pequena forma inconsciente, que impôs ao sonhador como se o ordenasse a carregá-la. Ver essa forma, e a expressão no rosto dela, quebrou o feitiço. Ainda tonto demais para gritar, Gilman disparou numa descida impetuosa pela escada insalubre, saindo para a lama do lado de fora; só parou quando foi apanhado e estrangulado pelo negro, que esperava. Enquanto perdia a consciência, ouviu a leve e aguda casquinada da anomalia que parecia um rato e tinha presas.

Na manhã do dia 29, Gilman acordou em meio a um turbilhão de horror. No instante em que abriu os olhos, soube que algo estava terrivelmente errado, pois ele estava de novo no velho quarto da mansarda com sua parede e teto inclinados, espalhado na cama agora desfeita. Sentia uma dor inexplicável na garganta e, ao tentar sentar, viu com um temor crescente que seus pés e a barra do pijama estavam marrons de lama solidificada. No momento suas memórias estavam demasiado embaçadas, mas sabia ao menos que devia ter sofrido mais uma crise de sonambulismo. Elwood estivera num sono demasiado profundo para poder ouvir e o fazer parar. No chão, uma desordem de pegadas enlameadas; mas, o que era estranho, elas não chegavam até a porta. Quanto mais Gilman olhava para elas, mais estranhas pareciam; pois, além das que conseguiu reconhecer como suas próprias, havia algumas marcas menores, quase redondas – como as que as pernas de uma cadeira grande ou mesa talvez fizessem, exceto que a maioria delas tendia a estar dividida em metades. Havia também alguns estranhos rastros enlameados de rato, saindo de um novo buraco e voltando para ele. Gilman foi tomado por um estarrecimento total e pelo medo da loucura quando cambaleou até a porta e viu que não havia pegadas enlameadas do lado de fora. Quanto mais se lembrava do sonho horrendo, mais aterrorizado se sentia, e ouvir a litania chorosa de Joe Mazurewicz dois andares abaixo fez aumentar seu desespero.

Descendo até o quarto de Elwood, acordou seu anfitrião, que ainda dormia, e começou a contar a situação em que se vira, mas Elwood não conseguiu formar qualquer teoria sobre o que poderia ter de fato acontecido. Onde Gilman poderia ter estado, como voltara para o quarto sem deixar pegadas no corredor e como marcas enlameadas como que de móveis se misturaram às pegadas dele no quarto da mansarda: tudo isso estava para além de qualquer conjectura. E havia aquelas marcas escuras e arroxeadas em seu pescoço, como se houvesse tentado estrangular a si próprio. Gilman pôs as mãos sobre as marcas, mas descobriu que elas nem chegavam perto de confirmar tal hipótese. Enquanto conversavam, Desrochers apareceu para dizer que ouvira um alarido terrível no andar de cima, nas primeiras horas da madrugada. Não, ninguém passara pelas escadas depois da meia-noite – mas, logo antes da meia-noite, ele ouvira um ruído leve de passos na mansarda, e outros que pareceram descer sorrateiramente, dos quais não gostara. Era, acrescentou, uma época do ano muito ruim para Arkham. O jovem cavalheiro devia usar o crucifixo que Joe Mazurewicz lhe dera. Não havia segurança nem mesmo de dia, pois depois da alvorada tinha escutado sons estranhos na casa – em especial, um fino gemido infantil, logo abafado.

Gilman compareceu como um autômato às aulas da manhã, mas foi de todo incapaz de concentrar a mente nos estudos. Um estado de espírito caracterizado por uma apreensão e uma expectativa hediondas o havia tomado, e ele parecia esperar a chegada de algum golpe final que o aniquilaria. Ao meio-dia, almoçou na leiteria da universidade, pegando um jornal do assento ao lado enquanto esperava pela sobremesa. Mas não chegou a pôr a sobremesa na boca; pois um item na primeira página do jornal o deixou exausto, agitadíssimo, e capaz somente de pagar a conta e voltar cambaleante para o quarto de Elwood.

Houvera um estranho sequestro na noite anterior, em Orne's Gangway, e o filho de dois anos de uma lavadeira que aparentava ser bastante imbecil chamada Anastasia Wolejko desaparecera. A mãe, ao que parecia, vinha temendo o acontecimento há algum tempo; mas os motivos que atribuiu ao seu temor eram tão absurdos que ninguém levou a sério. Ela algumas vezes vira, desde o início de março, segundo relatou, Brown Jenkin circulando por ali e sabia por seus esgares e casquinadas que o pequeno Ladislas devia ter sido marcado para o sacrifício no temível sabá ou noite de Walpurgis. Ela pedira a sua vizinha, Mary Czaneck, que dormisse no quarto para tentar proteger a criança, mas Mary não teve coragem. Ela não podia contar à polícia, pois eles nunca acreditavam nessas coisas. Crianças vinham sendo levadas daquele jeito todo ano há tanto tempo que ela nem lembrava desde quando. E seu amigo Pete Stowacki não ajudaria, pois afinal queria mesmo se ver livre da criança.

Mas o que fez Gilman suar frio foi o relato de dois boêmios que estavam passando pela entrada do bairro, logo depois de meia-noite. Confessaram estarem bêbados na hora, mas ambos juravam ter visto um trio vestido com roupas insanas entrar sorrateiramente pela passagem escura. Eram um negro enorme, vestindo robe, uma velha baixinha vestindo farrapos e um rapaz branco de pijama. A velha vinha arrastando o rapaz, e em torno dos pés do negro um rato domesticado se esfregava e trançava, andando na lama marrom.

Gilman passou a tarde inteira sentado num estado de torpor, e Elwood – que nesse meio-tempo tinha lido os jornais e a partir deles formulado conjecturas terríveis – o encontrou assim quando chegou em casa. Dessa vez, nenhum deles podia duvidar de que algo horrendamente sério fechava o cerco em volta deles. Entre os espectros de pesadelo e as realidades do mundo objetivo cristalizava-se uma relação monstruosa e inconcebível, e somente uma vigilância rigorosíssima poderia evitar acontecimentos ainda mais estarrecedores. Gilman cedo ou tarde teria de consultar um especialista, mas não ainda, quando todos os jornais abordavam aquele assunto do sequestro.

O que exatamente acontecera na realidade era algo de uma obscuridade enlouquecedora, e por um momento tanto Gilman quanto Elwood trocaram, aos sussurros, teorias do tipo mais fantástico. Será que Gilman, de maneira inconsciente, tivera um sucesso maior do que supunha nos estudos do espaço e de suas dimensões? Será que escorregara para fora de nossa esfera, indo para regiões desconhecidas e inimagináveis? Onde – se é que em algum lugar – ele estivera naquelas noites de alienação demoníaca? Os urrantes abismos crepusculares – a escarpa verde – o terraço abrasador – a atração das estrelas – o derradeiro vórtice negro – o homem negro – a viela enlameada e as escadas – a bruxa velha e o horror peludo com presas – o aglomerado de bolhas e o pequeno poliedro – o estranho bronzeado – a ferida no pulso – a imagem inexplicável – os pés enlameados – as marcas no pescoço – as histórias e os temores dos estrangeiros supersticiosos – o que tudo aquilo significava? Até que ponto as leis da sanidade poderiam se aplicar a um caso como aquele?

Naquela noite, nenhum dos dois dormiu, mas no dia seguinte faltaram às aulas e cochilaram. O dia era 30 de abril, e com o crepúsculo chegaria a infernal hora do sabá, temida por todos os estrangeiros e velhos supersticiosos. Mazurewicz chegou em casa às seis da tarde e disse que as pessoas da oficina murmuravam que as celebrações de Walpurgis seriam realizadas na ravina escura que ficava depois de Meadow Hill, onde se ergue a velha pedra branca, num local bizarramente desprovido de toda vida vegetal. Alguns deles tinham até mesmo contado à polícia e os aconselhado a ir lá procurar pela criança Wolejko desaparecida, mas não acreditavam que se faria alguma coisa. Joe insistiu que o pobre jovem cavalheiro usasse seu crucifixo com corrente de níquel, e Gilman obedeceu e o colocou para dentro da camisa, para agradar o homem.

Tarde da noite os dois rapazes cochilavam sentados em suas cadeiras, embalados pelas preces rítmicas do consertador de teares no andar de baixo. Gilman atentava para os sons enquanto cabeceava, sua audição sobrenaturalmente aguçada parecendo buscar algum murmúrio sutil e temido por trás dos ruídos da velha casa. Recordações profanas de coisas do *Necronomicon* e do Livro Negro emergiram, e ele sem querer começou a se balançar seguindo ritmos nefandos, que se dizia pertencerem às cerimônias mais negras do sabá e terem se originado fora do tempo e do espaço como os compreendemos.

Logo percebeu o que sua audição buscava – o canto infernal dos celebrantes no distante vale negro. Como sabia tanto sobre o que eles esperavam? Como sabia a hora em que Nahab e seu acólito deveriam transportar a tigela repleta que seguiria o galo negro e a cabra preta? Viu que Elwood pegara no sono e tentou gritar para acordá-lo. Alguma coisa, porém, fechou sua garganta. Ele não era dono de si mesmo. Será que afinal assinara o livro do homem negro?

E então sua audição anormal e febril captou as notas distantes trazidas pelo vento. Por quilômetros de campo e montanha elas vieram, mas ainda assim ele as reconheceu. Os fogos devem estar acesos, e os dançarinos devem estar começando. Como poderia deixar de ir? O que o enredara? Matemática – folclore – a casa – a velha Keziah – Brown Jenkin... E então percebeu que havia um novo buraco de rato na parede, perto do sofá. Por cima dos cânticos distantes e das preces mais próximas de Joe Mazurewicz surgiu um outro som – um arranhar determinado e furtivo nas partições. Torceu para que as luzes elétricas não se apagassem. E então viu o rosto diminuto com sua barba e presas espiando do buraco de rato – o maldito rosto diminuto que, finalmente, percebia ter uma semelhança tão chocante e sardônica com o da velha Keziah – e ouviu que mexiam de leve na porta.

Os urrantes abismos crepusculares passaram num lampejo diante dele, que se sentiu impotente sob o domínio informe do aglomerado iridescente de bolhas.

A sua frente despencava o pequeno poliedro caleidoscópico, e por todo o vácuo turbulento havia uma aceleração e uma intensificação do indistinto padrão tonal que parecia antecipar algum clímax impronunciável e intolerável. Ele parecia saber o que estava por vir – o monstruoso estouro do ritmo de Walpurgis, em cujo timbre cósmico estariam concentradas todas as efervescências primevas e derradeiras do espaço-tempo que jazem por trás das esferas compactas de matéria e às vezes irrompem em reverberações cadenciadas que penetram levemente em todas as camadas do ser, emprestando um significado hediondo, em todos os mundos, a certos períodos temidos.

Mas tudo isso desapareceu num segundo. Ele estava mais uma vez no espaço apertado e pontiagudo de chão inclinado, iluminado por uma luz violeta, com as prateleiras baixas de livros antigos, o banco e a mesa, os objetos estranhos e o abismo triangular a um canto. Na mesa havia uma pequena figura branca – um menino ainda bebê, nu e inconsciente – e no outro lado a monstruosa velha de olhar perverso, com uma faca cintilante de cabo grotesco na mão direita e uma tigela de metal pálido, de proporções bizarras, coberta por desenhos de curiosa endentação, com delicadas asas laterais na esquerda. Ela entoava algum ritual crocitante numa língua que Gilman não conseguia entender, mas que parecia algo citado de maneira circunspecta no *Necronomicon*.

Quando a situação ficou mais clara, ele viu a arcaica megera curvar-se para a frente e estender a tigela vazia por cima da mesa – e, incapaz de controlar suas próprias ações, ele esticou-se um bom tanto para a frente e a tomou nas mãos, percebendo, ao fazê-lo, sua relativa leveza. No mesmo instante, a forma nojenta de Brown Jenkin escalou pela borda daquele abismo triangular negro à esquerda de Gilman. A megera então indicou que ele deveria segurar a tigela numa determinada posição enquanto ela erguia a imensa e grotesca faca acima da pequena vítima branca, tão alto quanto sua mão direita conseguia alcançar. A coisa peluda e com presas começou a casquinar uma continuação do ritual desconhecido, enquanto a bruxa crocitava respostas abomináveis. Gilman sentiu uma repugnância pungente e torturante percorrer sua paralisia mental e emocional, e a leve tigela de metal tremeu em suas mãos. No instante seguinte, o movimento descendente da faca quebrou de vez o feitiço, e ele deixou cair a tigela com um ressoante clangor como de sino, enquanto sua mão disparava freneticamente para deter o ato monstruoso.

Num instante ele deu a volta no chão inclinado por um dos lados da mesa e arrancou a faca das garras da velha, jogando-a com estrépito para além da borda do estreito abismo triangular. No instante seguinte, porém, tudo se reverteu, pois aquelas garras homicidas haviam se prendido com força em volta de sua garganta, enquanto o rosto enrugado se retorcia numa fúria insana. Ele sentiu a corrente do crucifixo barato se enterrar em seu pescoço, e em meio ao perigo se perguntou como a visão daquele objeto afetaria a criatura maligna. A força dela era totalmente super-humana, mas enquanto ela continuava a estrangulá-lo ele alcançou com dificuldade dentro de sua camisa e retirou o símbolo metálico, quebrando a corrente e o libertando.

Ao ver o objeto, a bruxa pareceu tomar-se de pânico, e a força de suas mãos relaxou por tempo suficiente para que ele escapasse por inteiro. Gilman tirou as garras como que de aço de seu pescoço e teria arrastado a bruxa até a beira do abismo caso as garras não tivessem recebido um novo acesso de força e se fechado novamente sobre ele. Dessa vez, Gilman resolveu reagir na mesma moeda, e suas mãos tomaram o pescoço da criatura. Antes que ela visse o que ele estava fazendo, ele enrolara a corrente do crucifixo no pescoço dela, e no momento seguinte apertara o bastante para cortar a respiração da bruxa. Durante o último esforço da adversária, Gilman sentiu algo morder seu tornozelo, e viu que Brown Jenkin viera em socorro da companheira. Com um chute violento, mandou a coisa mórbida voando para o abismo, e a ouviu gemer em algum nível muito abaixo.

Ele não sabia se tinha matado a megera ancestral, mas deixou-a ficar no chão onde caíra. Então, ao voltar-se, viu sobre a mesa algo que quase rompeu o último fio de sua razão. Brown Jenkin, de grande força e com quatro mãozinhas de destreza demoníaca, estivera ocupado enquanto a bruxa o estrangulava, e seus esforços haviam sido em vão. O que ele impedira que a faca fizesse com o peito da vítima as presas amarelas da blasfêmia peluda haviam feito a um pulso, e a tigela que há pouco estivera no chão jazia repleta ao lado do pequeno corpo sem vida.

Naquele delírio de sonho Gilman ouviu o canto infernal de ritmo alienígena do sabá, vindo de uma distância infinita, e soube que o homem negro devia estar ali. Memórias confusas se mesclaram com seus conhecimentos matemáticos, e ele acreditou que sua mente subconsciente continha os *ângulos* dos quais precisava para guiá-lo de volta ao mundo normal – sozinho e sem ajuda pela primeira vez. Ele teve certeza de que estava no sótão lacrado há tempos imemoriais acima de seu próprio quarto, mas duvidava muito de que pudesse escapar pelo chão inclinado ou pela saída há muito tampada. Ademais, escapar de um sótão onírico não o levaria apenas para uma casa onírica – uma projeção anormal do verdadeiro lugar que ele procurava? Estava inteiramente estarrecido com a relação que havia entre sonho e realidade em todas as suas experiências.

A passagem pelos vagos abismos seria temível, pois o ritmo de Walpurgis estaria vibrando e ele finalmente teria de ouvir aquele pulsar cósmico, até então oculto, do qual sentia um temor tão letal. Mesmo agora podia detectar um tremor baixo e monstruoso cujo ritmo ele adivinhava muito bem. Na hora do sabá, sempre crescia e percorria os mundos para convocar os iniciados para ritos inomináveis. Metade dos cânticos do sabá se baseava naquele pulsar que mal se fazia ouvir, e que nenhum ouvido terreno poderia suportar em sua plenitude espacial desvelada. Gilman perguntou-se também se poderia confiar que o instinto o levaria para a região certa do espaço. Como poderia ter certeza de que não pousaria naquela escarpa de luminosidade esverdeada de um planeta distante... ou no terraço enxadrezado acima da cidade de monstros tentaculares, em algum lugar para além da galáxia, ou nos vórtices espirais negros daquele vazio absoluto do Caos onde reina o imbecil demônio-sultão Azathoth?

Logo antes de fazer o mergulho, a luz violeta se apagou, e ele ficou na mais absoluta escuridão. A bruxa – a velha Keziah – Nehab – aquilo deve ter significado a sua morte. E, junto com o cântico distante do sabá e os choramingos de Brown Jenkin no abismo abaixo, ele pensou ouvir um outro choro mais insano, vindo de profundezas desconhecidas. Joe Mazurewicz – as preces contra o Caos Rastejante agora se transformando em um guincho de inexplicável triunfo – mundos de uma concretude sardônica se impingindo a vórtices de sonho febril – Iä! Shub-Niggurath! A Cabra de Mil Filhos...

Encontraram Gilman no chão de seu velho quarto na mansarda de ângulos estranhos muito antes do amanhecer, pois o grito terrível fizera com que Desrochers, Choynski, Dobrowski e Mazurewicz viessem imediatamente; tinha acordado até mesmo Elwood, que dormia profundamente em sua cadeira. Ele estava vivo, e com olhos fixos e esbugalhados, mas parecia em grande medida inconsciente. Em sua garganta havia marcas de mãos homicidas, e no tornozelo esquerdo uma perturbadora mordia de rato. Suas roupas estavam muito amassadas, e o crucifixo de Joe estava desaparecido. Elwood tremia, com medo até mesmo de especular sobre que nova forma o sonambulismo de seu amigo assumira. Mazurewicz parecia se encontrar num estado de semitorpor causado por um "sinal" que disse ter recebido em resposta a suas preces, e se benzeu freneticamente quando os guinchos e gemidos de um rato soaram por detrás da partição inclinada.

Quando o sonhador foi colocado sobre o sofá no quarto de Elwood, chamaram o dr. Malkowski – um médico local que não espalharia histórias que poderiam causar constrangimentos –, e ele deu a Gilman duas injeções hipodérmicas que o fizeram relaxar num estado próximo de um torpor natural. Durante o dia, o paciente recuperou a consciência algumas vezes, e em sussurros contou para Elwood, de maneira desconexa, seu mais novo sonho. Foi um processo penoso, e logo em seu início trouxe à tona um fato novo e desconcertante.

Gilman – cujos ouvidos até há pouco possuíam uma sensibilidade anormal – agora estava surdo como uma porta. O dr. Malkowski, convocado às pressas mais uma vez, disse a Elwood que ambos os tímpanos estavam perfurados, como se pelo impacto de algum som estupendo, de intensidade superior a qualquer coisa que um ser humano pudesse conceber ou suportar. Como um som desses poderia ter sido ouvido nas últimas horas sem com isso agitar todo o vale do rio Miskatonic era mais do que um simples médico poderia dizer.

Elwood escreveu sua parte do diálogo num papel, de modo que foi possível manter uma comunicação relativamente fácil. Nenhum deles sabia como interpretar aquele caso, e concluíram que seria melhor pensarem nele o mínimo possível. Ambos, porém, concordaram que deviam deixar aquela casa antiga e amaldiçoada assim que pudessem providenciar a mudança. Os jornais da noite falaram de uma batida policial em alguns boêmios estranhos, numa ravina para além de Meadow Hill, pouco antes do amanhecer, e mencionava que a pedra branca que lá havia era objeto de uma antiga atenção supersticiosa. Ninguém foi preso, mas entre os fugitivos que se dispersavam fora avistado um negro imenso. Em outra coluna se lia que nenhum vestígio da criança desaparecida, Ladislas Wolejko, fora encontrado.

O horror que coroou todos os outros veio naquela mesma noite. Elwood jamais o esquecerá, e foi forçado a ficar fora da faculdade pelo restante do período por causa do colapso nervoso que se seguiu. Ele pensara ter ouvido ratos nas partições durante toda a noite, mas deu-lhes pouca atenção. Então, muito depois de ele e Gilman terem se recolhido, os guinchos terríveis começaram. Elwood pulou de pé, acendeu as luzes, e correu até o sofá de seu hóspede. O ocupante emitia sons de natureza verdadeiramente inumana, como se assolado por algum tormento de todo indescritível. Ele se contorcia debaixo dos lençóis, e uma grande mancha vermelha começava a surgir nos cobertores.

Elwood mal ousou tocá-lo, mas pouco a pouco os gritos e as contorções cederam. Nessa hora, Dombrowski,

Choynski, Desrochers, Mazurewicz e o outro morador do último andar estavam todos amontoados na porta, e o senhorio mandara a mulher ir chamar o dr. Malkowski no telefone. Todos berraram quando uma grande coisa com forma de rato saltou de repente para fora da cama, de debaixo dos lençóis ensanguentados, e correu pelo chão até um buraco novo aberto nas proximidades. Quando o médico chegou e começou a retirar aquelas cobertas pavorosas, Walter Gilman estava morto.

Seria ultrajante fazer mais do que sugerir o que havia assassinado Gilman. Foi encontrado o que era praticamente um túnel atravessando seu corpo – alguma coisa havia lhe devorado o coração. Dombrowski, desvairado com o fracasso de seus repetidos esforços para envenenar os ratos, abandonou todo e qualquer plano de continuar alugando cômodos naquela casa, e dentro de uma semana havia se mudado, com todos os seus inquilinos mais antigos, para uma casa lúgubre mas não tão antiga, em Walnut Street. Por algum tempo, o mais difícil foi aquietar Joe Mazurewicz; pois o taciturno consertador de teares jamais estava sóbrio, e lamuriava e murmurava o tempo todo sobre coisas espectrais e terríveis.

Parece que, naquela última noite hedionda, Joe se agachara para examinar os rastros escarlates do rato, que iam do sofá de Gilman até o buraco próximo. Sobre o carpete eram muito indistintos, mas entre a margem do carpete e o rodapé havia um trecho de chão livre. Ali, Mazurewicz encontrara algo monstruoso – ou assim acreditava, pois ninguém pôde concordar inteiramente com ele, em que pesasse a inegável bizarrice das pegadas. Os rastros no assoalho eram, com certeza, muitíssimo diferentes das pegadas comuns de um rato, mas até mesmo Choynski e Desrochers se recusavam a admitir que eram como as pegadas de quatro diminutas mãos humanas.

A casa nunca mais foi alugada. Assim que Dombrowski a deixou, a mortalha da desolação final começou a cair sobre ela, pois as pessoas a temiam tanto por sua antiga reputação quanto pelo novo odor fétido. Talvez o veneno contra ratos do antigo senhorio tenha funcionado afinal, pois não muito tempo depois de sua partida o lugar tornou-se um estorvo para a vizinhança. As autoridades de saúde atribuíram o fedor aos espaços fechados acima e ao lado do quarto leste da mansarda, e concordaram que o número de ratos mortos devia ser imenso. Concluíram, contudo, que não compensaria abrir à força e desinfetar os espaços há muito lacrados; pois o fedor logo acabaria, e aquela não era uma residência que permitisse critérios demasiado meticulosos. De fato, sempre houve na região histórias obscuras sobre fedores inexplicáveis no último andar da Casa da Bruxa logo depois da véspera de maio e das festividades de Todos os Santos. Os vizinhos aceitaram de mau humor a inação – mas o fedor, ainda assim, tornou-se mais uma acusação contra o lugar. Em seus últimos dias, a casa foi considerada inabitável pelo inspetor de construções.

Os sonhos de Gilman e as circunstâncias associadas a eles nunca foram explicados. Elwood, cujas ideias sobre o caso são às vezes quase enlouquecedoras, voltou para a faculdade no outono e formou-se em junho seguinte. Ele encontrou uma quantidade bastante inferior de fofocas de cunho sobrenatural na cidade, e realmente é verdade que – não obstante certos relatos sobre casquinadas fantasmagóricas na casa deserta, relatos que continuaram por quase tanto tempo quanto a casa – não se falou de novas aparições da velha Keziah ou de Brown Jenkin desde a morte de Gilman. Foi uma grande sorte que Elwood não estivesse em Arkham naquele ano recente em que certos acontecimentos renovaram abruptamente os rumores locais sobre horrores primevos. Ele, é claro, ouviu falar sobre o assunto depois, e conjecturas negras e perplexas o fizeram sofrer tormentos indizíveis; mas nem mesmo isso foi tão ruim como uma proximidade real e várias possíveis visões teriam sido.

Em março de 1931, uma ventania destroçou o teto e a grande chaminé da Casa da Bruxa vazia, fazendo com que um caos de tijolos decompostos, ripas enegrecidas cheias de musgo e tábuas e madeiras apodrecidas caíssem no sótão e perfurassem o chão, caindo no andar de baixo. Todo o andar do sótão ficou obstruído pelos detritos vindos de cima, mas ninguém se deu ao trabalho de pôr a mão naquela desordem antes da inevitável demolição da estrutura decrépita. Essa medida derradeira foi tomada no mês de dezembro seguinte, e foi quando o velho quarto de Gilman foi limpo por trabalhadores relutantes e apreensivos que a fofoca teve início.

Em meio ao lixo que caíra pelo antigo teto inclinado estavam várias coisas que fizeram os homens pararem e chamarem a polícia. A polícia, por sua vez, chamou então o médico legista e vários professores da universidade. Havia ossos – severamente esmagados e fragmentados, mas claramente reconhecíveis como humanos – cuja datação, manifestamente moderna, entrava em intrigante conflito com o período remoto no qual o único lugar que poderia tê-los ocultado, o baixo sótão de chão inclinado acima, fora supostamente lacrado, impedindo todo acesso humano. O médico legista concluiu que alguns pertenciam a uma criança pequena, ao passo que alguns outros, encontrados misturados com farrapos de um tecido castanho podre, pertenciam a uma mulher de bem pouca estatura, corcunda e avançada em anos. Uma cuidadosa pesquisa dos detritos também revelou muitos pequenos ossos de ratos apanhados pelo desabamento, assim como ossos de ratos mais antigos, roídos por pequenas presas duma maneira que de vez em quando gera muita controvérsia e reflexão.

Outros objetos encontrados incluíam os fragmentos mesclados de muitos livros e papéis, junto com uma poeira amarelada, resto da total desintegração de livros e papéis ainda mais antigos. Todos, sem exceção, pareciam tratar de magia negra, em suas formas mais extremas e horríveis; e a data evidentemente recente de certos itens continua a ser um mistério tão sem solução como o dos ossos humanos contemporâneos. Um mistério ainda maior é a absoluta homogeneidade da caligrafia indecifrável e arcaica encontrada em uma ampla gama de papéis cujas condições e marcas d'água sugerem diferenças de idade de no mínimo 150 a 200 anos. Para alguns, contudo, o maior mistério de todos é a variedade de objetos totalmente inexplicáveis – objetos cujas formas, finalidades, matérias-primas e técnicas com que foram feitos desconcertam todas as conjecturas – espalhados em meio aos destroços, em estados obviamente diversos de deterioração. Uma dessas coisas – que muito instigou vários professores da Miskatonic – é uma monstruosidade, muito danificada, claramente parecida com a estranha imagem que Gilman dera ao museu da faculdade, exceto por ser maior, forjada em alguma peculiar pedra azulada em vez de metal, e com um pedestal de ângulo singular contendo hieróglifos indecifráveis.

Arqueólogos e antropólogos ainda tentam explicar os desenhos bizarros cinzelados em uma tigela amassada de metal leve, cujo interior mostrava sinistras manchas amarronzadas quando a tigela foi encontrada. Estrangeiros e avozinhas crédulas são igualmente loquazes sobre o crucifixo moderno de níquel com a corrente partida encontrado em meio aos detritos e tremulamente identificado por Joe Mazurewicz como o que ele dera ao pobre Gilman muitos anos antes. Alguns acreditam que esse crucifixo foi levado pelos ratos até o sótão lacrado, outros creem que nunca deve ter saído de algum recesso do velho quarto de Gilman. Outros ainda, inclusive o próprio Joe, têm teorias demasiado excêntricas e fantasiosas para que nelas se possa crer com seriedade.

Quando a parede inclinada do quarto de Gilman foi derrubada, descobriu-se que no espaço triangular, outrora lacrado, entre aquela partição e a parede norte da casa, havia muito menos detritos estruturais, mesmo levando em conta seu tamanho, do que no próprio quarto; havia contudo uma terrível camada de itens mais antigos que paralisou os horrorizados trabalhadores da demolição. Numa palavra, o chão era um verdadeiro ossuário, contendo restos mortais de crianças pequenas – alguns relativamente contemporâneos, mas outros voltando no tempo em gradações infinitas chegando a um período tão remoto que a desintegração era quase total. Naquela funda camada de ossos jazia uma faca imensa, obviamente antiga, de desenho grotesco, ornado e exótico – em cima da qual os detritos estavam empilhados.

Em meio aos detritos, apertado entre uma tábua caída e uma aglomeração de tijolos cimentados dos destroços da chaminé, estava um objeto destinado a causar mais perplexidade, temor velado e conversas abertamente supersticiosas em Arkham do que qualquer outra coisa encontrada na construção assombrada e maldita. Tal objeto era o esqueleto parcialmente esmagado de um imenso rato mórbido cujas anomalias de forma são ainda tópico de discussão e fonte de uma excepcional reserva entre os membros do departamento de anatomia comparada da Miskatonic. A informação que vazou sobre esse esqueleto foi muito pouca, mas os trabalhadores que o encontraram sussurram com horror sobre os longos cabelos castanhos com os quais estava associado.

Os ossos das patas diminutas, dizem os rumores, indicam características preênseis mais próprias de um pequeno macaco do que de um rato; enquanto que o pequeno crânio, com suas selvagens presas amarelas, é da mais absoluta anormalidade, parecendo, de certos ângulos, uma paródia em miniatura, monstruosamente degradada, de um crânio humano. Os trabalhadores se benzeram temerosos quando encontraram tal blasfêmia, mas depois, na igreja de São Estanislau, acenderam velas em agradecimento por sentirem que nunca mais ouviriam aquelas casquinadas agudas e fantasmagóricas.

O DEPOIMENTO DE RANDOLPH CARTER

Repito a vocês, cavalheiros, que suas inquisições são infrutíferas. Detenham-me aqui para sempre se o quiserem; prendam-me ou me executem se precisam de uma vítima para propiciar a ilusão que chamam de justiça; mas nada mais posso acrescentar ao que já disse. Tudo o que consigo lembrar contei com uma sinceridade perfeita. Nada foi distorcido ou ocultado, e se alguma coisa continua a parecer vaga é somente por causa da nuvem negra que tomou conta de minha mente – dessa nuvem e do caráter nebuloso dos horrores que ela despejou sobre mim.

Mais uma vez digo: não sei o que aconteceu a Harley Warren; embora eu creia – quase espere – que ele esteja desfrutando de um esquecimento pacífico, se houver em algum lugar coisa tão abençoada. É verdade que por cinco anos fui seu amigo mais íntimo e compartilhei um pouco de suas terríveis explorações do desconhecido. Não negarei, embora minhas lembranças sejam incertas e indistintas, que essa sua testemunha possa nos ter visto juntos, como diz ele, na estrada de Gainsville, caminhando em direção ao pântano do Grande Cipreste, às onze e meia daquela noite terrível. Chego até a afirmar que levávamos lanternas elétricas, pás e um curioso rolo de arame com instrumentos a ele fixados; pois todas essas coisas cumpriram um papel naquela cena hedionda que continua gravada em minha memória enfraquecida. Mas sobre o que se seguiu, e sobre o motivo de eu ter sido encontrado sozinho e atordoado na beira do pântano na manhã seguinte, devo insistir que nada sei, exceto o que contei aos senhores repetidas vezes. Os senhores me dizem que não há nada no pântano ou perto dele que pudesse formar o ambiente daquele episódio aterrador. Respondo que nada sei além do que vi. Visão ou pesadelo pode ter sido – visão ou pesadelo espero fervorosamente que tenha sido –, porém é tudo que minha mente conserva do que aconteceu naquelas horas traumáticas, depois que desaparecemos da vista dos outros. E por que Harley Warren não voltou? Somente ele ou sua sombra – ou alguma *coisa* inominável que não posso descrever – saberá dizer.

Como disse antes, os estranhos estudos de Harley Warren eram bem conhecidos por mim, e até certo ponto deles compartilhei. De sua vasta coleção de livros raros e estranhos sobre assuntos proibidos, li todos os escritos nas línguas que domino; mas estes são poucos em comparação com aqueles em línguas que não consigo entender. A maioria, creio, está em árabe; e o livro de inspiração demoníaca que foi responsável pelo fim – o livro que estava em seu bolso quando ele saiu deste mundo – foi escrito em caracteres aos quais nunca encontrei semelhantes em qualquer lugar. Warren se recusava a me dizer exatamente o que aquele livro continha. Quanto à natureza de nossos estudos – devo dizer mais uma vez que não mais possuo uma compreensão plena? Parece-me muito misericordioso que assim seja, pois eram estudos terríveis, que empreendi imbuído mais de um fascínio hesitante do que de uma propensão verdadeira. Warren sempre teve ascendência sobre mim, e em algumas ocasiões eu o temia. Lembro agora de como estremeci ao ver a expressão de seu rosto na noite que antecedeu o acontecimento terrível, enquanto falava sem cessar sobre sua teoria *de por que certos cadáveres nunca se decompõem e permanecem firmes e gordos em suas tumbas por mil anos*. Contudo, não mais o temo, pois suspeito que ele tenha conhecido horrores que escapam a minha compreensão. Agora, temo *por* ele.

Mais uma vez afirmo não ter uma ideia clara de nosso objetivo naquela noite. Decerto, tinha muito a ver com alguma coisa no livro que Warren carregava consigo – aquele livro antigo de caracteres indecifráveis, que chegara para ele da Índia um mês antes –, mas juro que não sei o que esperávamos descobrir. Sua testemunha diz ter-nos visto às onze e meia na estrada de Gainsville, indo em direção ao pântano do Grande Cipreste. Provavelmente é verdade, mas não possuo disso uma memória clara. A imagem cauterizada em minha alma é de somente uma cena, que deve ter ocorrido muito depois da meia-noite; pois uma lua minguante estava alta nos céus vaporosos.

O local era um cemitério antigo; tão antigo que tremi diante da multidão de vestígios de anos imemoriais. Era situado em uma profunda cratera úmida, com grama espessa malcuidada, musgo e estranhas ervas trepadeiras, e cheio de um vago fedor que minha frívola imaginação associou de maneira absurda com pedras podres. Em todo lugar havia sinais de descuido e decrepitude, e eu me sentia assombrado pela ideia de que Warren e eu éramos os primeiros seres vivos que invadiam aquele silêncio letal de séculos. Por cima da borda do vale uma pálida lua minguante espiava por entre os repugnantes vapores que pareciam emanar de catacumbas inimagináveis, e com a frágil e vacilante luz do luar pude discernir uma repelente variedade de antigas lápides, urnas, cenotáfios e fachadas de mausoléus; todos decrépitos, tomados de musgo e com manchas de umidade, e parcialmente ocultados pela asquerosa abundância da vegetação insalubre. Minha primeira impressão vívida de minha própria presença naquela terrível necrópole diz respeito ao ato de parar com Warren diante de um certo sepulcro semiobliterado e de jogar no chão alguns fardos que parecíamos estar carregando. Observei então que tinha comigo uma lanterna elétrica e duas pás, ao passo que meu companheiro contava com uma lanterna semelhante e um aparelho de telefonia portátil. Nenhuma palavra foi pronunciada, pois o lugar e a tarefa pareciam já ser conhecidos por nós; e sem atraso pegamos nossas pás e começamos a limpar o capim, as ervas daninhas e a terra empilhada do insípido mortuário arcaico. Depois que expusemos toda a superfície, que consistia de três imensas lápides de granito, tomamos alguma distância para examinar o cenário sepulcral, e Warren pareceu fazer alguns cálculos mentais. Ele então retornou para o sepulcro e, usando a pá como alavanca, tentou forçar para cima a lápide mais próxima de uma ruína de pedra que em sua época talvez fosse um monumento. Ele não teve sucesso, e gesticulou para que eu fosse ajudá-lo. Por fim, nossas forças combinadas soltaram a pedra, que erguemos e deitamos de lado.

A remoção da lápide revelou uma abertura negra, da qual subiu uma efluência de gases mefíticos de tal forma nauseantes que recuamos horrorizados. Depois de um pequeno intervalo, contudo, nos aproximamos do fosso mais uma vez e vimos que as exalações agora eram menos insuportáveis. Nossas lanternas revelaram o topo de um lance de degraus de pedra, ensopado por um icor abominável do subterrâneo e margeado por paredes úmidas com crostas de nitrato. E agora pela primeira vez minha memória lembra de troca de palavras, Warren me falando longamente em sua melosa voz de tenor, uma voz singularmente tranquila diante das coisas terríveis que nos cercavam.

"Sinto ter que lhe pedir que fique aqui em cima", disse ele, "mas seria um crime deixar que alguém com nervos frágeis como os seus descesse até lá. Você não pode imaginar, nem mesmo a partir de suas leituras e do que lhe contei, as coisas que terei de ver e fazer. É um trabalho iníquo, Carter, e duvido que qualquer homem que não tenha sensibilidade de ferro seja capaz de completá-lo e retornar vivo e são. Não é minha intenção ofender, e não há dúvida de que eu ficaria muito contente com sua companhia; mas a responsabilidade é, num certo sentido, minha, e eu não poderia arrastar alguém nervoso como você para o que pode culminar em morte ou loucura. Estou dizendo, você não pode imaginar como a coisa realmente é! Mas prometo mantê-lo informado pelo telefone de todos os movimentos – você vê que temos um fio longo o bastante para ir e voltar do centro da terra!"

Ainda consigo ouvir, em minha memória, aquelas palavras ditas com frieza; e ainda lembro de meus vigorosos protestos. Eu parecia desesperadamente ansioso para acompanhar meu amigo naquelas profundezas sepulcrais, mas ele se mostrou de uma teimosia inflexível. Chegou a ameaçar abandonar a expedição se eu continuasse a insistir; uma ameaça que se mostrou eficiente, já que somente ele detinha a chave para a *coisa*. De tudo isso ainda consigo me lembrar, embora não mais saiba que espécie de *coisa* procurávamos. Depois que ele conseguir minha relutante aquiescência ao seu plano, Warren apanhou o rolo de fio e ajustou os instrumentos. Obedecendo a um aceno de cabeça seu, tomei um desses e me sentei sobre uma tumba velha e descolorada, próxima ao caminho recém-aberto. Ele então apertou-me a mão, pôs no ombro o rolo de fio e desapareceu naquele ossuário indescritível. Por alguns momentos continuei a enxergar o brilho de sua lanterna e ouvi o roçar do fio enquanto ele o soltava no chão atrás de si; mas o brilho logo desapareceu de modo abrupto, como se uma curva na escadaria de pedra houvesse sido virada, e o som desapareceu quase tão rápido quanto. Eu estava só, e contudo ligado a profundezas desconhecidas por aqueles fios mágicos cuja superfície isolada jazia verde sob a luz incerta daquela lua minguante.

No silêncio solitário daquela antiga e deserta cidade dos mortos, minha mente concebeu as fantasias e ilusões mais pavorosas; e os grotescos altares e monolitos pareceram tomar uma personalidade terrível – uma semiconsciência. Sombras amorfas pareciam espreitar dos recessos mais escuros da concavidade entupida de ervas daninhas e dançar como se numa blasfema procissão cerimonial pelos portais das tumbas decadentes na encosta; sombras que não podiam ter sido lançadas por aquela pálida lua minguante que despontava. Eu consultava toda hora o meu relógio à luz da lanterna elétrica e ouvia com febril ansiedade o receptor do telefone; mas por mais de um quarto de hora nada ouvi. Então, um leve clique veio do instrumento e chamei meu amigo com uma voz tensa. Apreensivo como estava, ainda assim não me encontrava preparado para as palavras que vieram daquele sinistro jazigo, em tons mais alarmados e estremecidos do que eu jamais ouvira na voz de Harley Warren. Ele que com tanta calma me deixara pouco tempo atrás agora falava lá de baixo num sussurro trêmulo mais agourento do que o urro mais alto:

– *Meu Deus! Se você pudesse ver o que estou vendo!*

Não consegui responder. Sem palavras, consegui apenas esperar. Então os tons frenéticos vieram novamente:

– *Carter, é terrível – monstruoso – inacreditável!*

Dessa vez, minha voz não me faltou e derramei pelo transmissor uma torrente de perguntas agitadas. Aterrorizado, continuei repetindo: "Warren, o que é? O que é?".

Novamente ouvi a voz de meu amigo, ainda rouca de medo, e agora ao que parecia com um quê de desespero:

– *Não posso dizer, Carter! Está muito, muito além do que se pode conceber – não ouso dizer – ninguém poderia testemunhar isso e sobreviver – Deus do céu! Nunca imaginei algo como ISSO!*

Silêncio mais uma vez, exceto pela minha torrente, agora sem nexo, de perguntas trêmulas. E então a voz de Warren num tom de consternação mais insana:

– *Carter! Pelo amor de Deus, ponha a lápide de volta no lugar e saia daqui se puder! Rápido! – deixe tudo para trás e saia correndo – é sua única chance! Faça o que eu digo e não me peça explicações!*

Eu ouvi, mas fui capaz somente de repetir minhas perguntas frenéticas. A minha volta havia as tumbas e a escuridão e as sombras; abaixo de mim, algum perigo que excedia o raio da imaginação humana. Mas meu amigo estava em maior perigo do que eu, e por trás do medo senti um vago ressentimento por ele me considerar capaz de abandoná-lo em tais circunstâncias. Novos cliques e, depois de uma pausa, um grito patético de Warren:

– *Dê o fora! Pelo amor de Deus, coloque a lápide de volta e dê o fora, Carter!*

Alguma coisa naquela gíria de menino usada por meu companheiro obviamente aflito libertou minhas faculdades. Formei e gritei uma resolução:

– Warren, aguente firme! Estou descendo!

Mas ao ouvir essa proposta o tom de meu ouvinte mudou para um grito de desespero total:

– *Não! Você não está entendendo! Agora é tarde demais – e a culpa é minha. Coloque a lápide de volta e corra – não há mais nada que você ou qualquer pessoa possa fazer!*

O tom mudou de novo, dessa vez adquirindo uma qualidade mais suave, como de uma resignação sem esperanças. Contudo, continuou tensa de ansiedade por mim.

– *Rápido!* – *Antes que seja tarde demais!*

Tentei não lhe dar atenção; tentei quebrar a paralisia que me prendia e cumprir minha promessa de descer correndo em seu socorro. Mas seu próximo sussurro encontrou-me ainda preso nas correntes do horror mais extremo.

– *Carter – depressa! É inútil – você tem que ir embora – melhor um do que nenhum – a lápide –*

Uma pausa, mais cliques, e então a voz abafada de Warren:

– *Perto do fim agora – não torne isso mais difícil – cubra esses degraus malditos e corra, salve sua vida – você está perdendo tempo – Adeus, Carter – não o verei mais.*

Aqui o sussurro de Carter inflou-se, transformando-se em grito; um grito que ficou cada vez mais intenso, até transformar-se num guincho cheio de todo o horror das eras –

– *Malditas sejam essas coisas infernais – legiões – Meu Deus! Dê o fora! Dê o fora! Dê o fora!*

Depois disso, silêncio. Não sei por quantas eras intermináveis fiquei sentado, em choque; sussurrando, resmungando, chamando, gritando naquele telefone. Vez após vez durante aquelas eras sussurrei e resmunguei, chamei, gritei e berrei:

– Warren! Warren! Me responda – você está aí?

E então veio até mim o horror supremo – a coisa inacreditável, impensável, quase indizível. Afirmei que eras pareceram transcorrer depois que Warren berrou seu último aviso desesperado, e que agora somente os meus gritos rompiam o silêncio hediondo. Mas depois de algum tempo houve novos cliques no receptor, e agucei meus ouvidos para escutar. Chamei novamente, "Warren, está aí?", e em resposta ouvi a *coisa* que lançou essa nuvem sobre a minha mente. Não tento, cavalheiros, explicar aquela *coisa* – aquela voz – e tampouco posso arriscar descrevê-la em detalhes, já que as primeiras palavras me tiraram a consciência e criaram um branco mental que vai até o instante em que acordei no hospital. Que direi? Que a voz era grave, oca, gelatinosa, distante, espectral, inumana, incorpórea? Que dizer? Foi o fim de minha experiência, e é o final da minha história. Eu ouvi, e depois disso não soube de mais nada. Ouvi enquanto estava sentado petrificado naquele cemitério desconhecido na cratera, em meio às pedras decadentes e às tumbas em ruínas, à vegetação grosseira e aos vapores mefíticos. Ouvi-a subir das mais recônditas profundezas daquela maldita sepultura aberta, enquanto observava sombras amorfas e necrófagas dançarem sob uma horrenda lua minguante. Eis o que disse:

– *TOLO, WARREN ESTÁ MORTO!*

Coleção **L&PM** POCKET (ÚLTIMOS LANÇAMENTOS)

865. **Guerra da Secessão** – Farid Ameur
866. **Um rio que vem da Grécia** – Cláudio Moreno
868. **Assassinato na casa do pastor** – Agatha Christie
869. **Manual do líder** – Napoleão Bonaparte
870(16). **Billie Holiday** – Sylvia Fol
871. **Bidu arrasando!** – Mauricio de Sousa
872. **Desventuras em família** – Mauricio de Sousa
874. **E no final a morte** – Agatha Christie
875. **Guia prático do Português correto – vol. 4** – Cláudio Moreno
876. **Dilbert (6)** – Scott Adams
877(17). **Leonardo da Vinci** – Sophie Chauveau
878. **Bella Toscana** – Frances Mayes
879. **A arte da ficção** – David Lodge
880. **Striptiras (4)** – Laerte
881. **Skrotinhos** – Angeli
882. **Depois do funeral** – Agatha Christie
883. **Radicci 7** – Iotti
884. **Walden** – H. D. Thoreau
885. **Lincoln** – Allen C. Guelzo
886. **Primeira Guerra Mundial** – Michael Howard
887. **A linha de sombra** – Joseph Conrad
888. **O amor é um cão dos diabos** – Bukowski
890. **Despertar: uma vida de Buda** – Jack Kerouac
891(18). **Albert Einstein** – Laurent Seksik
892. **Hell's Angels** – Hunter Thompson
893. **Ausência na primavera** – Agatha Christie
894. **Dilbert (7)** – Scott Adams
895. **Ao sul de lugar nenhum** – Bukowski
896. **Maquiavel** – Quentin Skinner
897. **Sócrates** – C.C.W. Taylor
899. **O Natal de Poirot** – Agatha Christie
900. **As veias abertas da América Latina** – Eduardo Galeano
901. **Snoopy: Sempre alerta! (10)** – Charles Schulz
902. **Chico Bento: Plantando confusão** – Mauricio de Sousa
903. **Penadinho: Quem é morto sempre aparece** – Mauricio de Sousa
904. **A vida sexual da mulher feia** – Claudia Tajes
905. **100 segredos de liquidificador** – José Antonio Pinheiro Machado
906. **Sexo muito prazer 2** – Laura Meyer da Silva
907. **Os nascimentos** – Eduardo Galeano
908. **As caras e as máscaras** – Eduardo Galeano
909. **O século do vento** – Eduardo Galeano
910. **Poirot perde uma cliente** – Agatha Christie
911. **Cérebro** – Michael O'Shea
912. **O escaravelho de ouro e outras histórias** – Edgar Allan Poe
913. **Piadas para sempre (4)** – Visconde da Casa Verde
914. **100 receitas de massas light** – Helena Tonetto
915(19). **Oscar Wilde** – Daniel Salvatore Schiffer
916. **Uma breve história do mundo** – H. G. Wells
917. **A Casa do Penhasco** – Agatha Christie
919. **John M. Keynes** – Bernard Gazier
920(20). **Virginia Woolf** – Alexandra Lemasson
921. **Peter e Wendy** seguido de **Peter Pan em Kensington Gardens** – J. M. Barrie
922. **Aline: numas de colegial (5)** – Adão Iturrusgarai
923. **Uma dose mortal** – Agatha Christie
924. **Os trabalhos de Hércules** – Agatha Christie
926. **Kant** – Roger Scruton
927. **A inocência do Padre Brown** – G.K. Chesterton
928. **Casa Velha** – Machado de Assis
929. **Marcas de nascença** – Nancy Huston
930. **Aulete de bolso**
931. **Hora Zero** – Agatha Christie
932. **Morte na Mesopotâmia** – Agatha Christie
934. **Nem te conto, João** – Dalton Trevisan
935. **As aventuras de Huckleberry Finn** – Mark Twain
936(21). **Marilyn Monroe** – Anne Plantagenet
937. **China moderna** – Rana Mitter
938. **Dinossauros** – David Norman
939. **Louca por homem** – Claudia Tajes
940. **Amores de alto risco** – Walter Riso
941. **Jogo de damas** – David Coimbra
942. **Filha é filha** – Agatha Christie
943. **M ou N?** – Agatha Christie
945. **Bidu: diversão em dobro!** – Mauricio de Sousa
946. **Fogo** – Anaïs Nin
947. **Rum: diário de um jornalista bêbado** – Hunter Thompson
948. **Persuasão** – Jane Austen
949. **Lágrimas na chuva** – Sergio Faraco
950. **Mulheres** – Bukowski
951. **Um pressentimento funesto** – Agatha Christie
952. **Cartas na mesa** – Agatha Christie
954. **O lobo do mar** – Jack London
955. **Os gatos** – Patricia Highsmith
956(22). **Jesus** – Christiane Rancé
957. **História da medicina** – William Bynum
958. **O Morro dos Ventos Uivantes** – Emily Brontë
959. **A filosofia na era trágica dos gregos** – Nietzsche
960. **Os treze problemas** – Agatha Christie
961. **A massagista japonesa** – Moacyr Scliar
963. **Humor do miserê** – Nani
964. **Todo o mundo tem dúvida, inclusive você** – Édison de Oliveira
965. **A dama do Bar Nevada** – Sergio Faraco
969. **O psicopata americano** – Bret Easton Ellis
970. **Ensaios de amor** – Alain de Botton
971. **O grande Gatsby** – F. Scott Fitzgerald
972. **Por que não sou cristão** – Bertrand Russell
973. **A Casa Torta** – Agatha Christie
974. **Encontro com a morte** – Agatha Christie
975(23). **Rimbaud** – Jean-Baptiste Baronian
976. **Cartas na rua** – Bukowski

977. **Memória** – Jonathan K. Foster
978. **A abadia de Northanger** – Jane Austen
979. **As pernas de Úrsula** – Claudia Tajes
980. **Retrato inacabado** – Agatha Christie
981. **Solanin (1)** – Inio Asano
982. **Solanin (2)** – Inio Asano
983. **Aventuras de menino** – Mitsuru Adachi
984(16). **Fatos & mitos sobre sua alimentação** – Dr. Fernando Lucchese
985. **Teoria quântica** – John Polkinghorne
986. **O eterno marido** – Fiódor Dostoiévski
987. **Um safado em Dublin** – J. P. Donleavy
988. **Mirinha** – Dalton Trevisan
989. **Akhenaton e Nefertiti** – Carmen Seganfredo e A. S. Franchini
990. **On the Road – o manuscrito original** – Jack Kerouac
991. **Relatividade** – Russell Stannard
992. **Abaixo de zero** – Bret Easton Ellis
993(24). **Andy Warhol** – Mériam Korichi
995. **Os últimos casos de Miss Marple** – Agatha Christie
996. **Nico Demo** – Mauricio de Sousa
998. **Rousseau** – Robert Wokler
999. **Noite sem fim** – Agatha Christie
1000. **Diários de Andy Warhol (1)** – Editado por Pat Hackett
1001. **Diários de Andy Warhol (2)** – Editado por Pat Hackett
1002. **Cartier-Bresson: o olhar do século** – Pierre Assouline
1003. **As melhores histórias da mitologia: vol. 1** – A.S. Franchini e Carmen Seganfredo
1004. **As melhores histórias da mitologia: vol. 2** – A.S. Franchini e Carmen Seganfredo
1005. **Assassinato no beco** – Agatha Christie
1006. **Convite para uma homicídio** – Agatha Christie
1008. **História da vida** – Michael J. Benton
1009. **Jung** – Anthony Stevens
1010. **Arsène Lupin, ladrão de casaca** – Maurice Leblanc
1011. **Dublinenses** – James Joyce
1012. **120 tirinhas da Turma da Mônica** – Mauricio de Sousa
1013. **Antologia poética** – Fernando Pessoa
1014. **A aventura de um cliente ilustre seguido de O último adeus de Sherlock Holmes** – Sir Arthur Conan Doyle
1015. **Cenas de Nova York** – Jack Kerouac
1016. **A corista** – Anton Tchékhov
1017. **O diabo** – Leon Tolstói
1018. **Fábulas chinesas** – Sérgio Capparelli e Márcia Schmaltz
1019. **O gato do Brasil** – Sir Arthur Conan Doyle
1020. **Missa do Galo** – Machado de Assis
1021. **O mistério de Marie Rogêt** – Edgar Allan Poe
1022. **A mulher mais linda da cidade** – Bukowski
1023. **O retrato** – Nicolai Gogol
1024. **O conflito** – Agatha Christie
1025. **Os primeiros casos de Poirot** – Agatha Christi
1027(25). **Beethoven** – Bernard Fauconnier
1028. **Platão** – Julia Annas
1029. **Cleo e Daniel** – Roberto Freire
1030. **Til** – José de Alencar
1031. **Viagens na minha terra** – Almeida Garrett
1032. **Profissões para mulheres e outros artigo feministas** – Virginia Woolf
1033. **Mrs. Dalloway** – Virginia Woolf
1034. **O cão da morte** – Agatha Christie
1035. **Tragédia em três atos** – Agatha Christie
1037. **O fantasma da Ópera** – Gaston Leroux
1038. **Evolução** – Brian e Deborah Charlesworth
1039. **Medida por medida** – Shakespeare
1040. **Razão e sentimento** – Jane Austen
1041. **A obra-prima ignorada *seguido de* Un episódio durante o Terror** – Balzac
1042. **A fugitiva** – Anaïs Nin
1043. **As grandes histórias da mitologia greco-romana** – A. S. Franchini
1044. **O corno de si mesmo & outras historietas** – Marquês de Sade
1045. **Da felicidade *seguido de* Da vida retirada** – Sêneca
1046. **O horror em Red Hook e outras histórias** – H. P. Lovecraft
1047. **Noite em claro** – Martha Medeiros
1048. **Poemas clássicos chineses** – Li Bai, Du Fu e Wang Wei
1049. **A terceira moça** – Agatha Christie
1050. **Um destino ignorado** – Agatha Christie
1051(26). **Buda** – Sophie Royer
1052. **Guerra Fria** – Robert J. McMahon
1053. **Simons's Cat: as aventuras de um gato travesso e comilão – vol. 1** – Simon Tofield
1054. **Simons's Cat: as aventuras de um gato travesso e comilão – vol. 2** – Simon Tofield
1055. **Só as mulheres e as baratas sobreviverão** – Claudia Tajes
1057. **Pré-história** – Chris Gosden
1058. **Pintou sujeira!** – Mauricio de Sousa
1059. **Contos de Mamãe Gansa** – Charles Perrault
1060. **A interpretação dos sonhos: vol. 1** – Freud
1061. **A interpretação dos sonhos: vol. 2** – Freud
1062. **Frufru Rataplã Dolores** – Dalton Trevisan
1063. **As melhores histórias da mitologia egípcia** – Carmem Seganfredo e A.S. Franchini
1064. **Infância. Adolescência. Juventude** – Tolstói
1065. **As consolações da filosofia** – Alain de Botton
1066. **Diários de Jack Kerouac – 1947-1954**
1067. **Revolução Francesa – vol. 1** – Max Gallo
1068. **Revolução Francesa – vol. 2** – Max Gallo
1069. **O detetive Parker Pyne** – Agatha Christie
1070. **Memórias do esquecimento** – Flávio Tavares
1071. **Drogas** – Leslie Iversen
1072. **Manual de ecologia (vol.2)** – J. Lutzenberger
1073. **Como andar no labirinto** – Affonso Romano de Sant'Anna

074. **A orquídea e o serial killer** – Juremir Machado da Silva
075. **Amor nos tempos de fúria** – Lawrence Ferlinghetti
076. **A aventura do pudim de Natal** – Agatha Christie
078. **Amores que matam** – Patricia Faur
079. **Histórias de pescador** – Mauricio de Sousa
080. **Pedaços de um caderno manchado de vinho** – Bukowski
081. **A ferro e fogo: tempo de solidão (vol.1)** – Josué Guimarães
082. **A ferro e fogo: tempo de guerra (vol.2)** – Josué Guimarães
084(17). **Desembarcando o Alzheimer** – Dr. Fernando Lucchese e Dra. Ana Hartmann
085. **A maldição do espelho** – Agatha Christie
086. **Uma breve história da filosofia** – Nigel Warburton
088. **Heróis da História** – Will Durant
089. **Concerto campestre** – L. A. de Assis Brasil
090. **Morte nas nuvens** – Agatha Christie
092. **Aventura em Bagdá** – Agatha Christie
093. **O cavalo amarelo** – Agatha Christie
094. **O método de interpretação dos sonhos** – Freud
095. **Sonetos de amor e desamor** – Vários
096. **120 tirinhas do Dilbert** – Scott Adams
097. **200 fábulas de Esopo**
098. **O curioso caso de Benjamin Button** – F. Scott Fitzgerald
099. **Piadas para sempre: uma antologia para morrer de rir** – Visconde da Casa Verde
100. **Hamlet (Mangá)** – Shakespeare
101. **A arte da guerra (Mangá)** – Sun Tzu
104. **As melhores histórias da Bíblia (vol.1)** – A. S. Franchini e Carmen Seganfredo
105. **As melhores histórias da Bíblia (vol.2)** – A. S. Franchini e Carmen Seganfredo
106. **Psicologia das massas e análise do eu** – Freud
107. **Guerra Civil Espanhola** – Helen Graham
108. **A autoestrada do sul e outras histórias** – Julio Cortázar
109. **O mistério dos sete relógios** – Agatha Christie
110. **Peanuts: Ninguém gosta de mim... (amor)** – Charles Schulz
111. **Cadê o bolo?** – Mauricio de Sousa
112. **O filósofo ignorante** – Voltaire
113. **Totem e tabu** – Freud
114. **Filosofia pré-socrática** – Catherine Osborne
115. **Desejo de status** – Alain de Botton
118. **Passageiro para Frankfurt** – Agatha Christie
1120. **Kill All Enemies** – Melvin Burgess
1121. **A morte da sra. McGinty** – Agatha Christie
1122. **Revolução Russa** – S. A. Smith
1123. **Até você, Capitu?** – Dalton Trevisan
1124. **O grande Gatsby (Mangá)** – F. S. Fitzgerald
1125. **Assim falou Zaratustra (Mangá)** – Nietzsche
1126. **Peanuts: É para isso que servem os amigos (amizade)** – Charles Schulz
1127(27). **Nietzsche** – Dorian Astor
1128. **Bidu: Hora do banho** – Mauricio de Sousa
1129. **O melhor do Macanudo Taurino** – Santiago
1130. **Radicci 30 anos** – Iotti
1131. **Show de sabores** – J.A. Pinheiro Machado
1132. **O prazer das palavras** – vol. 3 – Cláudio Moreno
1133. **Morte na praia** – Agatha Christie
1134. **O fardo** – Agatha Christie
1135. **Manifesto do Partido Comunista (Mangá)** – Marx & Engels
1136. **A metamorfose (Mangá)** – Franz Kafka
1137. **Por que você não se casou... ainda** – Tracy McMillan
1138. **Textos autobiográficos** – Bukowski
1139. **A importância de ser prudente** – Oscar Wilde
1140. **Sobre a vontade na natureza** – Arthur Schopenhauer
1141. **Dilbert (8)** – Scott Adams
1142. **Entre dois amores** – Agatha Christie
1143. **Cipreste triste** – Agatha Christie
1144. **Alguém viu uma assombração?** – Mauricio de Sousa
1145. **Mandela** – Elleke Boehmer
1146. **Retrato do artista quando jovem** – James Joyce
1147. **Zadig ou o destino** – Voltaire
1148. **O contrato social (Mangá)** – J.-J. Rousseau
1149. **Garfield fenomenal** – Jim Davis
1150. **A queda da América** – Allen Ginsberg
1151. **Música na noite & outros ensaios** – Aldous Huxley
1152. **Poesias inéditas & Poemas dramáticos** – Fernando Pessoa
1153. **Peanuts: Felicidade é...** – Charles M. Schulz
1154. **Mate-me por favor** – Legs McNeil e Gillian McCain
1155. **Assassinato no Expresso Oriente** – Agatha Christie
1156. **Um punhado de centeio** – Agatha Christie
1157. **A interpretação dos sonhos (Mangá)** – Freud
1158. **Peanuts: Você não entende o sentido da vida** – Charles M. Schulz
1159. **A dinastia Rothschild** – Herbert R. Lottman
1160. **A Mansão Hollow** – Agatha Christie
1161. **Nas montanhas da loucura** – H.P. Lovecraft
1162(28). **Napoleão Bonaparte** – Pascale Fautrier
1163. **Um corpo na biblioteca** – Agatha Christie
1164. **Inovação** – Mark Dodgson e David Gann
1165. **O que toda mulher deve saber sobre os homens: a afetividade masculina** – Walter Riso
1166. **O amor está no ar** – Mauricio de Sousa
1167. **Testemunha de acusação & outras histórias** – Agatha Christie
1168. **Etiqueta de bolso** – Celia Ribeiro
1169. **Poesia reunida (volume 3)** – Affonso Romano de Sant'Anna
1170. **Emma** – Jane Austen
1171. **Que seja em segredo** – Ana Miranda

1172. **Garfield sem apetite** – Jim Davis
1173. **Garfield: Foi mal...** – Jim Davis
1174. **Os irmãos Karamázov (Mangá)** – Dostoiévski
1175. **O Pequeno Príncipe** – Antoine de Saint-Exupéry
1176. **Peanuts: Ninguém mais tem o espírito aventureiro** – Charles M. Schulz
1177. **Assim falou Zaratustra** – Nietzsche
1178. **Morte no Nilo** – Agatha Christie
1179. **Ê, soneca boa** – Mauricio de Sousa
1180. **Garfield a todo o vapor** – Jim Davis
1181. **Em busca do tempo perdido (Mangá)** – Proust
1182. **Cai o pano: o último caso de Poirot** – Agatha Christie
1183. **Livro para colorir e relaxar** – Livro 1
1184. **Para colorir sem parar**
1185. **Os elefantes não esquecem** – Agatha Christie
1186. **Teoria da relatividade** – Albert Einstein
1187. **Compêndio de psicanálise** – Freud
1188. **Visões de Gerard** – Jack Kerouac
1189. **Fim de verão** – Mohiro Kitoh
1190. **Procurando diversão** – Mauricio de Sousa
1191. **E não sobrou nenhum e outras peças** – Agatha Christie
1192. **Ansiedade** – Daniel Freeman & Jason Freeman
1193. **Garfield: pausa para o almoço** – Jim Davis
1194. **Contos do dia e da noite** – Guy de Maupassant
1195. **O melhor de Hagar 7** – Dik Browne
1196(29). **Lou Andreas-Salomé** – Dorian Astor
1197(30). **Pasolini** – René de Ceccatty
1198. **O caso do Hotel Bertram** – Agatha Christie
1199. **Crônicas de motel** – Sam Shepard
1200. **Pequena filosofia da paz interior** – Catherine Rambert
1201. **Os sertões** – Euclides da Cunha
1202. **Treze à mesa** – Agatha Christie
1203. **Bíblia** – John Riches
1204. **Anjos** – David Albert Jones
1205. **As tirinhas do Guri de Uruguaiana 1** – Jair Kobe
1206. **Entre aspas (vol.1)** – Fernando Eichenberg
1207. **Escrita** – Andrew Robinson
1208. **O spleen de Paris: pequenos poemas em prosa** – Charles Baudelaire
1209. **Satíricon** – Petrônio
1210. **O avarento** – Molière
1211. **Queimando na água, afogando-se na chama** – Bukowski
1212. **Miscelânea septuagenária: contos e poemas** – Bukowski
1213. **Que filosofar é aprender a morrer e outros ensaios** – Montaigne
1214. **Da amizade e outros ensaios** – Montaigne
1215. **O medo à espreita e outras histórias** – H.P. Lovecraft
1216. **A obra de arte na era de sua reprodutibilidade técnica** – Walter Benjamin
1217. **Sobre a liberdade** – John Stuart Mill
1218. **O segredo de Chimneys** – Agatha Christie
1219. **Morte na rua Hickory** – Agatha Christie
1220. **Ulisses (Mangá)** – James Joyce
1221. **Ateísmo** – Julian Baggini
1222. **Os melhores contos de Katherine Mansfield** – Katherine Mansfied
1223(31). **Martin Luther King** – Alain Foix
1224. **Millôr Definitivo: uma antologia de A Bíblia do Caos** – Millôr Fernandes
1225. **O Clube das Terças-Feiras e outras histórias** – Agatha Christie
1226. **Por que sou tão sábio** – Nietzsche
1227. **Sobre a mentira** – Platão
1228. **Sobre a leitura** *seguido do* **Depoimento de Céleste Albaret** – Proust
1229. **O homem do terno marrom** – Agatha Christie
1230(32). **Jimi Hendrix** – Franck Médioni
1231. **Amor e amizade e outras histórias** – Jane Austen
1232. **Lady Susan, Os Watson e Sanditon** – Jane Austen
1233. **Uma breve história da ciência** – William Bynum
1234. **Macunaíma: o herói sem nenhum caráter** – Mário de Andrade
1235. **A máquina do tempo** – H.G. Wells
1236. **O homem invisível** – H.G. Wells
1237. **Os 36 estratagemas: manual secreto da arte da guerra** – Anônimo
1238. **A mina de ouro e outras histórias** – Agatha Christie
1239. **Pic** – Jack Kerouac
1240. **O habitante da escuridão e outros contos** – H.P. Lovecraft
1241. **O chamado de Cthulhu e outros contos** – H.P. Lovecraft
1242. **O melhor de Meu reino por um cavalo!** – Edição de Ivan Pinheiro Machado
1243. **A guerra dos mundos** – H.G. Wells
1244. **O caso da criada perfeita e outras histórias** – Agatha Christie
1245. **Morte por afogamento e outras histórias** – Agatha Christie
1246. **Assassinato no Comitê Central** – Manuel Vázquez Montalbán
1247. **O papai é pop** – Marcos Piangers
1248. **O papai é pop 2** – Marcos Piangers
1249. **A mamãe é rock** – Ana Cardoso
1250. **Paris boêmia** – Dan Franck
1251. **Paris libertária** – Dan Franck
1252. **Paris ocupada** – Dan Franck
1253. **Uma anedota infame** – Dostoiévski
1254. **O último dia de um condenado** – Victor Hugo
1255. **Nem só de caviar vive o homem** – J.M. Simmel
1256. **Amanhã é outro dia** – J.M. Simmel

H. P. LOVECRAFT
(1890-1937)

HOWARD PHILLIPS LOVECRAFT nasceu em Providence, Rhode Island, em 1890. A infância foi marcada pela morte precoce do pai, em decorrência de uma doença neurológica ligada à sífilis. O seu núcleo familiar passou a ser composto pela mãe, as duas tias e o avô materno, que lhe abriu as portas de sua biblioteca, apresentando-lhe clássicos como *As mil e uma noites*, a *Odisseia*, a *Ilíada*, além de histórias de horror e revistas pulp, que posteriormente influenciariam sua escrita. Criança precoce e reclusa, recitava poesia, lia e escrevia, frequentando a escola de maneira irregular em função de estar sempre adoentado. Suas primeiras experiências com o texto impresso se deram com artigos de astronomia, chegando a imprimir jornais para distribuir entre os amigos, como o *The Scientific Gazette* e o *The Rhode Island Journal of Astronomy*.

Em 1904, a morte do avô deixou a família desamparada e abalou Lovecraft profundamente. Em 1908, uma crise nervosa o afastou de vez da escola, e ele acabou por nunca concluir os estudos. Posteriormente, a recusa da Brown University também ajudou a agravar sua frustração, fazendo com que passasse alguns anos completamente recluso, em companhia apenas de sua mãe, escrevendo poesia. Uma troca de cartas inflamadas entre Lovecraft e outro escritor fez com que ele saísse da letargia na qual estava vivendo e se tornasse conhecido no círculo de escritores não profissionais, que o impulsionaram a publicar seus textos, entre poesias e ensaios, e a retomar a ficção, como em "A tumba", escrito em 1917.

A morte da mãe, em 1921, fragilizou novamente a saúde de Lovecraft. Mas, ao contrário do período anterior de reclusão, ele deu continuidade à sua vida e acabou conhecendo a futura esposa, Sonia Greene, judia de origem russa dona de uma loja de chapéus em Nova York, para onde Lovecraft se mudou. Porém, a tranquilidade logo foi abalada por sucessivos problemas: a loja faliu, os textos de Lovecraft não conseguiam sustentar o casal, Sonia adoeceu e eles se divorciaram. Após a separação, ele voltou a morar com as tias em Providence, onde passou os dez últimos anos de sua vida e escreveu o melhor de sua ficção, como "The Call of Cthulhu" (1926), *O caso de Charles Dexter Ward* (1928) e "Nas montanhas da loucura" (1931).

A morte de uma das tias e o suicídio do amigo Robert E. Howard o deixaram muito deprimido. Nessa época, Lovecraft descobriu um câncer de intestino, já em estágio avançado, do qual viria a falecer em 1937. Sem ter nenhum livro publicado em vida, Lovecraft ganhou notoriedade após a morte graças ao empenho dos amigos, que fundaram a editora Arkham House para ver seu trabalho publicado. Lovecraft transformou-se em um dos autores cult do gênero de horror que flerta com o sobrenatural e o oculto, originário das fantasias góticas e tendo como precursor Edgar Allan Poe.

Livros do autor na Coleção **L**&**PM** POCKET:

O caso de Charles Dexter Ward
O chamado de Cthulhu e outros contos
O habitante da escuridão e outros contos
O medo à espreita e outras histórias
Nas montanhas da loucura e outras histórias de terror
A tumba e outras histórias